DAS FELD by Robert Seethaler

© 2018 Hanser Berlin in der Carl Hanser Verlag GmbH & Co. KG, München

Korean Translation © 2019 by SOLBITKIL

All rights reserved.

The Korean language edition is published by arrangement with

Carl Hanser Verlag GmbH&Co. KG through MOMO Agency, Seoul.

이 책의 한국어판 저작권은 모모 에이전시를 통해 Carl Hanser Verlag GmbH&Co.

KG사와의 독점 계약으로 "도서출판 솔빛길"에 있습니다.

저작권법에 의해 한국 내에서 보호를 받는 저작물이므로 무단전재와 무단복제

를 금합니다.

들판

Robert
Seethaler
Das Feld

로베르트 제탈러 글
이기숙 옮김

그러나

그리고 이 무덤들 주위를 어슬렁거리는 당신은

자신이 인생을 안다고 생각하겠죠.

에드거 리 매스터스, 『스푼 리버 선집』

|차례|

그들 목소리

남자는 앞쪽 풀밭에 흩뿌린 듯 박혀 있는 비석들을 내려다보았다. 풀이 높이 자라 있었다. 공중에서 곤충들이 윙윙 소리를 냈다. 딱총나무 덤불이 덮고 있는 무너질 듯한 공동묘지 담장 위에 지빠귀 한 마리가 앉아 노래를 불렀다. 남자는 지빠귀를 볼 수 없었다. 오래전 눈에 이상이 생긴 후부터 해가 갈수록 시력이 나빠졌지만 그는 안경 쓰기를 거부했다. 안경을 써야 할 이유는 많았으나 남자는 그런 이야기를 귀담아들으려 하지 않았다. 누가 안경 이야기를 꺼내면, 어차피 이렇게 살아온 데다 이젠 주변 사물이 갈수록 흐릿해지는 게 마음 편하다고 말했다.

날씨가 좋으면 남자는 매일 이곳에 왔다. 그는 한참 동안 무덤 사이를 어슬렁거리다 마침내 구부정하게 자란 자작나무 아래 나무 벤치에 가서 앉았다. 벤치는 남자 혼자만 앉는 곳이 아니었지만, 그는 그게 자기만의 것이라고 생각했다. 아무도 앉고 싶은 마음이 들지 않을 만큼 낡고 썩었지만, 남자는 손으로 나뭇결을 쓰다듬으며 사람에게 하듯 인사를 건넸다. "잘 있었어? 간밤에 추웠지?"

여기는 파울슈타트 공동묘지 경내에서 가장 오래된 구역이다. 많은 이들이 그냥 들판이라고 불렀던 곳이다. 예전에는 페르디난트 요나스라는 목장주의 휴경지였다. 돌멩이와 독성 미나리아재비로 뒤덮인 쓸모없는 땅이었다. 목장주는 기회가 왔을 때 땅을 재빨리 시(市)에 팔아버린 걸 기뻐했다. 가축에겐 무용지물이라도 죽은 자들에겐 유용한 터전이었다.

이곳을 찾는 사람은 거의 없었다. 마지막 장례식은 몇 달 전에 열렸다. 남자는 그게 누구의 장례식이었는지 잊어버렸다. 하지만 수년 전에 열린 어느 장례식은 아주 선명하게 기억했다. 비가 내리던 늦여름의 어느 날, 꽃집 주인 그레고리나 스타바츠가 땅에 묻혔다. 그녀가 2주 넘도록 꽃집 창고 안에 쓰러져 있는 동안, 바깥 매장에서는 잘라놓은 꽃들이 시들어가고 그 위로 먼지가 쌓여갔다. 남자는 몇 명 안 되는 다른 조문객들과 함께 무덤 옆에 서 있었다. 처음엔 신부의 추도사를 듣다가 이내 주룩주룩 내리는 빗소리에만 귀를 기울였다. 꽃집 주인과는 몇 마디 말밖에 나눠보지 못했다. 그러나 언젠가 돈을 낼 때 서로 손이 스친 뒤로 그는 별 특징 없는 그 여자에게 이상하게도 친근감을 느꼈다. 묘지 관리인들이 삽질을 시작했을 때는 눈물이 뺨 위로 흘러내렸다.

남자는 거의 매일 자작나무 아래에 앉아 상념에 잠겼다. 그는 죽은 사람들에 대해 생각했다. 여기에 묻혀 있는 많은 이들은 그가 개인적으로 알고 지냈거나 살면서 적어도 한 번은 만난 사람들이었다. 기술자, 자영업자, 마르크트 가(街)와 그 옆 작은 골목길 상점에서 일하는 직원 등, 대부분 평범한 파울슈타트 주민이었다. 남자는 그들의 얼굴을 떠올리려고 애쓰면서 기억의 조각들을 모아 그림으로 완성했다. 그 그림이 사실과 맞지 않을뿐더러, 죽은 이들의 생전 모습과는 더더욱 비슷하지 않을 수도 있다는 건 알고 있었다. 하지만 아무래도 좋았다. 머릿속에 떠올랐다 사라지는 얼굴들을 생각하면 기분이 좋았다. 가끔은 혼자 나지막이 소리 내어 웃었다. 상체를 앞으로 숙인 채 두 손은 깍지 껴서 배에 올려놓고 턱은 가슴께로 당겼다. 그곳 관리인이든 아니면 묘지를 거닐다 길을 잘못 든 사람이든, 그 순간 누군가 멀리서 남자의 모습을 보았다면 아마 남자가 기도하는 중이라고 생각했을 것이다.

진실은 이랬다. 남자는 죽은 이들의 말소리가 들린다고 굳게 믿었다. 무슨 말을 하는지 알아들을 수는 없지만, 목소리만큼은 주변에서 나는 새소리와 곤충의 웅웅대는 소리만큼이나 또렷하게 들렸다. 뒤섞인 목소리들 틈에서 때론 낱말이나 조각난 문장들이 들린다는 생각까지 들었다. 그러나 아무리 경청해도 그 조각난 소리들을 모아 의미 있는 말로 엮어내지는 못했다.

남자는 목소리를 하나씩 따로 들어볼 기회가 있다면 어떨까 하는 상상에 빠졌다. 그 목소리들은 당연히 삶에 대해 이야기할 터였다. 인간은 죽은 뒤에야 비로소 자기 삶을 최종적으로 판단할 수 있을 거라는 생각이 들었다.

그런데 죽은 자들은 남겨진 세상사에는 관심이 없을 수도 있다. 어쩌면 그들은 저세상 일에 대해 들려줄 것 같았다.

저세상에 있는 게 어떤 느낌인지 이야기할 것 같았다. 죽고, 불려 들어가고, 받아들여지고, 변하는 과정에 대해 말이다.

그러나 남자는 이 생각을 다시 떨쳐냈다. 그건 감상적이고 정말이지 터무니없어 보였다. 죽은 자들은 산 사람과 다름없이 눈물짓게 하는 사연이나 허풍 같은 시시한 이야기만 늘어놓을지 모른다는 의심이 들었다. 그렇다면 그들은 신세타령을 하고, 기억을 미화하고, 하소연하고, 고함지르고, 남을 헐뜯을 것이다. 당연히 자신이 앓았던 병에 대해서도 말할 것이다. 아니, 줄곧 자신이 앓았던 병, 쇠약해지고 죽어가는 과정에 대해서만 말할지도 모른다.

해가 공동묘지 담장 너머로 사라질 때까지 남자는 휘어진 자작나무 아래 벤치에 앉아 있었다. 그는 앞에 있는 땅의 크기를 재려는 듯 두 팔을 뻗었다가 다시 내리고는 한 번 더 크게 공기를 들이마셨다. 축축한 흙냄새와 딱총나무 꽃 냄새가 났다. 남자는 일어나 그곳을 떠났다.

마르크트 가에서는 하루의 일과가 마무리되고 있었다. 상점 주인들이 속옷, 장난감, 비누, 책, 싸구려 잡동사니를 펼쳐놓았던 가판대와 상자를 가게 안으로 들여갔다. 곳곳에서 셔터 내리는 소리가 들렸다. 거리 끝에서는 과일과 채소를 파는 상인이 외치는 소리가 쩌렁쩌렁 울렸다. 그는 상자 위에 서서 그날 남은 마지막 멜론들을 사람들에게 나누어주었다.

남자는 느릿느릿 걸었다. 창가에 앉아 거리를 내려다보며 저녁을 보낼 생각을 하니 두려웠다. 그는 간간이 손을 들어 누군지 알아보기 힘든 사람이 보내는 인사에 답례했다. 사람들은 그가 속 편히 사는 남자라고 생각할 게 분명했다. 햇볕으로 달궈진 포석 위를 한 걸음 한 걸음 내디딜 때마다 행복해하는 남자라고 볼 게 뻔했다. 그러나 사실 그는 자신이 사는 이 거리가 불안하고 낯설었다.

남자는 전에 북스터가 운영한 말고기 정육점 진열창 앞에 서서 유리에 비친 제 모습을 웅크리고 들여다보았다. 마음 같아서는 자신의 젊은 시절 모습을 보고 싶었다. 그러나 그를 마주 바라보는 두 눈에는 그의 상상력에 불을 지필 만한 형형한 빛이 없었다. 얼굴은 늙고 칙칙해 꽤나 볼품이 없었다. 머리카락 한 올에 작은 연녹색 이파리가 걸려 있었다. 그는 이파리를 털어내고 뒤를 돌아보았다. 맞은편 거리에서 마르가레테 리히틀라인이 당황한 모습으로 손수레를 끌고 걸어가고 있었다. 수레 안에는 그녀가 사지도 않은 물건들이 가득했다. 남자는 그녀에게 고개를 끄덕여 인사하고 계속 걸었다. 아까보다 발걸음을 빨리했다. 그때 그의 인생의 시간과 관련된 생각이 하나 떠올랐다. 아니, 그건 느낌이었다. 젊었을 적 그는 시간을 되는 대로 흘려보내려 했다. 나중에는 시간을 붙잡고 싶었다. 그런데 나이가 든 지금 무엇보다 간절히 바라는 건 그 시간을 되찾는 것뿐이었다.

이게 늙은 남자의 생각이었다. 그렇게 한다고 무슨 유익한 일이 생길지는 그 자신도 알 수 없었다. 해가 지면서 날이 쌀쌀해졌기에 지금은 우선 집에 가고 싶었다. 집에 가면 찬장에 있는 술을 꺼내 한 모금 마실 것이다. 그런 다음 포근한 갈색 바지를 입고 식탁에 앉을 것이다. 이때 창문을 등지고 앉아야 한다. 이렇게 세상을 등지고 앉아야만 조용히 집중해서 마음에 떠오른 생각을 끝까지 해볼 수 있다고 그는 믿었다.

하나 하임

내가 세상을 떠날 때 당신은 옆에 앉아 내 손을 잡아주었어요. 나는 잠이 오지 않았어요. 벌써 오래전부터 잠을 잘 필요가 없었죠. 우리는 함께 대화했어요. 서로 이야기를 들려주고 옛 기억을 더듬었어요. 언제나 그랬듯이 그때도 나는 당신을 바라보는 게 좋았어요. 당신은 잘생긴 남자는 아니었어요. 코는 너무 컸고, 눈꺼풀은 피곤해 보였고, 피부는 창백하고 군데군데 반점이 있었죠. 잘생기지는 않았지만 그래도 당신은 내 남편이었어요.

당신도 기억할 거예요. 내가 학교에 새로 부임해 왔을 때를요. 벌써 첫째 날에 당신은 교무실에서 내 손이 왜 그러냐고 물었어요. 손이 기형이라고, 어쩔 도리가 없다고 내가 대답했어요. 당신은 내 손을 잡고 들여다보았어요. 그러곤 창밖을 가리키며 말했어요. 저기 나무 보이죠? 저 나뭇가지들은 기형이 아니라 그냥 휜 거예요. 해가 비치는 쪽으로 자라서 그래요. 솔직히 그 말이 너무 감상적으로 느껴졌어요. 하지만 당신이 엄지로 내 손가락을 쓰다듬어주어서 좋았어요. 무지막지하게 큰 당신의 코도 좋았어요. 내가 당신을 조금쯤 날카로운 사람으로 생각했었나 봐요.

50년이 지난 뒤에도 당신은 여전히 내 손을 잡아주었어요. 내 손을 한 번도 놓지 않았다는 생각이 들었어요. 그걸 당신에게 말했죠. 그랬더니 당신은 웃으며 그 말이 맞는다고, 지금까지 내 손을 놓은 적이 없다고 했어요!

내 마지막 말이 무엇이었는지는 기억나지 않아요. 그래도 그건 당연히 당신에게 건넨 말이었을 거예요. 다른 누구에게 내가 무슨 할 말이 있었겠어요? 나는 당신에게 창문을 열어주겠느냐고 물었어요. 맑은 공기를 좀 마셔야 할 것 같았거든요. 그런데 그다음엔? 그다음엔 내가 무슨 말을 했죠?

내가 당신에게 처음 건넸던 말은 생생히 기억나요. 교무실에서 대화하기 전이었죠. 아침에 학교에 갔을 때 당신이 앞에서 학교 운동장을 가로질러 가는 걸 보았어요. 나는 당신을 붙잡고 교장실을 어떻게 가느냐고 물었어요. 실례합니다. 제가 새로 와서 그러는데요, 도와주시겠어요? 이렇게 내가 말했죠. 교장실로 가는 길을 알면서도 당신에게 물었어요. 같이 가시죠, 아가씨. 당신은 이 말만 하고는 앞장서서 말없이, 크고 무거운 걸음으로 걸었어요. 상체는 살짝 앞으로 숙이고 두 손은 뒷짐을 졌어요. 당신은 언제나 그런 자세로 걸었어요. 아침 해가 비치면서 콘크리트 바닥에 널찍한 줄무늬 모양의 교문 그림자가 생겼어요. 나는 하얀 깃이 달린 통 좁은 민트색 원피스를 입고 있었어요. 숙모에게 선물로 받은 옷이었는데, 내가 몇 시간 동안 바느질해서 몸에 맞게 고쳤어요. 깃은 아버지의 낡은 셔츠에서 잘라 꿰매 붙였어요. 나는 그 깃이 내 외모에 뭔가 자신감과 당찬 느낌을 주기를 바랐어요. 그러나 당신을 따라 학교 운동장을 걷는 동안 깃이 유행에 뒤떨어지고 뻣뻣하다는 느낌이 들어 창피했어요.

이상하지 않나요. 그렇게 오래전에 입었던 옷 색깔은 기억나는데 내가 어느 계절에 세상을 떠났는지는 생각이 나질 않아요.

나는 당신이 선생님일 거라고는 꿈에도 생각하지 못했어요. 내 마음속에는 어린 시절의 내가 책가방과 함께 머리를 땋은 모습으로 교실에 앉아 있어요. 그러니까 내 상상 속에서 선생님은 모두 늙은 사람이어야 했어요. 나이가 들고 머리는 희끗희끗한 여자들과 남자들, 커피와 분필 냄새가 나고, 권위는 입고 있는 털 조끼 소매처럼 해가 갈수록 닳아 없어지는 사람들 말이에요. 그러나 당신은 젊었어요. 당신은 구겨진 셔츠의 옷깃을 풀어 헤치고, 가죽 샌들을 신고 있었어요. 당시엔 샌들을 신는 사람들이 없었죠. 나는 당신이 학생 아버지이거나 학교 건물 관리인이거나 뭐 그런 사람일 거라고 생각했었나 봐요. 어쨌든 선생님일 거라곤 생각하지 않았어요. 아니, 당신 뒤를 따라 학교 건물로 향하면서 그런 생각조차 하지 못하고 그저 뒷짐 진 당신의 손만 쳐다보았어요. 당신의 손끝이 발그레했어요. 혼자 작열하고 온전히 제 힘으로 빛을 내는 듯 했어요.

당신은 창문을 열었어요. 당신 모습이 실루엣으로 보였어요. 바람이 들어오면서 커튼이 잠시 불룩해지더군요. 빛이 비쳤어요. 그러니까 아직 낮이었던 게 분명해요. 아니면 또 하루가 지났던 걸까요? 창문으로 가려고 일어나면서 당신은 내 손을 놓았어요. 그런데 그냥 놓은 게 아니라 머리맡에 있던 베개에 내려놓았어요. 나는 인생의 마지막 숨을 내 작은 기형의 손으로 들이마셨어요.

당신은 커피를 좋아하지 않았죠. 커피는 치아만 변색시키는 게 아니라 마음까지 시커멓게 만든다고 당신이 교무실에서 말했어요. 주위를 둘러봐요. 속이 시커먼 동료들이잖아요. 죄다 악마의 피조물이라고! 당신의 이 말에 몇몇 사람이 웃음을 터뜨렸지만 대부분은 아무것도 못 들은 척했어요. 나이 든 수학 천재인 유흐팅거 선생님만 당신 말을 곧이곧대로 받아들였죠. 그가 창문을 열어젖히자 따뜻한 공기가 들어왔어요. 우리 어둠의 자식들에게 빛을 비춰주소서. 이렇게 외친 그는 여름 햇빛을 보며 충혈된 두 눈을 깜박였어요.

나는 침대에 누워 벽에 붙은 난방기 온수 파이프에서 나는 둔탁한 소리에 귀 기울였어요.(그렇다면 겨울이었겠죠?) 오랜 세월 내 몸을 물어뜯었던 통증은 이제 희미한 기억으로만 남아 있었어요. 통증이 어느 날 갑자기 사라진 거예요. 하지만 나는 통증이 줄어드는 게 마지막 작별의 시작일 뿐이라는 걸 알고 있었어요. 그래도 시간은 조금 남아 있더군요. 당신은 침대 모서리에 걸터앉아 내 손을 잡았어요. 그리고 함께 이야기를 나누었죠…….

같이 가시죠, 아가씨! 나는 당신 말의 반어법을 금방 알아채지 못했어요. 그 호칭을 당연하게 생각했거든요. 콘크리트 바닥에 드리워진 창살 그림자를 밟으며 우리는 앞뒤로 나란히 걸었어요. 우리 둘의 발걸음 소리가 들렸어요. 그 소리는 햇빛으로 붉게 물든 담장에 부딪쳤다가 메아리가 되어 돌아왔어요. 우리는 말없이 걸었어요. 아, 방금 생각났어요. 현관 그림자 안으로 들어가기 직전 우리는 또 얘기를 나눴죠. 조심해요. 당신이 말했어요. 네. 그런데 뭘 조심하라는 말씀이에요?

창가에 있던 당신 모습이 생각나요. 어깨는 앞으로 살짝 굽었고 등은 호리호리하고 좁았어요. 두 손은 지금처럼 뒷짐을 졌죠. 그렇게 서 있는 당신 모습을 내가 얼마나 자주 보았을까요? 우리가 함께 살 집으로 들어가던 날부터 당신은 길거리를 내려다보는 걸 좋아했어요. 내가 오후 수업이 끝나거나 장을 본 뒤 집으로 돌아올 때면, 벌써 멀리서 당신이 창가에 서 있는 모습이 보였어요. 무거운 장바구니를 들고 있을 때는 짐을 내려놓고 당신에게 손을 흔들었어요. 바익셀 가 11번지 삼층집이었죠. 우리가 함께 살기 시작한 첫 집이 우리의 마지막 집이 되리라고 누가 상상이나 했을까요?

학교 건물에 들어서는 순간 갑자기 당신이 사라지더군요. 그건 분명히 혈액 순환 때문이었어요. 간밤에 거의 잠을 자지 못하고 아침도 안 먹었으니까요. 나는 잠시 비틀거리며 어둠 속에 서 있었어요. 어둠 속에서 다시 나왔을 때 당신은 벌써 큰 계단을 올라가고 있었어요. 나를 돌아보지도 않고 계단 두 개를 한꺼번에 뛰어 재빨리 올라가더군요. 나는 당신을 따라갔어요. 우리의 발걸음 소리가 서늘한 정적 속에서 따닥따닥 울렸어요.

당신은 내 손을 잡았어요. 그리고 엄지로 내 손가락들을 쓰다듬었어요. 그 비틀린 잔가지들을요. 당신의 다른 손은 당신 무릎에 놓여 있었어요. 내게 이야기를 들려줄 때면 당신은 눈을 감고 있었어요. 눈꺼풀 안쪽에서 눈알이 이야기하는 내용에 맞춰 휙휙 움직였죠. 한낮의 햇빛이 당신 얼굴에 드리워졌어요. 그러곤 밤의 불빛이 그 자리를 대신했죠. 이따금 무릎 위에 놓인 당신 손에서 손목시계 초침 소리가 들렸어요. 낮과 밤이 단 몇 시간으로 줄어든 것처럼 휙 지나갔어요. 우리는 가끔 함께 잠이 들었고, 다시 깨어났을 땐 전과 다름이 없었지요.

당신은 내게 어디에서 왔느냐고 물었어요. 나는 말귀를 못 알아들은 척했어요. 밖에서 왔지 어디서 왔겠어요. 내가 말했어요. 너무 당돌한 대답을 했다는 생각이 들었어요. 아래 학교 운동장에서 아이들이 해맑게 떠드는 소리가 들려왔어요. 교무실 선생님들은 단체로 한숨을 쉬며 움직이기 시작했어요. 나이 든 유흐팅거 선생님이 가장 먼저 창문을 닫더니 눈까지 감았어요. 당신의 엄지손가락은 움직이지 않고 가만히 있더군요. 밖이라면 아주 먼 곳에서 왔네요, 아가씨. 하지만 지금은 여기에 있고요!

당신은 내 손을 베개에 내려놓았어요. 베개보의 촉감이 매끈하고 서늘했어요. 내 입에서 더운 숨결이 나왔어요. 당신이 디딘 마루에서 삐걱 소리가 났어요. 창문틀 안에 있는 당신의 등과 어깨가 보이네요. 당신 주변의 불빛이 흔들리는 것 같았어요. 따따따 하고 잔디 깎는 기계 소리가 들린 것 같았어요. 아니면 제설기 소리였을까요? 내가 당신에게 창문을 다시 닫아달라고 말했나요? 내가 그다음 날에 대해서 말했나요? 내가 당신을 사랑한다고 말했나요? 기억나세요?

게르트 잉걸란트

"이 세상에는 양과 늑대가 있어. 하지만 선택의 여지가 없어. 네가 무엇이 될지 둘 중 하나를 고를 수 없다는 뜻이야. 알아듣겠니? 이건 결정의 문제가 아니라 운명이야. 하지만 넌 운이 좋아. 넌 늑대야. 강하고 끈기가 있거든. 너는 잡아먹히지 않아. 남을 잡아먹을 거야. 아무도 늑대 고기 맛이 어떤지 몰라. 운명은 네 편이야. 너는 우리와 같은 사람이야."

아빠가 이 말을 해주었을 때 나는 열 살이었다. 아빠는 은행에서 일했다. 아빠의 옷장에는 넥타이 스무남은 개와 다림질하고 솔질한 양복들이 한 줄로 걸려 있었다. "지금 이대로가 좋아. 앞으로 더 좋아질 거야." 아빠는 소파에 앉아 방을 둘러볼 때마다 이렇게 말했다. 엄마는 그 옆에 앉아 손을 아빠 손 위에 포개고 고개를 끄덕였다. 엄마는 손가락으로 아빠 손등의 길고 검은 털을 가지고 장난을 쳤다. 엄마가 그 털을 좋아했는지 싫어했는지는 알 길이 없었다. 잡아당기는 모습으로 봐서는 그걸 뽑아버리려는 것 같았다.

나의 첫 기억도 털과 관계가 있다. 아주 어렸을 적의 일이다. 나는 커튼 뒤 바닥에 앉아 있었다. 어딘가에 창문이 열려 있어서 커튼이 흔들렸다. 커튼 사이로 햇빛이 어른거렸다. 그때 커튼이 확 젖혀지더니 엄마가 서서 울고 있었다. 혹시 웃은 건지도 모르지만, 내 기억엔 별 차이가 없다. 엄마는 나를 안아 들어 올렸다. 엄마 머리카락에서 부엌과 일요일 아침의 냄새가 났다. 엄마 머리카락은 긴 금발이었다. 그 머리카락이 내 전신을 다 덮고 내가 엄마 머리카락 속으로 사라질 것 같은 느낌을 받았다.

나중에 우리는 마르크트 가 뒤쪽에 있는 다락방 집으로 이사했다. 집은 좁고 천장이 낮았지만, 주변 건물 지붕에 앉은 비둘기를 관찰할 수 있었다. 가끔 황조롱이가 나타났다. 어스름한 저녁이면 박쥐들이 굴뚝 위에서 비틀거리며 날았는데 그 모습이 술 취한 사람의 작은 그림자 같았다.

나는 딱정벌레와 파리 같은 곤충을 수집했다. 곤충을 산 채로 잡아 작은 깡통에 넣었다. 깡통을 귀에 대고 있으면 곤충이 죽어가는 소리가 들렸다. 얼마 후면 곤충은 서서히 말라 조약돌처럼 딱딱해졌다.

아빠는 은행에 다니고 나는 학교에 다녔다. 엄마는 날마다 아침 식사 전에 아빠가 입을 깨끗한 양복과 내가 입을 셔츠와 바지를 의자 등받이에 걸쳐놓았다. 그럴 때 엄마는 야릇한 미소를 지었다. 엄마는 무슨 일을 할 때마다 얼굴에 그런 모호한 미소를 띠었다. 나는 그게 무엇을 뜻하는지 정확히 몰랐지만, 엄마가 우리를 자랑스러워하는 거라고 생각했다.

성장하면서 나는 친구가 생기고 여자애들에게도 관심이 생겼다. 학교생활도 아무 문제가 없었다. 모든 게 바라던 대로였다. 나는 인생이 살아볼 만하다는 사실을 깨달았다고 생각했다. 그 길이 나를 어디로 이끌지 알지도 못하면서 올바른 길을 찾아냈다고 자신했다.

그러다 사건이 터졌다. 막 열일곱 살이 되던 해의 늦여름이었다. 나는 친구 두 명과 함께 학교 운동장을 가로질러 갔다. 그늘 하나 없는 넓은 콘크리트 마당이었다. 앞에는 도로 쪽으로 난 무쇠 철문이 우뚝 솟아 있었다. 단독 주택만큼 높고 검은 바탕에 꼭대기가 금색인 교문이었다. 오후의 햇빛을 받아 금색이 번쩍거렸다. 하늘에서 여새 떼가 날아가면서 운동장에 어른어른 그림자를 드리웠다. 새들은 바람에 날리는 베일처럼 한동안 위로 솟았다가 아래로 내려오더니 갑자기 학교 건물 뒤로 사라졌다. 날이 더웠다. 콘크리트 바닥에는 수많은 학생들이 뱉은 껌이 흐물흐물해져서 걸을 때마다 신발 바닥이 달라붙었다.

길거리에 요하네스 슈토름이 서 있었다. 옆 반 남자애였다. 키는 별로 크지 않았지만 어깨가 떡 벌어지고 다부졌다. 가슴도 술통처럼 넓었다. 머리는 컸지만 앳된 모습이었고 머리카락은 짧은 금발이었다. 눈은 가운데로 몰려 있었는데 사람과 말을 할 때 상대방 얼굴을 쳐다보지 못했다. 학교 바깥에서는 아무도 그 아이와 상대하지 않았다. 그러나 그 아이가 우악스러운 엄마와 함께 살고 있다는 건 누구나 알고 있었다. 그 엄마는 마르크트 가의 상점 앞 인도를 닦고 진열창을 청소하는 여자였다.

슈토름은 길거리에 서서 담배를 피우고 있었다. 그러면서 뭔가 엄청나게 재미난 거라도 발견한 양 땅바닥을 주시했다. 우리는 그 아이 앞에 가서 섰다. 내가 담배를 하나 달라고 했다. 그는 고개조차 젓지 않았다. 그의 관자놀이에서 작은 땀방울이 줄지어 반짝였다. 슈토름은 왼손에 담배를 들고 오른손은 바지 주머니에 찔러 넣고 있었다. 나는 소란 피우고 싶지 않으니 그냥 담배만 하나 달라고 했다. 그는 대답하지 않았다. 폐기물과 쇳조각을 실은 화물차가 덜커덩 소리를 내며 도로를 지나갔다. 운전사의 손이 창문 밖으로 나와 아래로 늘어져 있었다. 그는 밖에서는 들리지 않는 음악의 박자에 맞춰 손가락으로 운전석 문짝을 두드렸다. 화물차가 모퉁이를 돌자 덜커덩 소리도 점차 사라졌다. 학교 건물에서 여학생 몇 명이 떠드는 소리가 들려왔다. 그러곤 창문이 쾅 닫히고 다시 조용해졌다.

"게르트, 너 담배 피우려고 한 거 아니야?" 친구들은 내 뒤 50센티미터 되는 곳에 서 있었다. 당시 우리는 늘 붙어 다니는 친한 친구들로 통했다. 그런데 겨우 몇 년 뒤 나는 그들의 얼굴조차 기억나지 않았다.

나는 한 걸음 더 슈토름에게 다가갔다. "너도 분명 소란 피우고 싶지 않을 거잖아." 내가 말했다. "아니야? 시끄럽게 하고 싶어, 슈토름?"

그는 대답하지 않았다. 그냥 가만히 서서 바닥을 내려다보며 담배 연기를 앞으로 내뿜었다. 그런 다음 담배꽁초를 버리고 위를 올려다보았다. 그는 우리를 죽 둘러보다가 학교 운동장 쪽으로 시선을 돌렸다. 몸집이 작은 아이들 몇 명이 뛰어다니고 있었다. 내 목덜미에 맺혔던 땀이 흘러내리는 게 느껴졌다. 더운 열기가 숨구멍이란 숨구멍은 다 뚫고 들어와 몸속을 꽉 채우는 느낌이었다. 나는 슈토름의 얼굴을 보며 말했다. "이제 너를 잡아먹겠어!"

미친 짓이었지만 나는 정말 그러려고 했다. 그 애의 몸을 잡고 내 쪽으로 끌어당기려 했다. 그러나 내가 그 애의 옷깃을 잡기도 전에 그는 번개처럼 바지 주머니에서 주먹을 빼더니 내 배를 후려쳤다. 나는 상체가 앞으로 쏠리며 고꾸라졌다. 하지만 주저앉기도 전에 그는 또 무릎으로 내 이마를 가격했다. 비틀거리며 쇠기둥 쪽으로 밀려난 나는 거기에서 천천히 포석 위에 주저앉았다. 위를 쳐다보니 금색의 뾰족한 교문 끄트머리가 바람 속의 갈대처럼 흐느적거렸다. 슈토름의 머리가 내 얼굴 위로 나타났다. 나는 도망치려 했지만 어디로 가야 할지 몰랐다. 그래서 눈을 감고 두 손으로 얼굴을 가렸다. 바닥에 닿은 귀에서 소리가 들렸다. 갈수록 소리가 커지면서 잠시 포석을 통해 땅의 맥박 소리가 들리는 느낌이 들었다.

학교생활이 끝났다. 나는 대체로 사람들의 기대에 부응했다. 학교 교문을 마지막으로 나설 때는 뒤돌아보지 않고 시선을 꼿꼿이 앞쪽에 고정했다. 내게는 아직 갈 길이 남아 있다고 믿고 싶었다.

열아홉 살이 되면서 나는 대학 공부를 하기 위해 파울슈타트를 떠났다. 어느 포근한 날 아침, 버스가 도시를 벗어날 때 나는 소리 내어 웃었다. 그러나 그건 맥없는 웃음이었다. 이제 나는 웃음을 믿지 않았다.

나는 가능하면 빨리 학업을 마치고 사회에 나가 출세할 계획을 세웠다. 강의를 듣고, 세미나에 참석하고, 학생 활동에도 참여하려고 노력했다. 친구들과 날마다 대학교 주변에 널려 있는 술집에서 만나 많은 대화를 나누었다. 대부분은 정치 이야기였다. 그럴 땐 늘 술을 마신 터라 대화가 격렬해졌다. 나는 술을 자제했다. 마음속에 막연한 불안감이 도사리고 있었다. 가끔 좌중이 시끄러워지거나 누가 호전적이 되어 일그러진 얼굴로 벌떡 일어나면 속에서 오싹하는 전율이 느껴졌다. "그만해." "제발 그만하라고!" 그럴 때마다 이렇게 소리 질렀지만 다른 아이들은 그냥 웃기만 했다. 나는 입을 다물고 가장자리에 앉아 있기로 했다. 누가 나를 쳐다보면 미소를 지으려고 애썼다.

두 번째 해에는 한 여자애를 좋아하게 되었다. 적어도 내 생각에는 눈부시게 아름다운 아이였다. 피부가 꿀 빛깔이었는데 어디 한 군데도 지저분하게 얼룩진 곳이 없었다. 티끌 하나 없이 깨끗했다. 그때까지 내가 보거나 만져본 것 중에서 가장 매끄럽고 부드러웠다. 그녀와 함께 있지 못하면 보고 싶어 병이 날 지경이었다. 어느 날 그녀가 사는 집 문지방에 서서 네 피부가 부드럽다고 말하자 그녀는 폭소를 터뜨렸다. 부끄러움과 분노로 몸을 떨며 길거리에 나온 지 한참이 지난 뒤에도 계단실에 메아리쳐 울리던 그 웃음소리가 들리는 것 같았다.

상심에 빠진 내 심장이 완전히 터져버린 느낌이었다. 나는 학생회 모임도 포기하고 저녁엔 혼자 방에서 시간을 보냈다. 하루하루가 지나가고 몇 주가 흘렀다. 그러던 어느 날 누가 방 문틈으로 누르스름한 봉투에 담긴 편지를 밀어 넣었다.

아빠가 돌아가셨다.

글자를 읽어도 뜻이 이해되지 않는다. 이건 고통도 아니고 슬픔도 아니다. 그냥 기분이 이상야릇하다. 나를 둘러싼 시간이 멈춘 것 같고 무슨 젤리처럼 굳어진 것 같다. 가을에 맥을 못 추는 파리들처럼 젤리 주변으로 생각이 왱왱거리며 날아다닌다. 옆방에서는 매번 똑같은 노래가 라디오에서 흘러나온다. 자꾸만, 자꾸만, 똑같은 노래가.

엄마와 나는 장례식을 치렀다. 그건 작별이 아니라 일 처리였다. 무덤에서 우리는 울지 않았다. 은행에서 돈을 조금 보내왔다. 나는 다시 옛날에 지내던 방으로 들어갔다. 서랍에서 곤충이 든 깡통을 발견했다. 나는 그걸 버리지 않았지만 열어보지도 않았다. 물건들을 제자리에 둔 채 나는 내 어린 시절의 작은 왕국에서 다시 삶을 꾸렸다.

아빠가 돌아가시자 엄마는 더는 웃지 않았다. 모호한 미소가 그냥 증발한 듯했다. 미소가 사라지면서 엄마의 얼굴과 나중에는 엄마라는 사람마저 모조리 증발했다. 엄마는 거의 눈에 띄지 않게 사라져갔다. 엄마가 돌아가시고 많은 세월이 흐른 뒤에야 나는 내가 혼자라는 걸 깨달았다.

나는 라인잠 & 죄네 보험회사 사무소에 취직했다. 여직원 세 명과 사무실을 함께 썼다. 영수증을 분류하고 대차 대조표를 점검하는 게 우리의 업무였다. 그중 소냐라는 이름의 여자는 내게 어떤 매력이 있다고 생각했다. 우리는 어느 날 저녁 만나기로 약속했다. 그녀를 만난 날 포도주를 마셨다. 그게 실수였다. 술을 마신 뒤 그녀는 내가 사는 집으로 따라오고 싶어 했다. 나는 그녀를 데리고 왔다. 함께 소파에 앉아 그녀에게 즉흥적으로 꾸며낸 이야기를 들려주었다. 그녀가 처음 내 몸을 만졌을 때 나는 그게 무슨 뜻인지 눈치채지 못했다. 나중에 그녀는 내 뺨에 자신의 뺨을 갖다 댔다. 나는 포도주와 그녀의 머리카락 향내에 혼미해진 채 그녀의 냄새를 맡았다. 그때 내가 실수를 하지 않았더라면 아마 모든 게 달라졌을 거다. 그녀는 내게 그런 건 누구에게나 일어날 수 있으니 신경 쓰지 말라고 했다. 그러면서 어린아이에게 하듯 내 머리를 쓰다듬었다.

그 일이 있고 몇 주 뒤 소냐는 사표를 냈다. 새로운 삶을 시작하기 위해 과감히 새 출발을 하고 싶다는 거였다. 나는 그녀가 책상을 정리하는 걸 지켜보았다. 신나게 팔을 휘저으며 책상의 물건을 가방 안에 쓸어 담을 때는, 그 물건들과 함께 나의 남자로서의 가능성까지 함께 치워지는 것 같은 느낌이 들었다.

혼란스러웠다. 모욕당한 기분이었다. 그러나 조금쯤 홀가분함도 느꼈다. 3주 뒤 어느 길거리 모퉁이에서 소냐가 요하네스 슈토름과 부둥켜안고 있는 모습을 보지 않았다면, 아마 나는 그녀를 곧 희미한 기억 속의 모습으로만 간직했을 것이다.

그날은 아침 일찍부터 비가 왔다. 11월에 내리는 차가운 보슬비였다. 도시는 희뿌연 초저녁 안개 속에 잠겨 있었고, 물웅덩이에는 가로등과 네온사인 불빛이 어른거렸다. 사무실에서 퇴근하던 나는 마르크트 가를 서둘러 걷고 있었다. 가을 낙엽이 어두운 강물에 떠다니듯 거리를 표류했다. 그 순간 두 사람의 모습이 눈에 들어왔다. 그들은 조피 브라이어 담배 가게의 차양 밑에 서 있었다. 슈토름은 두 팔로 소냐를 안고, 소냐는 머리를 슈토름의 가슴에 기대고 있었다. 소냐는 눈을 감고 있었다. 슈토름은 고개를 살짝 쳐들고 내리는 비를 바라보았다. 학교를 졸업한 뒤 나는 슈토름을 한 번도 본 적이 없었다. 관자놀이 근처가 희끗희끗해졌지만 두 눈이 가운데로 몰려 있는 얼굴은 별로 늙어 보이지 않았다. 그의 손이 천천히 소냐의 등을 훑으며 아래로 내려갔다. 그는 오한이 드는 듯 몸을 움찔했다. 그러더니 얼굴을 내 쪽으로 돌렸다. 그 순간 나는 그의 콧방울이 벌름거리는 걸 보았다.

그 모든 게 벌써 오래전 일이다. 내 기억 속에서는 비가 그친 적이 없다. 세상이 가라앉았다. 지금 나는 이곳, 부모님 사이에 누워 있다. 그것은 그리 오래되지 않았다. 조용하다. 밤이면 가끔 멀리서 들짐승 우는 소리가 들린다. 처음엔 아이 울음처럼 맑고 한결같은 소리가 아주 희미하게 들리다가, 곧 급작스럽게 소리가 높아진 뒤 점점 시끄럽고 다급해지면서 온밤을 가득 채울 듯이 울어댄다. 나는 가만히 누워 늑대들이 울부짖는 소리를 들어본다. 그러다 어느 순간 갑자기 소리가 끊긴다. 나는 그게 공동묘지 담장에 난 구멍을 통과하는 바람 소리라는 것을 안다. 노(老)[★]슈비터스의 타락한 아들이 맥주를 마시고 술기운에 담에다 발길질을 해서 뚫어놓은 머리통 크기만 한 그 구멍 말이다.

★ 독일어에서 아버지와 아들의 이름이 같을 때 아버지와 아들을 구별하기 위해 아버지 이름 앞에는 'alt'를, 아들 이름 앞에는 'jung'을 붙인다. 이 글에서는 'alt'를 '노(老)'로 번역했다.

소냐 마이어스

토요일에 학교가 끝나면 나는 할아버지를 찾아갔다. 할아버지와 나는 할아버지 책상에 앉아 체스를 두었다. 할아버지는 이따금 내 이름이나 당신 손에 쥐고 있는 체스 말의 이름을 잊기도 했다. 때론 할머니가 언제 집에 오느냐고 물었다. 할머니는 20년 전에 돌아가셨지만, 그걸 할아버지에게 말할 수는 없었다. 오늘은 할머니가 늦게 오실 거라고만 했다. 할아버지는 그 말을 듣고 안심했다. 그러면 우리는 계속 체스를 둘 수 있었다. 서랍장 위에 할머니 사진이 놓여 있었다. 젊은 시절 모습이었다. 그다지 예쁘지 않았고 눈에 띄는 얼굴도 아니었다. 할머니는 밝은 색 블라우스를 입고 목에는 목걸이를 걸고 있었다. 엷게 지은 미소가 무얼 말하는지 알 수 없었지만, 할아버지는 그게 자신을 비웃는 거라고 생각했다. 한번은 내가 액자에서 사진을 꺼내 자세히 들여다본 적이 있다. 사진 뒷면에 연필로 뭔가가 적혀 있었다.

III/3/21
나는 병을 얻고
내 비극에서
주인공 역할을 하다가
죽었다.

비극의 제목은 이렇다.

'모든 것이 헛되도다'

할아버지는 그게 무슨 뜻인지 몰랐다. 나는 사진을 도로 액자에 끼우고 우리는 계속 체스를 두었다. 한참을 곰곰 생각하다가 할아버지가 말했다. 이번엔 병사를 C7에 놔야겠군.

호베르크 신부

전쟁이 끝났을 때 나는 세 살이었다. 그리고 11월의 어느 날, 아버지가 집에 돌아왔을 때는 다섯 살이었다.

아버지는 가죽 자루를 어깨에 메고 창백한 얼굴로 문가에 서서 나를 내려다보았다. 앞을 풀어 헤친 무거운 외투 안에 구멍 난 스웨터를 받쳐 입고 있었다. 아버지가 나를 들어 올려 내 얼굴을 당신 가슴에 묻자 스웨터 털에서 축축한 기운이 느껴졌다. 뒤쪽 부엌에는 어머니가 서 있었다. 라디오에서 나오는 기상 예보가 갑작스레 흐느끼는 어머니의 울음소리를 삼켜버렸다.

그 주 일요일에 우리는 미사를 보러 갔다. 아버지와 어머니의 손을 잡고 나는 난생처음 천장이 높은 성당에 발을 들여놓았다. 모자이크로 장식된 창문 너머로 성당 마당에 있는 밤나무 우듬지가 흔들리는 것이 보였다. 화려한 색상으로 그려진 성인들의 모습이 살아 있는 사람 같았다.

바람이 우리를 따라 문을 통해 들어왔다. 죽 늘어선 봉헌 촛불의 불꽃들이 연달아 깜박이며 일렁였다. 어머니는 그 위에 두 손을 대고는 내게도 똑같이 하라고 했다.

사람들이 소원을 빈 촛불에 대고 손을 녹이자. 어머니가 말했다.

자리는 줄마다 빽빽하게 들어차 있었다. 어두운 색 외투와

펠트 모자 차림의 사람들이 고개를 숙이고 있는 모습이 피곤하고 둔중한 동물 떼처럼 보였다. 여기저기서 속삭이는 소리, 기침 참는 소리, 나무 의자가 삐거덕대는 소리가 들렸다.

입김이 뿜어져 나왔다.

오르간 연주가 시작되었을 때 나는 일어나 밖으로 나가려고 했다. 오르간 소리가 천장의 십자형 아치 밑까지 올라가 실내를 가득 채웠다. 소리는 성당 벽을 폭파할 기세였다. 그때 내 무릎 위에 와 있는 엄마의 손이 느껴졌다. 나는 가만히 있었다.

자비송을 부르는 동안 처음으로 압박감을 느꼈다. 제1독서가 끝난 뒤에는 더는 참기 어려웠다.

나가야 해요. 내가 말했다.

지금은 안 돼. 아버지가 말했다.

참아보려고 애썼다. 몸을 웅크리고 주먹을 무릎 사이에 끼운 채 나는 뻣뻣한 외투를 입은 부모님 사이에 앉아 주문을 중얼거렸다. 복음이 낭독될 때는 무릎을 꿇고 소리 없이 울기 시작했다. 그러다 성전 정화 대목에서 몸을 벌떡 일으켰다.

나가야 해요. 내가 말했다.

앉아 있어. 아버지가 말했다.

그 순간 나는 양팔을 벌렸다가 다시 축 내려뜨렸다. 사람의 아들이 영광에 싸여 모든 천사와 함께 오면, 자기의 영광스러운 옥좌에 앉을 것이다. 신부님이 앞에서 낭독하는 동안 나는 바지에 오줌을 쌌다. 눈물이 얼굴을 타고 흘러 내렸다.

'밤까지 계속 그 바지 입고 있어. 넌 하느님 아버지를 욕 보였어.'

꼭 14년이 흐른 뒤 어느 일요일이었다. 그날 아버지는 귀향한 뒤 줄곧 시달려온 폐병으로 세상을 떠났다. 막바지에 이르러서는 병세가 급속히 악화되었다. 누구에게 작별의 말을 할 겨를도 없이 아버지는 한낮이 되기 전에 집에서 실려 나갔다. 비쩍 마르고 가벼운 몸이 흡사 마른 나뭇가지 뭉치 같았다.

몇 주가 지난 뒤 어머니도 아버지를 따라갔다. 외출했다 집에 돌아오는 길에 어머니는 물건이 가득 든 장바구니를 팔에 건 채 갑자기 멈춰 서서 고개를 뒤로 젖혔다. 그러곤 잠깐 저 멀리 구름 하나 없는 하늘의 한 곳을 뚫어져라 응시하는가 싶더니, 옆으로 비틀거리다가 인도 한가운데에서 쓰러져 돌아가셨다. 장바구니에서 큼지막한 빨간 사과 네 개가 길거리로 데굴데굴 굴러 나왔다. 사과는 잠깐 햇빛을 받아 반짝이며 놓여 있다가 곧 차례로 퇴근길 차량 바퀴 밑으로 들어갔다.

이제 나는 혼자였다. 남아 있는 기나긴 삶을 상상하자니 혼란스러웠다. 나는 길을 찾아 나섰다. 만나는 사람마다 붙잡고 이야기를 나누었지만, 그들은 아무것도 말해주지 않았다. 부모님 무덤 앞에 몇 시간씩 서 있기도 했다. 하지만 그분들이야말로 무슨 말을 해줄 수 있는 처지가 아니었다. 나는 '황금달'이라는 술집에 가서 앉았다. 그러나 술기운과 몽롱한 생각 탓에 속만 메슥거렸다. 버스를 잡아타고 교외로 나갔다. 들판을 지나 종점까지 갔다가 되돌아왔다. 이마를 차창에 대고 스쳐 지나가는 풍경들이 내 숨결 뒤로 사라지는 모습을 바라보았다. 그렇지만 아무 일도 일어나지 않았다.

어느 날 성당에 갔다. 그 옛날 될 대로 되라는 심정으로 앉아 있던 곳에 가서 자리를 잡았다. 양옆 부모님 사이에서 느꼈던 안도감이 떠올랐다. 어머니의 포근함이 기억났다. 존경할 만한 분이었지만 수많은 평범한 사람들 중 한 명이었던 아버지도 생각났다. 금지되었으나 통제할 수 없었던 다급함, 그리고 수치심과 기쁨이 뒤따랐던 구원도 떠올랐다.

그때부터 나는 매일 성당에 갔다. 어느 날 그런 내 모습이 신부님 눈에 띄었다. 나는 늘 혼자 있으려고 애썼기에 대개는 정오쯤에 갔다. 그 시간에는 노인이나 외로운 사람들조차 어쩌다 성당에 들어오는 일은 없었으니까. 그랬던 만큼 신부님이 느닷없이 옆에 서 있었을 때 나는 화들짝 놀라고 말았다. 신부님은 키가 작고 체격이 여성스러웠다. 수단을 입고 검은 허리띠를 배에 두른 자태가 우아했다. 나는 나쁜 짓을 하다 현장에서 들킨 기분이 들었다. 눈을 들어 신부님 얼굴을 보는 순간 왈칵 눈물이 쏟아졌다.

'내가 너를 지명하여 불렀으니, 너는 나의 것이다.'

　신부님의 호의로 내 앞길이 마련돼 있었지만 지금은 그분의 이름조차 생각나지 않는다. 그분의 강론을 들었던 기억도 없다. 언젠가 신부님이 말했다. 공공 기관이나 관청에서만 이름에 관심이 있지 하느님 앞에서 우리는 모두 '사람'일 뿐이라고. 그 말이 마음에 들었다. 나는 신부님을 무척 좋아했다. 우리가 처음 만난 뒤부터, 그러니까 신부님이 내 이마에 엄지손가락으로 글자를 쓰고 내가 어두운 성당 그늘에서 나와 밝은 햇빛 속으로 들어간 뒤부터, 나는 이미 그분을 본받아 신부를 직업으로 택하기로 결심했다. 길 찾기는 끝났다. 신부님이 나를 찾아냈다. 자신감과 기쁨에 사로잡힌 나는 맞은편 거리의 비계에 앉아 있는 인부들을 향해 웃었다. 그들은 아무 말 없이 묵묵히 빵을 베어 먹었다. 그들이 든 술병 속의 맥주가 찰랑거렸다.

　신학 대학은 집에서 멀리 떨어진 곳에 있었다. 거기에서 나는 이질감을 느꼈고 별난 아이로 통했다. 나는 친구도 적도 없었다. 다른 아이들이 나를 상대해주지 않았다. 그들의 갈망은 나와는 아주 달랐다. 그 아이들이 저녁에 축구를 하거나 시편을 낭송하는 동안, 나는 방에서 무릎 꿇고 앉아 벽을 보고 오랜 시간 기도를 드렸다. 그러다 석회 벽이 갈라진 틈에서 '세 번 존경받는 성모*'가 입은, 별이 그려진 외투를 보기에 이르렀다.

　나는 순수하게 감사하는 마음에서 면도날로 가슴에 십자

38

성호를 세 개 그었다. 이 사실은 아무에게도 말하지 않았다.

신학 대학을 마친 뒤에도 나는 한동안 타지에 머물렀다. 얼마 후 신부님이 돌아가셨다. 돌아가시기 전에 그분은 나를 당신의 후계자로 추천했다. 나는 우리 교구에서 봉사하려고 고향으로 돌아왔다. 하지만 사람들은 나를 못 미더워했다. 그들은 서로 머리를 맞대고 은밀히 귓속말을 나누었다. 일요일이면 성당 문 앞에 서서 일일이 사람들과 악수하며 인사하는 젊고 호리호리한 나를 이상야릇한 남자로 보고 비웃었다. 그러나 주님은 나를 선택하셨다. 강론을 할 때면 주님이 내 입을 빌려 말씀하셨다. 그분의 말씀은 기쁨과 해방의 복음이었지만, 사랑의 두려움과 인내의 고난과 헌신의 희생에 관한 메시지이기도 했다. 때로 나는 활활 타오르는 열망에 사로잡혀 제단에 서서 부르짖었다. 여러분의 고통은 지나갈 것입니다. 여러분은 하느님 안에 있고 하느님은 여러분 안에 있기 때문입니다!

그건 내 마음속에 있던 생각이었다. 가슴속에서 불붙어 며칠이나 나를 몰아대고 밤을 지새우게 만든 생각이었다. 나는 사람들에게 길을 알려주고자 했다. 사람들을 정화하

★ Mater Ter Admirabilis : 성모 마리아에 대한 존칭. 예수회의 야코프 렘 신부가 성모 마리아를 그린 그림을 보며 '존경받는 마리아님'이라는 구절을 세 번 반복한 데서 유래한다.

려 했고, 강하게 만들려 했고, 나를 따라오게 하려고 했다. 나는 알고 있었다. 분명히 알고 있었다! 내게 그럴 힘이 있다는 것을.

어느 해 여름날 아침이었다. 날이 가물어 집들이 들판의 먼지로 잿빛이었다. 나는 제단 앞에 엎드리려고 성당에 갔다. 전날 밤새도록 시내를 걸으며 자꾸만 솟아나는 의심과 내 노력이 헛될지 모른다는 느낌과 씨름한 뒤였다. 나는 밤새 달빛을 받으며 조용한 거리를 걸었다. 내 발걸음 소리만 귀에 울리던 그때, 내가 주님께 말씀드렸다. 아버지, 도와주소서. 어둠과 마주했을 때 절망하지 않게 하소서. 제 발걸음을 인도하시고, 두 손을 강건하게 하시고, 정신에 활력을 주시고, 가슴에서 두려움을 몰아내소서. 아버지, 사람들을 인도할 수 있도록 저를 이끌어주소서. 그들을 무지의 숲과 거짓의 가시덤불에서 끌어내 단 하나의 빛이 비치는 곳으로 인도하게 하소서.

그렇게 밤길을 걷다 보니 마침내 아침이 밝아오고 도시가 어둠 속에서 몸을 일으켰다. 마지막까지 버티고 있던 밤의 그림자들이 술집 황금달에서 휘청거리며 걸어 나와 서로 헤어지는 걸 보았다. 꽃집 여주인이 도매 시장에서 사 온 싱싱한 작약과 카네이션과 히아신스 다발을 차에서 꺼내 가게로 가지고 들어가는 걸 보았다. 벤치에 앉은 늙은 여자 두 명이 발치에서 빵 부스러기를 쪼아 먹는 비둘기를 바라보는 모습을 보았다.

시청사 뒤쪽에서 홀쭉한 소년이 인도 가장자리에서 개를 끌고 아슬아슬하게 중심을 잡으며 걸었다. 소년은 개 목줄을 자꾸만 억지로 잡아당겼다. 개는 낑낑거리며 가지 않겠다고 버텼으나 소용없었다. 얼른 와. 안 그러면 혼날 줄 알아. 소년이 말했다. 목소리는 낭랑하고 천진난만했지만 긴장과 짜증으로 떨렸다. 개는 숨이 막히는 듯 짧게 기침을 내뱉었다. 그러곤 바닥에 납작 엎드려 더는 뻗대지 않았다. 소년은 배수로 위에서 개를 계속 잡아끌었다. 나는 소년의 길을 막아섰다. 거기 서. 내가 말했다. 소년은 나를 쳐다보았다. 화가 난 모습이었다. 그러나 나는 소년의 분노 뒤에서 근심과 두려움을 읽었다. 두려워하지 마라. 내가 말했다. 하느님 앞에서는 모든 피조물이 똑같단다. 우리는 그분의 피조물이란다. 그분의 품에서 우리는 모두 하나란다.

소년이 한 걸음 뒤로 물러섰다. 그의 두 눈이 휘둥그레지는 걸 보는 순간 내 마음속에서 불안감이 치솟았다. 소년이 나를 이해하지 못하고 돌아서 가버릴 거라는, 뜨겁고 맹렬한 불안감이었다.

거기 서라니까. 내가 날카로운 소리로 명령했다. 네 영혼을 깨끗이 정화하거라. 전능하신 하느님 앞에 네 죄를 고백하고 깨달음을 청하거라!

소년이 몸을 돌렸다. 나는 그의 어깨를 움켜잡았다. 내 몸이 떨렸다. 나는 얼굴을 들어 하늘을 보고 부르짖었다. 오주여, 이 소년을 받아주소서! 이 소년을 당신 품에 받아주소서! 이 아이를 받아주시어 당신의 끝없는 사랑으로 보호하소서! 오 하느님, 이 아이를 구원하소서!

그렇게 부르짖는 동안 개는 낑낑거리고 소년은 고함을 질렀다. 그 소리가 아득히 먼 곳에서 들리는 듯했다. 소년은 몸을 움찔하더니 나를 뿌리치고 달아났다.

시선을 위로 한 채 나는 잠시 가만히 서 있었다. 시청사 지붕마루에서 비둘기 네 마리가 차례로 종종걸음을 치며 뛰어다녔다. 텔레비전 안테나가 아침 햇살을 받아 눈부시게 빛나며 비쩍 마른 십자가처럼 하늘로 솟아 있었다.

다시 시선을 떨군 순간 모든 게 달라져버렸다. 나는 드디어 확신을 얻었고 엄청난 사실을 깨달았다. 그러나 절망에 빠지기는커녕 마음속에서 평온함이 퍼져나갔다. 기분이 날아갈 듯 가볍고 자유로웠다. 하마터면 백주 대로에서 웃음을 터뜨릴 뻔했다. 맞은편 거리에서 중년 부부가 함께 팔짱을 끼고 걸어갔다. 부인이 활기찬 목소리로 남편에게 끈질기게 말을 걸었다. 부부는 잠시 멈춰서 나를 바라보다가 곧 모퉁이를 돌아 사라졌다.

나는 성당으로 갔다. 실내는 조용하고 서늘했다. 희미한 빛줄기 속에 먼지가 어른어른 떠다녔다. 성인들이 굳은 모습으로 서 있었다. 앞뒤 신자석 사이 바닥에 성가집이 펼쳐진 채 놓여 있었다.

'주님은 내게도 찬송하게 하십니다.'

봉헌 초를 올려놓은 탁자에서는 초가 하나만 켜져 깜박거렸다. 나는 그걸 들고 중앙 통로를 지나 앞쪽으로 가져갔다. 십자 성호는 긋지 않았다. 무릎도 꿇지 않았다. 그 어떤 목소리에도 귀 기울이지 않았다.

초는 내 손에 있었다.

주님의 제대에는 하얀 제대포가 깔려 있었다. 이곳은 더는 제대가 있을 곳이 아니었다. 나는 불꽃을 제대포 가장자리에 갖다 댔다. 순식간에 불이 붙었다. 성당 내부에서 서늘한 바람이 불었다. 불꽃이 위로 치솟았다. 가장 먼저 십자고상(十字苦像)이 타올랐다. 예수상이 바스락거리며 타다가 딱딱 소리를 냈다. 형상이 십자가에서 떨어져 나와 천천히 앞으로 넘어지는 동안 예수가 웃는 것 같았다. 제대가 불길에 휩싸였다. 나는 초를 가지고 성가집이 쌓여 있는 뒤쪽으로 갔다. 기름을 흠뻑 먹은 듯 책에도 훨훨 불이 붙었다. 성가집 몇 권을 위로 던졌다. 책들은 불타는 새들처럼 잠시 푸드득거리다가 신자석으로 떨어졌다. 성가집 한 권이 기도실 커튼 밑으로 미끄러져 들어갔다. 커튼은 부풀어 오르다 소리 없이 한 번에 폭발하며 불이 붙었다. 신자석에서 화염이 쉭쉭거리고 우지끈 하는 소리를 냈다. 니스를 바른 의자에서 작열하는 꽃처럼 기포가 터지고, 거기서 나온 실 같은 연기가 위로 퍼졌다. 마음속에 평화가 깃들었다. 이제 나는 모든 걸 알았으니까. 머리 위로 유리창과 성인상들이 형형색색의 조각으로 부서져 비처럼 쏟아졌다. 창문에 난 구멍으로 바람이 들이닥쳐 불길을 더욱 거칠게 몰아세웠다. 제단이 불타고, 성수대의 불빛이 흔들리고, 높은 천장 아래 어두운 곳에서는 불꽃이 춤추는 별처럼 어지럽게 소용돌이쳤다.

나비드 알 바크리

내 묘비엔 다음과 같이 적혀 있다. "신은 위대하며 우리는 그분의 자식이다." 궁금하다. 대체 누가 이걸 새겨 넣었을까? 나는 어머니 아야샤 알 바크리와 아버지 아부 나비드 무하메드 알 바크리의 아들이다. 혹시 내가 만들어질 때 신도 함께 거들었는지는 잘 모르겠다. 나는 신과 알고 지낸 적이 없다.

부모님을 따라 오랜 여행 끝에 이곳에 온 건 내 나이 열아홉 살 때였다. 겨울이라 추웠다. 길거리에서 처음 눈을 본 순간 나는 재앙이 일어난 줄 알았다. 아버지는 두 손을 비볐다. 이 얼음 황무지에 에덴동산을 세우자. 아버지가 말했다.

아버지는 마르크트 가에 가게를 열었다. '아부 아저씨의 채소와 이국 과일 가게'. 아버지는 신의 거짓 없는 말씀에 귀 기울이지 않은 지 이미 오래되었고, 앞으로도 신앙 고백은 하지 않고 살겠다고 결심했다. 그럼에도 아버지는 옛날 습관대로 날마다 여러 차례 지하실에 작은 양탄자를 펴고, 감자와 순무가 놓여 있는 곳 중간에서 메카를 향해 자신의 근심과 소원을 담은 기도를 올렸다. 어느 날 수도관이 터져 수리를 하려고 터키인 배관공을 불렀다. 그는 아버지가 동서남북 방향을 잘못 알고 수년간 얼굴이 아닌 엉덩이를 카바 성전*

쪽으로 두고 기도했다고 말했다. 아버지는 그에게 고맙다고 말하고 팁을 두 배로 쳐서 손에 얹어주었다.

크게 잘못된 건 아니오. 메카는 어디에나 있잖소. 아버지가 말했다.

배관공은 고개를 끄덕였다.

무릎 높이에서 양배추들이 둥둥 떠다녔다.

처음에 나는 자두를 분류하고 멜론을 씻거나 뭉개진 과일 찌꺼기를 인도에서 닦아내는 일을 했다. 나중에는 내 전용 앞치마를 받았고, 손님들을 응대해도 좋다는 허락을 받았다. 나는 과일 향기와 색깔이 좋았다. 호두가 자루 속에서 달그락거리는 소리를 듣는 게 좋았다. 보는 사람이 없을 때는 렌즈콩 바구니 깊숙이 손을 넣거나 아몬드와 피스타치오를 손가락 사이로 흘러내리게 했다. 어머니와 함께 복숭아와 천도복숭아를 정교하게 피라미드 모양으로 쌓아 올렸고, 아버지와는 밭으로 나가 농부들과 거래했다.

장사는 오랫동안 잘됐다. 우리는 필요한 것을 누리고 살았다. 부모님이 행복했는지는 알 길이 없지만, 두 분이 웃는 모습을 자주 보기는 했다. 부모님은 많지 않은 나이에, 그러

★ 메카에 있는 이슬람교의 성전. 이슬람교의 제1성소(聖所)로서 전 세계의 이슬람교도들은 이쪽을 향하여 예배를 드린다.

나 평온하게 세상을 떠났다.

부모님이 돌아가신 후 내가 가게를 물려받았다. 매장을 흰색으로 칠하고, 알록달록한 꼬마전구가 달린 줄 조명을 창틀에 걸고, 앞치마를 새로 마련했다. '아부 아저씨의 채소와 이국 과일 가게'라는 글자는 황갈색으로 덧칠하고, 출입문 위에 커다란 나무 간판을 새로 못질해 걸었다. 거기엔 '나비드 알 바크리의 채소와 과일. 세계 각지에서 들여온 신선 식품'이라고 적었다.

신장개업을 축하하려고 파티를 열었다. 온종일 음악을 틀고 달콤한 말린 과일을 내놓았다. 기대했던 것보다 사람이 많이 왔다. 저녁 늦게 마지막 손님들이 돌아가고 셔터를 내렸을 때는 모든 게 잘될 거라는 확신이 들었다. 나는 어둠 속에 앉아 두 손을 펴서 무릎에 올려놓았다. 이상하게도 신에게 감사해야겠다는 생각이 들었다. 그래서 아버지한테 자주 들었던 복음의 말씀을 낭송했다. 복음이 입에서 나오는 동안 나는 그 구절에 대해 생각해보았다. 하지만 생각하면 할수록 그 말씀은 무의미하게 느껴졌다. 지하실에 층층이 쌓여 있는 과일 상자처럼 속이 텅 비고 허술해 보였다.

나는 일어나 다시 한번 출입문 앞으로 갔다. 저녁 공기가 따스하고 비 냄새가 났다. 길모퉁이의 가로등에 불이 들어오면서 나방이 불빛 속에서 푸드득거렸다.

나는 장사 기술을 터득했다. 장사에 대해 알 수 있는 것은 모두 알았고, 시간이 흐르면서 손님을 파악하는 법도 배웠다. 사람들이 과일과 채소를 고를 때 옆에서 지켜보면 많은 걸 배울 수 있다. 연인의 피부라도 되듯이 손가락 끝으로 복숭아를 만지는 손님의 모습을 관찰했다. 상자 위로 몸을 숙여 레몬과 호두 냄새를 맡는 것도 지켜보았다. 아기를 정성스럽게 포대기에 싸듯이 상추를 신문지로 싸는 모습을 바라보았다. 그들이 걱정거리를 늘어놓을 때, 남편과 아내와 아이들 그리고 자신의 불행과 지병에 대해 이야기할 때도 귀를 기울였다. 무슨 이유로 흥분하거나, 소리를 지르거나, 두 팔을 휘두르거나, 손가락으로 뭔가를 가리키거나, 세상이 어떻게 돌아가는지 훤히 꿰고 있는 것 같을 때도 나는 건성으로 흘려듣지 않았다.

이따금 호베르크 신부가 가게에 들렀다. 그는 햇빛을 받으며 놓여 있는 토마토를 구경하고, 살구를 손에 들고 무게를 가늠하다가, 마지막에 가서는 신에 대해 이야기하기 시작했다. 나는 그냥 채소 장수라 그런 건 하나도 모른다고 말했다. 하지만 신부는 완강했다. 그는 내가 대답할 수 없는 걸 물었다. 열정이 가득한 목소리로 두 손을 분주히 움직이며 나를 자극했고, 양손으로 자꾸만 내 목재 운반대를 두드렸다. 신부의 입에서 잇따라 장광설이 쏟아졌다. 그러면 나는 화가 나서 마찬가지로 고함을 지르며 말하기 시작했다. 신이 창조한 것이 그토록 불완전한데도 왜 신이 진리이고 참이라는 건지 이해할 수 없었다. 여자도 아이들도 살아남지 못한 소돔과 고모라의 멸망에서도 아무 의미를 찾아낼 수 없었다. 그래도 신부는 꿈쩍도 하지 않았다. 하느님의 자비는 끝이 없소. 신부가 소리 질렀다. 하지만 나는 그의 말을 제대로 귀담아듣지 않았다. 신부도 내 말을 경청하지 않았을 거다. 그렇게 우리는 기운이 다 빠지도록 서로 허공에 대고 소리를 지르다가 환각에서 깨어난 듯이 마주 보며 서 있었다.

당신도 마음속에 자비심을 키우시오. 신부는 이렇게 말하고 내게 파 두 단을 건넸다.

나는 40년간 가게를 지켰다. 일하는 게 좋았고 이틀 이상 아파본 적이 없었다. 저울 안쪽에 있는 내 자리는 오랜 세월 내 몸무게에 눌려 바닥이 움푹 파였다. 그 작은 구덩이 같은 곳에 있으면 안심이 되었다. 나는 결혼을 한 적도 없고 자식도 바라지 않았다. 외로움도 거의 느끼지 못했다. 대단한 소원도 없었다. 내 주제를 잘 알았기에 굳이 꿈을 이루겠다는 생각도 품지 않았다. 나는 성당 재건축을 위해 기부금을 냈고, 크리스마스 축제가 시작되기 전 빈민 급식을 위해서도 돈을 냈다. 가난한 마르가레테 리히틀라인이 아들을 잃는 불행을 겪은 뒤에는 매일 그녀에게 오렌지를 한 개씩 주었다. 나는 사람들에게 질문했지 신에게는 아무것도 묻지 않았다. 나는 당신들의 말을 경청했다. 당신들의 눈을 쳐다보았다. 내 가게 건물 정면을 더럽히고 유리창을 때려 부숴도 당신들을 용서했다. 나를 낙타 몰이꾼이라고 불러도 껄껄 웃으며 대상(隊商) 그림을 문에 붙여놓았다. 웃고 싶을 때는 언제나 웃었다. 허구한 날 느꼈던 슬픔은 지하실에 묻어두었다. 나는 부모님을 존경했고 그분들에게 감사했다. 세금도 냈으며 매일 저녁 인도를 박박 문질러 닦았다. 나는 가져온 것도 없고 두고 온 것도 없다. 그저 내 한평생이 있을 뿐이다.

내가 죽기 7년 전, 나는 부모님의 유골을 고향으로 모셨다. 코란에서는 화장을 금지했지만 아무도 거기에 신경 쓰지 않았다. 아버지에게도 어차피 그런 금지는 의미를 상실한 일이었다. 아버지는 더는 지옥을 믿지 않았다. 지상의 삶만 믿었다. 그리고 아버지의 지상의 삶은 이제 파울슈타트에서 막을 내렸다. 장례식을 치르기 전 나는 부모님의 유골함에서 각각 소량의 유골을 덜어내고 그걸 향신료 가루로 위장해 두 개의 작은 아마포 주머니에 넣어 빼돌렸다. 나는 공항에서 버스를 잡아탔다. 운전수가 백미러로 나를 보며 웃었다.

이곳 분이세요? 그가 물었다.

모르겠어요. 내가 대답했다.

신의 뜻이겠죠, 손님.

신의 뜻.

마을 광장에서 내렸다. 밝은 햇빛에 눈이 시렸다. 옛날에 있던 버스 정류소는 없어졌다. 한때 그 뒤편에서 혼자 돌로 된 구슬을 가지고 놀던 곳이었다. 모든 게 달라 보였다. 커다란 실측백나무만 그대로 있었다. 아버지는 그 나무에 대해 자주 이야기했다. 아주 오래된 나무인데, 선지자들이 세상으로 나아가기 전 그 나무의 그늘에서 쉬었다고 했다. 뿌리가 깊이 박혀 있어서 가장 아래쪽 뿌리가 지구 핵의 열기에 그슬린다고 했다. 그래서 밤이면 실측백나무 열매가 달빛을 받아 이글거리는 걸 자주 볼 수 있다고 했다.

마을 도로를 따라 걸으며 오래된 성벽의 냄새를 들이마셨다. 셔츠와 검은 바지를 입고 있어서 더웠다. 땀이 얼굴로 흘러내렸다. 거리에는 오가는 사람이 많지 않았다. 아이들 두어 명과 무리 지어 가는 노파 몇 사람뿐이었다. 모두 검정색 옷차림이었다.

한 카페 앞에 남자들이 앉아 차를 마시고 있었다. 입구에 나뭇조각 장식이 달린 걸 보니 기억나는 곳이었다. 나는 유리 찻잔이 남자 손에 들려 있으면 얼마나 작게 보이는지 잊고 있었다. 계속 걸어갔다. 어느 집, 구멍 뚫린 담의 잔해, 이발소, 아카시아 광장, 분수를 만들려고 갖다놨으나 파열돼 땅에 묻지 못한 콘크리트 관도 알아볼 수 있었다.

세 과부의 거리에서 왼쪽 길로 걸었다. 이젠 알아볼 수 있는 게 하나도 없었다. 길은 새로 포장을 했지만, 뜨거운 열기에 아스팔트가 갈라지고 부풀어 오르면서 검은 상처를 드러냈다. 부모님 집은 사라졌다. 돌멩이로 뒤덮인 탁 트인 평지에 자동차 세 대가 주차돼 있었다. 주차장 뒤쪽엔 반쯤 허물어진 나지막한 담장이 경계선 노릇을 하고 있었다. 그게 우리 집 마당 담이었는지 아니면 침실 벽 잔해인지는 알아볼 수 없었다. 나는 담벼락 돌에 가서 앉았다. 해가 높이 떠 있었다. 모든 게 눈부신 하얀 빛 속에 잠겨버렸다. 내가 뭘 하려고 했었는지 잊어버렸다. 부모님 유골을 마당 잔디에 뿌리려 했던 것 같다. 그 집엔 분명 누군가 살고 있을 테니, 바람이 불 때 재빨리 손을 놀려 얼른 끝내야겠다고 생각했다. 하지만 바람은 불지 않았고, 마당도 집도 없었다. 주차장과 열기만 있었을 뿐.

얼마나 오래 앉아 있었는지는 모르겠다. 몸을 일으킨 나는 셔츠 주머니에서 두 개의 유골 주머니를 꺼내 돌바닥에 유골을 뿌렸다. 아무 흔적도 남지 않았다. 뜨거운 바닥에서 그냥 녹아버린 모양이었다. 그때 울었던 것 같은데, 확실하지는 않다. 말도 하지 않았다. 미리 생각해둔 말은 그곳에선 아무 의미가 없었으니까. 얼마 후 한 남자가 나타났다. 그는 나를 향해 고개를 끄덕이고는 자동차에 올라탄 뒤 떠났다. 나는 차 엔진 소리에 귀 기울였다. 더는 들리지 않을 때까지 그대로 서 있었다. 이마가 화끈거렸다. 귀에서는 소리가 났다. 그늘에 가서 쉬고 싶은 마음이 간절했다. 아마 집에 가고 싶었나 보다.

다시 비행기를 탔다. 저 멀리 아래에 사막이 내려다보였다. 나중엔 바다도 보였다. 끝없이 넓은 바다에 줄줄이 고랑이 생겨 번쩍거렸다. 비행기는 밤을 향해 날아갔다. 엔진에서 웅웅 소리가 났지만, 나는 우리를 감싸고 있는 고요함과 평화로움을 느꼈다. 머리를 뒤로 기대고 눈을 감았다. 나는 다음 날을 생각했다. 아침의 시원한 공기를 생각했다. 매장 어두운 곳에서 피어나는 과일 향기와 셔터가 덜그럭거리는 소리를 생각했다. 고추와 노란 자두를 주문해야겠다고 생각했다. 아버지의 낡은 양탄자를 걷어 먼지를 떨어내야겠다고 생각했다. 순무 포대에 생긴 습기와 곰팡이를 없애려고 자주 털다 보니 양탄자에 먼지가 많이 쌓여 있었다.

불길 속에서 뜨거운 재가 살갗에 닿아 작열할 때, 그때 당신은 신을 보았습니까, 호베르크 신부님?

헤름 라이디케

'내 말 들리니? 내 말 들려?'

내 차례가 되었을 때, 너는 열다섯 살이었어. 지금은 몇 살이니? 우리가 있는 이곳엔 시간이라는 게 없단다. 그러나 네게 아직 긴 세월이 남아 있다고 해두자꾸나. 그렇게 하지 않으면 네게 해주려는 말이 아무 의미가 없으니까. 몇 가지 들려주고 싶은 이야기가 있어. 내 생전에 해주고 싶었던 말이야. 이런 걸 누가 내게도 알려주었으면 좋았을텐데. 만일 그랬다면 많은 게 달라졌을 거야. 하지만 안 그랬을 가능성도 있겠지.

나는 똑똑한 남자가 아니었어. 그건 비밀도 아니야. 네 어머니도 알고 있었어. 나 자신도 알고 있었고. 이런저런 일들을 겪어보았지만, 그게 아무 도움이 되지 못했지. 문제를 끝까지 생각해서 쓸 만한 결론을 이끌어내는 지력이 없으면, 경험은 별 소용이 없단다. 의자에서 엉덩이를 들어 올릴 힘이 없어도 도움이 안 되기는 마찬가지야. 현명한 늙은이는 많지 않아. 대부분 그저 나이만 먹을 뿐. 나도 분명 그런 대다수 노인 중의 한 명이었어.

모든 게 너무 빨리 지나간다는 사실을 깨달았더라면('알았더라면'이 아니고 정말로 '깨달았더라면'), 난 쓸데없는 짓을 하지 않았을 거야. 하지만 이미 다 끝난 일이야. 그래서 지금은 적어도 너한테만은 그런 일을 겪지 않게 할 수 있겠다고 생각한단다. 네가 처했던 환경이 최고는 아니었어. 내 잘못이 전혀 없다고는 할 수 없는 상황이었지. 그러나 지나간 건 바꿀 수 없는 법. 어쨌든 너는 아직 살아 있잖니. 살아 있다는 건 인간이 바랄 수 있는 것 이상이란다. 내가 쓸데없이 번잡한 이야기를 늘어놓고 있구나. 자, 이제 몇 가지 이야기를 들려주마. 그걸 어떻게 활용하는지는 너의 몫이야.

1.

네게 맞는 여자를 찾으려고 애쓰지 마라. 그런 여자는 없어. 너한테 맞는 여자를 찾았다고 믿는 순간, 그 여자는 너와 맞지 않는 사람이라는 게 드러날 거야. 어쨌든 맞지 않더라도 그 여자의 좋은 점을 많이 찾으려고 노력한다면 즐거움을 느낄 수 있을 거다. 실제로도 그렇고.

2.

짐작건대 신은 존재하지 않아.

3.

그러나 어떤 이유에서건 신이 존재한다면(물론 그 증거는 많지 않아), 네게 맞는 여자를 찾을 가능성도 있을 거야.

4.

네게 맞는 여자는 용기가 있는 여자야. 길모퉁이를 돌기 전에 발걸음으로 조약돌 소리를 내는 여자야. 사과 하나로 처마 물받이에 있는 비둘기를 내려오게 할 수 있는 여자야. 노란 치마가 있고, 적절한 지성을 갖추고, 아주 큰 소리로 웃고, 손톱에는 빨간 매니큐어를 칠해도 발톱은 자연 그대로 두는 여자야. 핸드백에 칼과 소금 통과 뚜껑을 위로 젖히는 작은 청동 재떨이를 가지고 다니는 여자야. 재떨이가 필요한 이유는 필터 없는 담배를 피우기 때문이지. 또한 원칙을 가지고 있지만 필요할 땐 그걸 내던지는 여자야. 손톱에 칠한 매니큐어가 벗겨질 때까지 주먹으로 운전대를 치는 여자야. 그리고 그걸 네가 알지 못하게 하는 여자야. 하지만 그런 행동을 부끄러워하지 않는 여자야. 영화관에서 엉엉 소리 내어 울면서도 자신의 외양에는 절대로, 절대로, 절대로 개의치 않는 여자야. 껍질을 까지 않은 감자를 좋아하고, 남몰래 주님의 어머니를 믿는 여자야. 네 일에 신경 쓰지만 그보다 자신의 일에 훨씬 많이 몰두하는 여자야. 네게 맞는 여자는 사랑이 뭔지 아는 여자야. 그리고 어느 날 그걸 잊게 된다면 빠르고 쉽게 잊어버리는 여자야.

5.

이런 건 이상(理想)에 지나지 않아. 그러니 잊어버려.

6.

사람들이 음주에 대해 하는 이야기도 잊어버려. 음주는 유쾌할 수 있어. 음주는 너를 네가 아닌 사람으로 만들 수 있어. 그리고 필요할 때 너를 진정시킬 수도 있어. 술은 악마가 아니야. 악마는 여름밤 방에서 윙윙대며 너를 잠 못 들게 하는 살찐 파리지. 술은 화학 성분의 결합에 불과해. 여하튼 술을 자제하는 게 불가능하지는 않아. 그러나 술집 바에 앉아 있을 때 벽에 붙인 판자가 살아 있는 것처럼 움직이기 시작하고, 의자 밑에서 작은 동물들이 휙 지나간다면, 술을 한 병 더 시켜. 이제 술 따위는 중요하지 않아.

7.

집은 아직 그대로 있니? 집에 페인트칠을 해야 해. 내가 마지막으로 칠한 게 네가 채 두 살도 안 됐을 때였어. 여름이라 더웠는데, 내가 지붕에서 뒤로 미끄러지면서 엉덩이에 화상을 입었지. 너는 정원에 있었단다. 덤불에서 장미 송이를 하나씩 따더구나. 목재 페인트와 풀 냄새가 나던 그 뜨거운 날, 네가 왜 혼자 거기 아래에 있었는지 궁금해. 그건 그렇고, 집이 썩어서 허물어지기를 바라지 않는다면 페인트 칠을 해야 해. 하지만 목재부터 먼저 매끈하게 다듬는 걸 잊지 마. 그러려면 적어도 80번 사포가 필요해. 그다음엔 밑칠을 해라. 그럴 땐 아마인유도 아주 쓸 만해. 그런 다음 본격적으로 시작해라. 페인트를 두세 번 발라줘. 롤러를 쓰라는 말에 넘어가지 마라. 붓이 더 나으니까.

8.

지하실에 내려가보렴. 구석에 조경 도구를 넣어둔 함이 있어. 그걸 한쪽으로 밀고 그 밑에 있는 화강암 판을 들어봐. 구덩이에 금속 상자가 있을 거다. 그 안에 든 건 전부 네 것이야. 사진들도 모두.

9.

전쟁이 일어날지도 몰라. 전쟁은 늘 어딘가에서 일어나지. 그러니 이곳이라고 일어나지 말라는 법은 없어. 어딘가에서 항상 미치광이가 단추를 앞에 두고 앉아서 그걸로 장난을 치지. 사람들이 그가 미쳤다는 걸 깨닫기까지는 언제나 시간이 제법 걸려. 호베르크 신부나 리하르트 레니에 같은 미치광이를 말하는 게 아니야. 레니에는 퇴근하면 풀밭에 앉아 새들과 이야기하곤 했지. 내가 말하는 건 진짜 광기야. 넥타이를 매고 윤이 나는 신발을 신고 있는 광기. 저녁에 욕실 거울을 보고 고개를 끄덕이며 웃음을 그치지 못하는 미치광이 말이야. 그 미치광이는 자신이 또 승리했다는 걸 알기에 웃는 거야. 더는 잃을 게 없으니 패배할 일도 없으니까. 미치광이의 손가락은 가늘고 짧아. 너무 작아서 남을 다치게 하지는 못하지만, 단추를 누를 정도는 돼. 누가 그 광기를 알아챌 수도 있겠지. 그렇다 해도 때는 이미 늦었어. 여하튼 전쟁이 일어날지도 몰라. 그러니 잘 들어. 사람들이 뭐라고 속삭이든, 네 귀에 대고 무슨 소리를 지르든, 뭔가로 너를 꼬드기거나 위협하든, 명심해. 그건 네 전쟁이 아니야. 네가 이 세상에 존재하는 이유는 막판에 어딘가에서 배가 갈라진 채 진창에 쓰러져 있기 위해서가 아니야. '그건 네 전쟁이 아니야.'

10.

아침에 창가에 앉아 바깥에서 차들이 국도 진입로로 들어가는 걸 보거든, 네가 얼마나 운이 좋은지를 생각해라. 밤을 무사히 넘기고 그날 무엇이 널 기다리고 있을지를 어렴풋이나마 아는 거잖니. 대단한 행운은 아니지만, 바로 그게 행복이란다. 맨발을 창턱에 올려놓고 발가락에 불어오는 바람을 느껴봐. 창틀에 매달린 비닐 랩 한 조각이 덜렁거리며 마치 살아 있는 것처럼 움직이는구나. 네 발가락이 구부러졌다 펴지는 모습을 바라봐. 겨울은 아직 한참 멀리 있어.

11.

의사를 믿지 마라.

12.

죽은 이들을 생각하고 그들을 용서해라.

13.

친구를 찾아 사귀어라. 친구는 어디에서나 찾을 수 있어. 길거리에도 있고, 바로 다음 길모퉁이에도 있고, 네가 타이어 밸브를 여는 동안 주유소에도 있어. 곳곳에 있어. 그 비결은 '관심'을 갖는 거야. 내 평생 최고의 친구는 우리 아버지였어. 그게 어떻게 가능할까? 아버지는 나보다 서른한 살이 많았단다.

14.

어머니한테 가서 손을 어머니 볼에 대봐. 그대로 잠시 가만히 있어봐. 나는 그렇게 한 적이 한 번도 없었어. 내 잘못이야.

15.

"사랑해!" 라고 말해봐. 네 귀에는 바보 같고 거짓처럼 들릴 거야. 하지만 듣는 사람에겐 그렇지 않아. 나는 사랑한다는 말을 한 번도 해보지 않았어. 왜 그랬는지 모르겠어. 그 말을 할 수가 없었어. 사람들은 내게 사랑한다는 말을 해달라고 했지. 그 말을 해주기를 고대했어. 그렇게 해달라고 자꾸 졸랐지만, 나는 하지 못했어. 하지만 그들은 사랑한다는 말을 자주 했어. 그러곤 내 입에서 그 말을 듣기를 원했지. 나는 사랑은 거래가 아니라고 생각해서 그 말을 하지 않았어. 단 한 번도. 분명 그게 내 모든 잘못 중 가장 큰 잘못이었어.

레니 마르틴

내가 멍청해서 공부를 못했던 건 아니다. 그저 공부할 마음이 없었다. "레니 마르틴, 넌 아무 의욕이 없어. 동기가 없어. 넌 이 도시에서 가장 습한 지하실에서 썩어가는 감자보다 더 썩었어." 담임 선생님은 이렇게 말했다. 그녀의 다른 생각에는 크게 동의한 적 없지만, 이번만큼은 선생님 말이 맞았다. 나는 학교를 그만두고 육체노동에 뛰어들었다. 코빌스키가 운영하는 자동차 전시장 앞 콘크리트 바닥을 청소했고, 엉금엉금 밭을 기어 다니며 땅바닥에서 감자를 캤다. 가끔 아랍인을 도와 채소도 팔았다. 우리는 상자를 쌓아 올리고, 슬롯머신에 그려진 과일처럼 반짝반짝 윤이 날 때까지 사과와 멜론을 부드러운 천으로 닦았다. 그러나 나는 2~3주 이상을 버티지 못했다. 그땐 내게 끈기가 없다고 생각했다. 그런데 끈기는 내가 살면서 가지고 있던 유일한 장점이었다.

당시 나는 성당 바로 뒤편에 있는 지하실에서 살았다. 그곳에 오래 머물 생각은 없었다. 그래서 기회가 되어 더 나은 거처로 옮길 때 번거롭지 않도록 짐을 나무 상자에 보관했다. 방은 아주 작고 습했다. 습기가 사지로 스며든 탓에 아침이면 자주 몸이 뻣뻣해져서 침대에서 나오기가 힘들었다. 무릎을 끌어당기고 한참 동안 이불 속에 누워 기다릴 때가 많았다. 뭘 기다렸는지는 나도 모른다.

돈이 생기면 저녁에 술집 황금달로 달려가 담배꽁초에 그을린 바에 가서 앉았다. 바 안쪽에 붙어 있는 거울을 보노라면 우중충한 여러 사람의 얼굴이 마주 보였다. 갈 때마다 늘 남자 서너 명이 앉아 카드 게임을 하거나, 주크박스의 레코드판에서 나오는 음악을 들었다. 이야기는 별로 하지 않았다. 사람들도 모두 그걸 편하게 여겼다는 생각이 든다.

어느 겨울날 저녁이 떠오른다. 코빌스키의 주차장에서 하루 종일 몇 센티미터나 되는 두꺼운 얼음장을 긁어낸 후 나는 녹초가 된 몸으로 바에 가서 웅크리고 앉았다. 옆에는 얼굴만 아는 남자가 앉아 있었다. 우리는 창문을 통해 길거리를 내다보았다. 가로등 불빛 속에서 눈발이 어지럽게 흩날렸다. 갑자기 남자가 자기 인생 이야기를 들려주기 시작했다. 자신에게도 분명 여러 번의 기회가 있었지만 용기가 없었다고 했다. "그걸 거들떠보지도 않았더니 벌써 모든 게 끝났더라고요." 그는 매번 이렇게 말했다. 그렇게 말하면서 쓸쓸해하지도 않았고, 얼굴이나 목소리에 이렇다 할 감정도 드러내지 않았다. 아마 그게 나를 불안하게 만들었나 보다. 불현듯 내가 왜 여기에 앉아 있는지, 이 세상에서 대체 무얼 하고 싶은지 의문이 들었다. 마음속에서 그때까지 한 번도 느껴보지 못한 분노가 치밀었다. 그 남자에 대한 분노, 나 자신에 대한 분노, 내 한평생에 대한 분노였다. 어쩌면 술을 너무 많이 마셔서 그랬는지도 모른다. 여하튼 나는 남자의 말을 끊고 말했다. "내 머리를 당장 박살낼 거요."

"뭐라고요?" 남자가 물었다.

"그냥 박살내겠다고."

"그러지 마쇼." 그가 말렸지만 이미 때는 늦었다. 나는 이마로 바의 축축한 나무판자를 들이받았다. 통증은 느끼지 못했지만, 고개를 드니 거울에 피 묻은 내 얼굴이 보였다.

"괜찮소." 내가 말했다.

이듬해 내 신상에 변화가 일어났다. 여름이었는데 찌는 듯이 더웠다. 해 질 녘이 돼서야 겨우 숨통이 트이면서 다시 밖으로 나갈 엄두가 났다. 도시 외곽에서 행사가 열렸다. 자동차 전시장 개업 15주년 기념 행사였다. 코빌스키는 몇몇 고객과 직원과 옛날 종업원들을 파티에 초대했다. 모두 손에 종이컵과 종이 접시를 들고 조명이 환하게 켜져 있는 전시장의 차양 밑에 서 있었다. 금요일이었는데 대부분의 사람들은 임금을 받은 뒤였다. 그들의 얼굴에서 밤을 열렬히 고대하는 열망이 번득였다.

나는 유리창에 등을 기대고 서서 앞마당을 바라보았다. 기름이 괸 웅덩이에 형형색색의 전구 불이 비쳤다. 줄에 매달린 전구는 지붕에서 차량 출입구까지 늘어져 있었다. 그때 갑자기 내 옆에 그녀가 서 있었다. "안녕하세요? 저는 루이제예요." 그녀가 말했다.

소도시 여자의 이름치고는 무척 세련됐다고 생각했다. 내 생각을 그녀에게 말했다. 루이제는 소리 내어 웃고는 앞마당에 무슨 재미난 볼거리라도 있느냐고 물었다. 아뇨, 그냥 전구밖에 없네요. 내가 말했다. 그래도 아무것도 없는 것보단 전구라도 있는 게 낫죠. 그녀가 대꾸했다. 맞아요. 게다가 색도 화려해요. 내가 말했다. 우리는 웃으며 술을 몇 잔 마셨다. 그런 경험을 처음 해보는 것처럼 모든 것이 좋게 느껴졌다. 한번은 그녀가 손을 올려 내 머리카락 한 가닥을 귀 뒤로 넘겨주었다. 순전히 무심코 한 행동이었지만, 관자놀이에서 그녀의 손가락을 느낀 순간 나는 몸을 움찔했다. 그동안 내 몸을 만진 사람이 아무도 없었다는 걸 확실히 깨달은 순간이었다.

자정 무렵이 되자 코빌스키는 504 픽업트럭의 짐칸에 올라가 인사말을 했다. 술을 꽤 많이 마신 터라 그가 한 말 중에 조리에 맞는 건 별로 없었다. 그러나 정작 그는 자신의 말에 감동해 눈에 눈물까지 고였다. 그는 곧 작은 폭죽에 불을 붙였다. 폭죽이 하늘로 솟아오를 때 루이제와 나는 서로 부둥켜안았다. 기름 웅덩이가 폭발할 것 같았다. 앞마당과 주변에 있는 모든 게 화려한 불꽃 속으로 사라질 것 같았다.

나중에 혼자 지하실에 누워 있을 때, 나는 관자놀이를 스쳤던 루이제의 손가락을 여전히 느끼며 그녀 생각에 잠겼다. 기분이 좋았지만, 그와 동시에 지독한 외로움으로 사방 벽을 두들겨 부수고 싶었다.

우리는 다시 만났다. 함께 거리를 거닐다가 렘쿨 식당에 앉아 있거나 공원에 있는 밤나무 밑에서 키스를 나누었다.

몇 주가 지났을 때 그녀는 할머니와 함께 살고 있는 작은 아파트로 나를 데리고 갔다. 그날 내가 온종일 얼굴에 웃음을 머금고 다녔다는 생각이 든다. 함께 시간을 보낸 그녀를 어쩌면 영원히 놓지 못할 것 같았다. 기분이 좋았다.

코빌스키의 파티에 참석하고 석 달이 지난 뒤 나는 짐이 든 상자를 싸들고 루이제의 집으로 들어갔다. 말수가 적은 그녀의 할머니는 하루 종일 창가에 웅크리고 앉아 지냈다. 할머니는 나를 좋아하지 않았다. 그녀는 나를 주시하면서도 거들떠보지 않는 재주가 있었다. 어찌 됐건 상관없었다. 나는 할머니의 손녀와 사귀는 것이지 할머니와는 볼일이 없었으니까.

루이제는 딱히 미인이라고 하기 어려운 여자였다. 몸이 상당히 말랐고, 머리는 검은색이었으며, 커다란 두 눈은 툭 불거져 나왔다. 하지만 이마는 넓고 매끈했는데, 이따금 그 위에서 그늘 같은 것이 어른거렸다. 루이제를 바라보고 있으면 기분이 좋았다. 그녀의 얼굴과 손과 몸짓이 좋았다. 언젠가 함께 침대에 누워 있을 때 내가 말했다. "나를 위해 한번 왔다 갔다 해줄 수 있어?"

"무슨 뜻이야?" 루이제가 물었다.

"그냥 몇 걸음 방에서 걸어볼 수 있어?"

그녀는 일어나 내 앞에서 서성거렸다. 한참 동안 그녀를 바라보았다. 우리는 웃음을 터뜨렸다. 그녀는 내게로 몸을 던졌다. 나는 그녀 몸에 얼굴을 파묻고 그녀의 향기를 들이

마셨다.

그녀의 목소리도 좋았다. 음색이 아주 독특했다. 심각해질 때는 목소리가 거칠고 갈라졌다. 루이제는 자신의 일터인 '흑염소'에 대해 자주 이야기했다. 거기에서 그녀는 방을 청소하고, 커피를 끓이고, 담배 연기로 노래진 레이스 식탁보를 다림질하는 일을 했다. 손님들에게서 이런저런 이야기도 주워들었고 희한한 일도 겪었다. 하지만 나는 그녀의 목소리만 듣고 싶었다. 말할 때 그녀의 입술이 움직이는 모습을 보고 싶었다.

가끔 우리는 소파에 앉아 텔레비전으로 영화를 봤다. 그럴 때면 루이제는 번번이 잠이 들었다. 그녀의 머리가 내 어깨로 내려오면 그녀의 얼굴을 실컷 볼 수 있었다.

마음 같아서는 늘 그렇게 지낼 수 있다면 좋겠다 싶었다. 그러던 중 루이제의 할머니가 돌아가셨다. 아침에 우리는 창가 앞쪽 바닥에서 할머니를 발견했다. 팔은 상체 밑에 깔려 이상하게 뒤틀려 있었고, 머리는 눈을 뜬 채로 의자 다리에 기대어져 있었다. 방에 들어갔을 때 할머니가 우리를 정면으로 마주 보고 있는 느낌이 들었다.

나는 루이제의 슬픔을 어떻게 위로해야 좋을지 몰랐다. 그녀 옆에 있어도 내가 쓸모없는 사람처럼 여겨졌다. 뭔가 그녀를 위해 하고 싶었다. 하지만 며칠 후 내가 방을 청소하기 시작하자 그녀가 막아섰다.

"거기서 뭐 하는 거야?" 그녀가 물었다.

"이것들을 밖으로 치우려고."

"그 물건들, 제자리에 둬!"

그녀는 앞에 서서 두 손을 허리에 올리고 내 눈을 쳐다보았다. 그녀를 사귄 후 한 번도 본 적이 없는 모습이었다. 처음이었다. 그녀가 낯설었다.

"알았어. 흥분하지 마." 내가 말했다.

"흥분하지 않았어. 그리고 너도 일자리를 찾아봤으면 좋겠어. 이제 할머니 연금은 안 나와. 흑염소에서 버는 돈으로는 부족할 거야."

"알았어."

"약속해줘."

나는 시청에서, 정확히 말하면 공원 녹지과에서 일자리를 얻었다. 리하르트 레니에와 함께 일했다. 우리는 삐걱대고 덜거덕거리는 소형 트럭을 타고 도시 곳곳을 돌아다니며 나무를 베고, 화단의 잡초를 제거하고, 포석 틈새에 난 잡풀을 뽑았다. 레니에와는 눈인사 정도만 하는 사이였다. 길에서 몇 번 마주친 적이 있었고, 황금달에서도 두 번인가 세 번 보았다. 기억나는 일이 있다. 어느 날 아침 그는 시립 공원에서 갈퀴를 한쪽으로 치운 뒤 바지를 내리고 꽃이 핀 흰 버드나무 밑에 쪼그리고 앉았다. "흙에서 사람이 나오고, 사람한테서 나온 건 흙으로 돌아가죠." 이렇게 말하면서 그는 나를 진지한 표정으로 바라보았다. 조금 미친 사람이었다는 생각이 든다.

처음엔 일이 고됐다. 온몸이 아팠다. 통증은 등에서 시작되어 엉덩이를 타고 무릎으로 퍼졌다가 다시 어깨로 올라와 팔과 손가락까지 뻗어 내려갔다. 양손에 물집이 잡혔다가 터지면서 오물이 온갖 숨 구멍으로 파고드는 것 같았다. 나중에 상태가 나아지면서 중노동에도 익숙해졌다. 봄이나 늦여름에는 심지어 그런 노동이 좋았던 날도 있었다.

어느 날 저녁 레니에가 맥주를 한잔 사겠다고 고집을 부렸다. 황금달에 안 간 지 꽤 오래되던 때였다. 둘 다 지저분한 작업복 차림으로 술집 안에 들어섰을 때, 나는 아직도 옛날 그 남자들이 둘러앉아 있는지, 적어도 그들 중 몇 명은 발길을 끊었는지 궁금했다. 그들은 여전히 거기에 있었다. 어쨌든 옛날 그 남자들처럼 생긴 사람들이 늘 앉던 자리에 웅크리고 앉아 술잔을 응시하고 있었다.

그런데 달라진 게 있었다. 조명이었다. 휘황한 불빛이 실내를 가득 채웠다. 불빛은 이리저리 움직이고, 요동치고, 구부정한 등과 매연으로 까매진 이마를 스쳐 지나가고, 반쯤 마신 맥주잔에서 빨간색과 초록색과 노란색으로 어른거렸다. 조명은 바와 벽 사이 구석에 있는 기계에서 나왔다. 높이는 어른만 했고, 폭은 1미터 정도에, 앞면은 온통 번쩍거리고 깜박이는 작은 전구들로 뒤덮여 있었다. 그때는 그게 뭔지 몰랐지만, 알고 보니 구식 슬롯머신인 '럭키 딜'이었다. 화면은 있으나 레버는 없고, 네 개의 릴이 있고, 중앙에 무지

개가 뜬 태양 그림이 있는, 초창기에 나온 기계 중 하나였다.

우리는 바에 앉아 맥주를 시켰다. 피곤해서 이야기도 많이 하지 않았다. 작은 전구에서 나온 불빛이 내가 마시는 맥주에 비쳐 반짝거렸다. 많은 반점들이 작고 알록달록한 물고기 떼처럼 유리잔에서 어슬렁거리고 춤을 추었다.

나는 럭키 딜이 있는 곳으로 건너갔다. 기계에서 꿀꺽 소리가 났다. 손을 기계 옆구리에 대보았다. 따뜻한 나무판이 손가락 밑에서 진동했다. 화면에 비친 내 얼굴을 잠시 바라보았다. 물속에 잠긴 얼굴처럼 창백한 게 꼭 유령 같았다. 동전 몇 개를 투입구에 넣고 단추를 눌렀다. 곧장 릴이 작동하기 시작하면서 그 위에 그려진 무늬가 빠르게 돌아갔다. 릴은 곧 부드러운 소리와 함께 하나둘씩 멈춰 섰다. 멜론, 숫자 7, 종, 동전 무늬가 나왔다.

나는 계속 단추를 눌렀다. 돈을 넣고 단추를 누르기를 반복했다. 바에 있는 높고 둥근 의자를 가져오고 동전도 더 마련했다. 조명, 소리, 화면에서 어른거리는 빛 때문에 마음이 초조해졌다. 다리를 가만히 두지 못했고, 주머니에 든 동전을 짤랑거렸다. "얼른 나와!" 나는 내 얼굴 앞에 있는 릴에 대고 말했다. "제발 나오라고!" 이윽고 나는 넣은 돈의 아홉 배를 땄다. 기계가 미친 듯이 돌아갔다. 모든 게 휘황찬란하게 번쩍거리면서 날카로운 팡파르가 울려 퍼졌다. 나는 요란한 웃음을 터뜨렸다. 심장이 미친 듯이 뛰었다. 의자 밑 나무판 바닥이 흔들리는 느낌이었다. 한 판 더 하려고 단추를 누를 때는 손이 떨렸다.

얼마 후 레니에가 옆에 나타나 말했다. "갈 시간이야."

"더 있을 거야." 내가 대답했다.

레니에는 거칠게 숨을 몰아쉬었다. "이봐." 그는 입안에 찐득한 덩어리를 물고 있는 것처럼 힘겹게 말했다. "이봐." 그러곤 아무 말도 하지 않았다. 나는 대꾸도 하지 않고 단추를 눌렀다. 단추는 어느새 따뜻해져서 친근한 느낌이 들었다. 레니에는 돌아서서 가버렸다.

나는 처음에 승승장구했다. 기가 막히게 잘나갔다. 일을 마치면 황금달에 갔다. 그리고 거의 매일 저녁 돈을 따서 집에 돌아왔다. 믿어지지 않았다. 살면서 처음으로 뭔가를 찾아낸 기분이었다. 이상하게 들릴지 모르지만, 럭키 딜 앞에 서는 순간 '내 자리'를 찾았다는 느낌이 들었다.

그건 사랑과 같은 감정이었다고 생각한다.

거액은 아니었어도 자주 돈을 딴 덕에 어느 날에는 루이제에게 빨간 보석이 박힌 목걸이를 사주었다. 무슨 보석이었는지는 모르지만, 안쪽에서 빛이 나오는 것처럼 보였다. 나는 루이제의 목에 목걸이를 걸어주었다. 그녀는 심장 한가운데를 꿰뚫는 눈길로 나를 바라보았다. 그날 저녁, 이제 더는 우리에게 아무 일도 일어나지 않을 거란 확신이 들었다.

하지만 곧 럭키 딜이 시시해지기 시작했다. 새로운 것을 하고 싶었다. 게다가 따는 돈도 줄어들었다. 시 외곽 벌판에 세워진 레저 센터에 가면 슬롯머신 카지노가 있다는 말을 들었다. 나는 버스를 타고 거기로 갔다.

레저 센터는 유리와 콘크리트로 지은 네모난 초대형 건물이었다. 그곳에 오래 있을 생각은 아니었다. 그러나 지하에 있는 카지노를 발견하고 출입문으로 들어선 순간 나는 충격을 받았다. 그 안에 있는 모든 게 상상을 초월했다. 사방에서 빛이 나고, 번쩍이고, 휘황찬란하고, 쾅쾅 울리고, 삑삑거리고, 윙윙거리고, 끽끽거렸다. 빛과 소리와 사람 목소리와 음악이 뒤엉킨 불가해한 혼돈의 도가니였다. 담뱃불에 구멍이 숭숭 뚫린 양탄자에 선 나는 언젠가 루이제와 함께 봤던 영화에 나오는 로켓맨이 된 것 같았다. 무한한 우주의 고독 속에서 막막하면서도 안도감을 느끼는 로켓맨.

거의 날마다 저녁이 되면 나는 카지노에 갔다. 때론 소형 트럭을 빌려서 지저분한 작업복을 입은 채로 갔다. 나는 슬롯머신에 홀렸다. 낮에 어디 풀밭에 서 있으면 슬롯머신이 생각났다. 식스 밤, 캐시 크레이지, 다이아몬드 세븐이 떠올랐다. 갈퀴로 잡초를 긁고 있으면 눈앞에서 개양귀비가 커다란 도박장의 조명처럼 번쩍거리기 시작했다.

이윽고 나는 돈을 잃기 시작했다. 처음에는 소액이라 대수롭지 않았지만, 곧 잃는 액수가 늘어났다. 그때 무엇을 해야 하는지 알았어야 했다. 하지만 나는 그걸 개인적인 일로 받아들였다. 손실을 패배로 여겼으며, 슬롯머신과 이야기를 하기 시작했다. 기계에 대고 설득하고, 맹세하고, 구걸하고, 간청하고, 소리 지르고, 호통쳤다. 판돈을 올리고, 돈을 잃었다. 시스템을 상대로 도박을 하고, 돈을 잃었다. 위험을 상대로 도박을 하고, 돈을 잃었다. 배당률이 마이너스로 미끄러지는 걸 지켜보았다. 처음엔 천천히 떨어지다가 점점 속도가 빨라졌다. 재수가 좋아 돈을 딴 날도 있었지만, 그런 날에는 상황이 더 심각해졌다. 내 믿음을 되살려놓았으니까. 나는 계속 도박을 하고 돈을 잃었다. 예상했던 액수보다 더 많이 잃었다.

다시 잘될 거야. 나는 다시 돈을 딸 거라고 믿었다. 길을 잃고 헤매고 있지만 지금은 조금만 참으면 돼. 그러면 다시 원래 길을 찾아갈 수 있어. 나는 빚을 지기 시작했다. 만나는 사람마다 돈을 빌렸다. 곧 돌려줄게. 조금만 시간을 주면 전부 갚을게! 이렇게 사람들에게 말했다.

그들이 더는 나를 믿지 않게 되자 나는 돈을 훔치기 시작했다. 기회가 생길 때마다 몇 푼의 동전이나 지폐를 훔쳤다. 어느 날 밤에는 지하실 창문을 통해 시청사에 들어가 내 관목용 도끼로 그곳에 있는 금고를 땄다.

내 범죄가 발각된 건 소형 트럭을 팔려고 했을 때였다. 나는 트럭을 도난당했다고 신고하고 덮개로 덮어 국도 진입로 옆의 낡은 온실 뒤에 숨겨놓았다. 카지노에서 알게 된 중개업자를 통해 처분할 작정이었다. 중개업자는 입이 가벼운 사람이었다. 게다가 덮개가 바람에 날아가면서 일이 들통나고 말았다.

시청에서는 나를 고소하지 않았다. 레니에가 나를 위해

한마디 거들어준 모양이었다. 하지만 나는 시청에서 쫓겨났다. 작업복을 간이 옷장에 걸어놓은 뒤 나는 레니에와 악수를 나누었다. "몸 건강히 지내. 내일은 비가 올 것 같아." 레니에는 이렇게 말하고 머리를 긁적였다.

소문이 다 퍼졌다. 코빌스키는 내게 인도 청소도 하지 못하게 했다. 하는 수 없이 나는 다시 밭에 나가 뼈 빠지게 일하고 채소 상자를 쌓아 올렸다. 그리고 옛날처럼 황금달에 갔다. 구석에 럭키 딜이 있었다. 기계는 홈집이 생기고 낡고 초라해 보였다. 그러나 딩동 소리가 나고, 삐 소리가 나고, 번쩍이는 게 마치 옛 친구가 기다리고 있는 것 같았다.

정확히 언제 내가 루이제를 잃었는지는 기억나지 않는다. 내가 여전히 우리의 시간이 항상 지금처럼 계속될 거라고 생각하는 동안 우리의 시간은 벌써 끝났던 것 같다. 어쩌면 그런 생각조차 하지 않았는지도 모른다. 아침마다 나는 걸핏하면 잠자는 체했다. 혼자 조용히 있을 수 있게 루이제가 빨리 집을 나서기만을 초조하게 기다렸다. 그러다 나중에 슬롯머신 앞에 서 있으면 그녀에 대해선 거의 생각하지 않았다. 슬롯머신 화면에 그녀 얼굴이 떠오르는 순간도 문득문득 있었다. 그럴 땐 내가 아직도 그녀를 사랑한다는 걸 알았다. 그러다 릴이 미친 듯이 도는 순간 그런 생각도 끝이었다.

집에 돌아오면 루이제는 대부분 이미 잠자리에 들어 있었다. 그게 기뻤다. 그러나 가끔 그녀는 소파에 앉아 심야에 해주는 영화를 보고 있었다. 그러면 나는 옆에 앉아 그녀 목에 팔을 두르고 생각했다. 제발 아무 말도 하지 마! 제발 지금은 아무 말도 하지 말고 그냥 여기게 앉아 영화나 끝까지 보자. 부탁이야!

먼저 이야기를 꺼낸 건 매번 그녀였다. 내가 자신을 사사건건 남들 일에 끼어드는 여자로 여기는 건 실수라고 했다. "내가 너에게 이래라저래라 참견하려 한다고 생각하지 마. 난 너를 바꿀 마음이 없어. 그냥 너를 이해하고 싶을 뿐이야. 너랑 함께 사는 이상, 적어도 네가 누구인지, 대체 네가 무슨 생각을 하고 있는지 알고 싶어!"

그런 순간이 되면 루이제는 극도로 흥분했다. 큰 소리로 말하며 방 안을 서성거리고, 두 팔을 휘젓고, 느닷없이 걷는 방향을 바꾸고, 갑자기 멈춰 서고, 내 얼굴을 노려보다가 다시 서성거렸다. 텔레비전 불빛에 보면 정신 나간 사람이 춤추는 것 같았다.

크리스마스가 지난 어느 날 저녁, 평소보다 늦은 시간이었다. 날은 춥고 거리에는 매서운 바람이 불었다. 요 며칠 남아 있던 푸석푸석한 가벼운 눈이 바람에 흩날렸다. 나는 돈을 조금 딴 터라 집에 가는 게 즐거웠다. 희한하게도 루이제가 아직 깨어 있기를 바랐다. 그러면 그날 밤에 그간의 일을 조금 해명할 수 있겠다 싶었다. 눈길을 헤치고 가던 나는 바지 주머니에 든 동전이 짤랑대는 소리를 들으며 루이제의 목덜미를 만지는 상상을 했다.

그녀는 소파에 앉아 있었다. 텔레비전은 꺼져 있었다. 그녀를 보니 울고 난 얼굴이었다.

"그거 그만뒀으면 좋겠어." 그녀가 말했다.

"뭘?"

"외투 벗어."

"뭘 그만두란 말이야?" 내가 다시 물었다. 나는 방 한가운데에 서 있었다. 신발창이 바닥에 들러붙은 것 같았다. 손은 차갑고 쇳덩어리처럼 무겁게 느껴졌다. 외투에서 물방울이 계속 떨어졌다.

"결정을 내려줬으면 좋겠어. 그만두거나 여기에서 나가거나." 그녀가 말했다.

웃음이 터져 나왔다. 분노에 찬 웃음이었다. 갑작스럽지만 조용한 웃음이었다. 배신당한 기분이 들었다. 갑자기 머리가 뜨거워졌다. 어깨가 뻣뻣해지는 걸 느꼈다.

"하지 마." 루이제가 조용한 목소리로 말했다. 그녀는 무릎 위에 올려놓은 두 손을 쳐다본 뒤 천천히 고개를 저었다. 그녀의 할머니가 늘 앉아 있던 자리 위쪽 벽에서 시계가 똑딱거렸다.

"루이제." 내가 불렀다.

그녀는 고개를 들고 나를 보았다. "나가." 그녀가 말했다. "그냥 지금 나가. 부탁이야."

나는 한마디도 벙긋하지 않았다. 내가 무슨 말을 할 수 있었겠는가? 처음엔 우리 둘이 어떻게든 헤쳐나갈 수 있으리라고 생각했다. 그러다 너무 늦었다는 걸 깨달았다. 나는 그녀를 사랑했지만, 그녀는 내게 선택을 강요했다. 그건 말도 안 되는 강요였다. 내겐 선택의 여지가 없었다.

밖으로 나가 문을 닫았을 때, 안에서 그녀가 크게 흐느껴 우는 소리가 들렸다. 짐승이 울부짖는 것 같았다. 한 번도 들어본 적이 없는 소리였다.

이게 전부다. 3년쯤 지난 뒤 나는 편지 한 통을 받았다. 정확히 말하면 봉투에 든 엽서였다. 그녀의 단정한 글씨체로 빽빽하게 적혀 있었다. 루이제는 우리가 살던 도시를 떠나 지금은 슈테펜이라는 남자와 함께 살고 있다며 한번 찾아오라고 했다. 슈테펜이 바비큐를 준비하고 우리는 소시지와 감자를 먹으며 이야기를 나누거나 그냥 앉아서 정원을 감상하자고 했다. 정원을 감상하자고? 자갈길과 배나무가 있고 향나무 울타리가 쳐진 작은 집에서 그들이 사는 모습을 상상해보았다. 그런 상상을 하자니 이상했다. 루이제는 식물에 대해 아는 게 없었다. 나뭇잎 뒤쪽에 붙은 작은 곤충에도 질색을 하는 여자였다. 아마 슈테펜 혼자 식물을 돌봐야 할 거다. 루이제의 엽서가 왔던 날, 나는 황금달에 갔다. 내겐 아직 동전 몇 닢이 남아 있었다. 럭키 딜 앞에 앉아 게임을 하기 시작했다. 그래, 이거야. 네가 단추를 누르는 한, 릴은 돌아간다. 넌 도박을 한다. 판돈을 올린다. 몇 번 돈을 딴다. 그리고 돈을 잃는다. 그래도 너는 계속한다. 끝낼 줄 모르고 계속한다.

루이제 트라트너

남자들 냄새가 나. 그들의 숨결과 침과 땀 냄새, 그들이 밤새 남긴 모든 흔적의 냄새가 나. 침대엔 아직 온기가 가시지 않았고 이불은 흐트러져 있어. 침대 시트엔 축축한 얼룩이 남았어. 얼룩 몇 개는 모양이 섬처럼 생겼고, 어떤 건 사람 머리처럼 생겼어. 지금 그들이 누워 있던 모습을 떠올리는 중이야. 땀에 젖은 몸뚱이들이 패배로 점철된 하루를 보내고 이 둥지로 기어들어오려 애쓰던 광경을 그려보고 있어. 그들은 에나멜 구두를 신고 바퀴 달린 트렁크를 끌며 지방 여기저기를 떠돌아다녔어. 복도와 방과 싸구려 술집에 앉아 있었고, 정류장과 건물 출입구에도 서 있었어. 급하게 서두르고, 뛰어다니고, 쉴 새 없이 이야기를 하던 남자들. 뭐라도 하겠다고 늘 웃음을 머금은 채 웅크리고 기다리던 남자들. 그러다 마침내 낯설고 차가운 침대 속으로 기어들었지. 그런데 지금은 꿈이 생각나. 권력과 몰락에 관한 꿈, 정복과 해체에 관한 꿈, 기차역과 간이 술집, 끝없이 늘어선 빈 나무 벤치, 열차 창문 밖으로 헝겊 나부랭이처럼 늘어진 여자의 하얀 팔에 관한 꿈이지.

레니, 내가 이 남자들의 꿈을 어떻게 그리 잘 아는지 알아? 그들이 이야기해줬기 때문이야.

코빌스키 기억나? 너는 유리창에 기대 서 있었어. 등 뒤에는 비싼 자동차들이 불빛 밝은 전시장에 전시되어 있었지. 너 그때 멋있어 보이더라. 네 자세에서 뭔가 무심함이 묻어 나왔어. 세상에 대한 여유로운 무관심 같은 것. 네가 고개를 숙이고 있어서 얼굴이 그림자에 가려졌지. 신비로워 보였어. 하지만 그 순간 네가 아는 사람이라는 느낌이 들었어. 그런데 사실은 혼동한 거였어. 너를 다른 누구로 착각한 거지. 그래서 네게 말을 걸었어. 그때 재빨리 해명했어야 했어. 그런데 넌 유머가 있었고 나는 외로웠어. 네가 유머가 있다고 생각한 건 아마 내가 외로웠기 때문일 거야. 진실이 무엇이었든 간에 그로 인해 달라지는 건 없어. 나중에 코빌스키가 폭죽을 쏘아 올렸을 때, 우리는 벌써 유리창에 어깨를 나란히 기대고 폭발하는 밤을 바라보았어.

사람들이 너를 조심하라고 주의를 주었어. 너를 알던 모든 여자들과 대부분의 남자들이 그랬지. 할머니는 그 남자는 너한테 해로우니 조심하라고 했어. 걱정하지 마세요. 저는 어른이에요. 내가 대답했어. 아무리 어른이라도 사랑에서 만큼은 어린애란다. 할머니가 말했어. 할머니, 할머니는 늙었어요. 할머니는 경험이 많지만, 그 경험은 제 경험이 아니거든요. 아시겠어요? 할머니는 늙은 잿빛 눈으로 나를 쳐다보기만 했어.

그러니까 그날 저녁 내가 '너'한테 말을 걸었다고 생각한 건 네 착각이야. 너는 착각할 때가 많더라.

넌 내가 머리를 네 어깨에 기댄 채 소파에서 잠들었다고 생각할 때가 많았지? 난 한 번도 그렇게 잠든 적이 없었어. 눈만 감고 있었을 뿐이야. 네가 내 얼굴을 바라볼 거라는 걸 알고 있었어. 나는 네 눈길을 느꼈어. 내가 다시 눈을 뜰 때까지 네가 절대로 움직이지 않을 거라는 걸 알고 있었어. 그게 너를 붙잡아두는 내 방식이었어. 적어도 영화가 끝날 때까지만이라도.

하지만 그건 내 본심이기도 했어. 나는 너를 원했어. 그걸 말로 설명하기는 어려워. 나락으로 떨어질 줄 알면서도 강물에 뛰어드는 기분이랄까. 그런 건 자살하는 자와 사랑에 빠진 사람들만 알지. 나는 너를 원했고 너를 얻었어. 그리고 강물에 뛰어들었어. 한동안 둘이서 그렇게 떠다니는 게 좋았어.

내가 얘기는 안 했지만, 너를 한 번 본 적이 있어. 딱 한 번. 너를 기다리는 게 신물이 났을 무렵 한밤중에 밖으로 나갔어. 시내는 어둠에 싸여 있었어. 황금달의 창문을 통해서만 거리에 불빛이 비쳤지. 네가 그 자동 게임기 앞에 서 있는 걸 보았어. 조용히 리듬을 타며 동전을 투입구에 넣던 너의 손가락, 거기에 박자를 맞추며 실내 바닥을 구르던 네 발을 보았어. 작은 조명에서 나온 빛이 휙 지나가며 네 얼굴을 비춘 것도 보았어. 너한테 다가가려 했지만, 몸이 꼼짝도 하지 않아 그냥 길거리에 서 있었어. 당황스럽게도 네가 행복해 보였거든. 옛날 코빌스키 전시장에서 만났을 때처럼 넌 여전히 멋있었지만, 내겐 그 어느 때보다 낯설게 느껴졌어.

너는 잘생기고, 행복하고, 낯선 남자였어. 너를 계속 지켜보았어. 30분이나 아니면 그보다 조금 더 됐을 거야. 그리고 집으로 돌아왔어.

계속 그렇게 살도록 나를 몰아댄 게 무엇인지 모르겠어. 아니, 알아. 그건 혼자 남을지도 모른다는 두려움이었어. 그리고 내 고집이었어. 우리 모습을 만인에게 보여주겠다는 멍청한 욕심이 생겼어. 그들이 틀렸다는 걸 증명하고 싶었어. 그들의 경험과 나는 무관하다는 걸 보여주고 싶었어. 그 망할 놈의 강물이 모두 망할 놈의 나락으로 떨어지지는 않는다는 걸 증명하고 싶었어.

네가 나한테 주려고 침대 위에 놓았던, 빨간 보석이 박힌 목걸이 기억나? 눈을 뜬 순간 처음에 나는 베개에 피가 묻은 줄 알았어. 넌 목걸이를 내 목에 걸어주었지. 모조 다이아몬드 목걸이였어. 서늘하고 매끄럽고 값싼 유리로 만든 목걸이. 난 아무 말도 하지 않았어. 어느 날 목걸이가 사라졌을 때도 아무 말 하지 않았어. 할머니의 은반지가 갑자기 보이지 않았을 때도, 내 지갑에서 동전과 지폐가 없어졌을 때도 아무 말 안 했어. 그 많은 돈이 어디에서 났는지 너는 내게 한 번이라도 물어보았니? 내 핸드백에 돈이 왜 그렇게 아무렇게나 들어 있을 때가 많았는지 물어보았니? 흑염소 같은 여관에서 일하는 객실 청소부가 얼마나 번다고 생각해? 쥐꼬리만큼이야, 레니.

하지만 난 그런 야망이 있었어. 그리고 흐트러진 침대에서 흐트러진 꿈을 가진 남자들도 있었어. 그들이 내 귀에 대고 속삭인 수많은 말 중에 기억나는 건 하나도 없어. 이름도 생각나지 않아. 그 남자들 얼굴에 대한 기억조차 내가 방에서 나가기도 전에 흐릿해졌어. 남은 건 냄새뿐이야.

하지만 괜찮아. 상황이 더 나빠질 수도 있었으니까. 난 너의 거짓말을 용서했어. 너의 도둑질도 용서했어. 네 직업이 장미꽃 송이만 자르는 게 아니라는 걸 정말 내가 몰랐을 거라고 생각했어? 네가 쓰레기 수거통을 씻어내고 인도에서 말라붙은 개똥을 긁어내는 모습을 내가 그간 한 번도 못 보았을 거라고 생각한 거야?

레니, 난 너를 용서했어. 하지만 나 자신은 용서하지 못하겠더라. 잃어버린 시간을 말하는 게 아니야. 시간은 잃어버릴 수 있는 게 아니야. 난 내 존엄성을 잃어버렸어. 더 정확히 말하면, 내던졌어. 내 존엄성을 낡은 외투처럼 내다 버렸어.

네가 떠나던 날 저녁에 텔레비전에서 영화를 했어. 푸에르토리코에서 검은 눈의 여자 밀수꾼과 사랑에 빠지고 그녀 때문에 복잡한 사건에 휘말린 조종사에 관한 영화였지. 조종사는 더위에 잠을 잘 수가 없어서 계속 엄지손가락으로 콧수염을 만지작거렸어. 그것 외에는 생각나지 않아. 영화가 방영되는 내내 난 대성통곡했어. 베개에 얼굴을 묻고 흐느끼고 소리 질렀어. 화가 났어. 나한테 일어난 일들을 이해할 수 없었어. 할머니와 다른 사람들이 했던 말을 생각해보았어. 그 사람들이 모두 미웠어. 나도 미웠어. 하지만 무엇보다 레니, 네가 미웠어.

어느새 영화가 끝났어. 이불을 덮고 있으니 아주 먼 곳에서 뉴스가 들려오는 것 같았어. 내 안의 뭔가가 부서졌어. 아니면 밖으로 터져 나왔든가. 네가 또 황금달에 있는 꼴을 봐서는 안 된다고 생각했어. 얼굴에 환한 행복이 서린 모습을 보면 안 되겠다고 생각했어.

슈테펜은 좋은 남자였어. 나를 선택한 사람이야. 삶이 고단했던 나는 누군가에게 기대고 싶었어. 우리 둘이 살기엔 그의 봉급으로 충분해서 난 흑염소를 그만두었어. 집 정원을 돌볼 생각이었어. 식물이 하나둘씩 전부 말라 죽었어. 토양 때문이거나, 비가 안 와서 그렇거나, 공기가 탁하거나, 뭐 그런 것 때문일 거라고 내가 슈테펜에게 말했어. 내 말이 맞는 것 같다더라. 그래서 우리는 잔디의 3분의 2를 시멘트로 발라버렸어. 그런데도 배나무에서는 싹이 나왔어. 꽃봉오리가 하얗고 고왔어. 봄이면 열린 창문을 통해 꽃향기가 집으로 들어왔어.

너는 분명히 내가 아직 살아 있다고 생각하겠지. 네 상상력은 언제나 빈약했어. 어쩌면 내가 지금 이 순간 네 무덤 앞에 서서 눈에는 눈물이 그렁그렁 맺혀 있을 거라고 상상하겠지. 그렇다면 또 오산이야.

내가 보낸 엽서 기억나? 4월 어느 날 저녁에 쓴 거야. 밖에서는 비가 억수같이 퍼붓고 있었어. 식탁에 앉아 엽서를 쓰는데, 그때만큼 자유롭고 기분이 좋았던 적이 없었어. 엽

서를 다 쓰고 일어나 창가로 갔어. 배나무가 비를 맞으며 솰
솰 소리를 냈어. 이튿날 아침 일어나려니 너무 기운이 없었
어. 그로부터 채 한 달도 안 돼서 난 세상과 작별했지. 벌써
오래전에 뭔가가 나를 안에서부터 파먹기 시작했어. 슈테펜
은 끝까지 내 곁을 지켰어. 내 침대 옆에 앉아 있었어. 그의
얼굴이 날마다 점점 더 희미해지더니, 마지막엔 하얗게 회칠
한 방에서 더는 그의 얼굴을 알아볼 수 없게 되었어. 그 무
렵부터 내 기억에 남아 있는 건 거의 없어. 내 마지막 기억
중 하나는 네 손이야, 레니. 네 손가락에서는 흙냄새가 났어.

게르다 베어

여기에 누워서 너를 생각하고 있어. 어쩌면 네 꿈만 꾸고 있는 건지도 몰라. 뭐가 됐든 차이는 없어. 거기 위에서 아주 분주한 걸 보니 오늘이 일요일이군. 전에 우리는 일요일이면 종종 침대에서 나오지를 않았어. 서로 사랑을 나눈 뒤 그냥 조용히 누워 있곤 했지. 그보다 훨씬 전에는 난 뚱뚱한 남자와 하는 건 가능하다고 생각하지 않았을 거야. 물론 우리가 온종일 침대에 있지는 않았어. 누구도 그렇게는 안 하니까. 바깥에서 하는 것도 좋았어. 네가 없는 일요일은 완벽하지 않았어. 너와 사랑을 나눈 뒤엔 네 옆에 누워 있었지. 침대에, 잔디에, 눈 위에. 그게 전부였어.

K. P. 린도

정원에서 어린 사내아이가 라디오를 앞에 놓고 앉아 있다. 아이는 노래를 듣다가 울기 시작한다. 훌쩍거리고 흐느낀다. 노래가 너무 슬퍼서가 아니다. 노래가 곧 끝날 것이기에 훌쩍거리고 흐느끼는 거다.

여름이다. 말벌들이 집 안으로 들어온다. 일찍 부화한 녀석들이 방 안에서, 탁자 위에서, 창가에서 떼 지어 윙윙거리다 죽는다. 어머니는 벌들을 작은 쓰레받기에 쓸어 담고, 아버지는 벌집을 찾으려고 차고 지붕으로 올라간다. 연기를 피워 몰아낼 작정이다. 나는 말벌을 좋아했다. 한 녀석에게 쏘인다 해도 무섭지 않았다. 무서운 건 다른 거였다. 내가 보기에 말벌은 죄가 없었다. 말벌은 천사였다. 작고 구부정한 몸으로 죽어서 어머니의 쓰레받기에 소록소록 쌓인다.

수집한 것들: 돌, 유황 조각, 젖니, 달팽이집, 자질구레한 것들, 여자들 나체 사진, 죽은 사람들 이름, 고무줄(빨간색을 제외한 모든 색깔), 코르크 따개, 맥주컵 받침, 우표, 안경알, 욕설, 복수하는 방법.

복수하는 방법: 부모님의 비밀을 알아낸 뒤 익명으로 편

지를 써서 사람들에게 퍼뜨리기. 마르크트 가에 가느다란 철 삿줄을 팽팽히 쳐놓아 자전거를 타고 가는 수학 교사의 목이 잘려나가게 하기. 여러 건물 폭파하기. 그녀를 또 만나다가 다시 버리기. 시청 광장에서 분신하기. 아버지의 두 눈을 도려내기. 어머니를 도끼로 난도질하기. 복수를 포기하고 자비와 관용으로 적을 부끄럽게 만들어 그 자신의 비열한 진창 바닥에 내버려두기.

작고 부드럽고 발그레한 공 같은 내 손이 양탄자를 마구 두드린다. 그런 다음 블록 조각과 소방서를 때려 부순다. 전부 다 망가뜨린다. 뜨겁게 분출하는 내 축축한 분노로 모든 게 사라진다. 내 손은 하고 싶은 걸 한다. 내 귀에 들어오기도 전에 어른들의 말을 때려죽인다. 손은 내가 가진 유일한 친구다.

70년이 지난 뒤에도 손은 똑같다(정말 똑같을까?). 그 손을 들여다본다. 반점과 주름과 털과 상처가 있다. 무슨 일이 일어난 걸까? 손은 노란색 비닐 탁자보 위에 놓여 있다. 깍지를 끼고 있는 모습이 마디가 있는 나무뿌리 같다. 나이가 들면서 기도를 한다. 더 정확히 말하면, 간청을 한다. 제발 저를 인도해주소서. 제발 저를 내버려두소서. 제발 저에게 선물을 주소서. 제발, 제발!

*

첫 번째이기를 바라는 열망이 나도 모르는 새에 마지막이기를 바라는 마음으로 바뀐다.

그리고 여기저기에 항상 비닐 식탁보가 있다. 지붕 밑에. 정원에. 학교에. 뒷방에. 대기실에. 게스트 하우스에. 이웃집에. 경찰서에. 소방서에. 그 외 다른 곳에. 휴게실에. 병원에. 지하실에.

봄 축제가 열리는 곳. 종이 등이 바람결에 그네를 탄다. 아직 어두워지기 전인데 패싸움이 세 번 벌어졌다. 모든 것이 전과 다름없지만, 그러면서도 전과 완전히 다르다. 노란 치마. 웃음소리. 신발에 들어간 잔돌. 사랑에 빠진다는 건 점화되는 것이다. 그녀의 손을 잡는 건 나중에 그녀 앞에서 발가벗는 것보다 더 큰 돌파력을 요구한다. 어쨌든 아직 말을 많이 할 필요는 없다.

"오늘밤엔 창문을 열어놓자."—"고양이들이 우리를 구경할 텐데."—"난 상관없어. 어서 이리 와!" 난 그녀가 좋다. 그녀의 배가 좋다. 그녀의 엉덩이가 좋다. 그녀의 얼굴이 좋다. 그녀의 목소리가 좋다. 그녀가 말하고 행동하는 모든 게 좋다. 이 밤에 우리는 죽음을 이겨냈다. 그리고 고양이들은 저희끼리 사랑을 나누었다.

*

그리고 끝났다. 아무 일도 없었는데 끝났다. 다른 남자가 생긴 것도 아니었다. 그녀는 그냥 가버렸다. 내 앞에서 그녀는 구구절절 변명을 늘어놓았지만 나는 곧 잊어버렸다. 그녀는 짐을 싸서 어머니에게 갔다. 나중엔 이 도시를 떠났다. 작별하면서 우리는 포옹했다. 전화할게. 그녀가 말했다.

그 밖에 수집한 것들, 또는 그녀와 함께한 순간들: 노란 여름날. 깔개 위의 젖은 햄스터. 구두 상자 속에 들어간 발. 한 개 값으로 세 개를 산 탈취제. 툭 터져 나온 웃음. 지빠귀 때문에 생긴 일. 포플러나무 위의 검은 연기. 나무 아래에 있던 우리. 소파에, 식탁에, 풀밭에, 들판에, 침대에 있던 우리.

우리 식탁은 이제 다시 내 식탁이 되었다.

물론 나중에 여자를 몇 명 더 사귀었다. 똑같지는 않았다. 하긴 누가 그러기를 바랄까? 나중에 수고양이를 키웠다. 늙은 고양이였다. 피부는 부스럼투성이에 털은 광택이 없었고, 꼬리는 여러 번 꺾여 있었다. 뒷다리 하나는 막대기처럼 뻣뻣하게 엉덩이에서 튀어나왔다. 오른쪽 눈은 흐릿하고 천천히 움직였다. 아마 앞이 안 보였을 거다. 그러나 이빨은 노랗고 건강했다. 다리 하나가 망가졌어도 녀석은 어린 고양이처럼 잘 뛰었다. 우리는 처음부터 서로 좋아했다. 녀석은 다가와 몸을 비비며 내 바짓가랑이 주위를 맴돌았다. 마르고 허약하고 생긴 게 볼품없었다. 정성스럽게 보살펴 건강을 회복시키는 데 오랜 시간이 걸렸다. 남은 건 녀석의 냄새였다. 그건 어쩔 수 없었다. 녀석은 쓰레기통처럼 악취를 풍겼다. 하지만 시간이 흐르면서 나는 거기에 익숙해졌다. 녀석이 죽은 뒤에야 나는 다시 봄날의 향기와 내 몸의 냄새를 맡을 수 있었다.

사람들보다 수고양이와 더 많은 이야기를 나눈 것 같다.

검푸른 밤하늘. 창문 밑에 있는 술 취한 사람들. 그들은 고래고래 고함을 지르고 같은 패거리를 소리쳐 부르거나 자신의 갈망을 좇아 포효한다. 그러다 다시 잠잠해진다. 지붕 위의 그림자. 시청사에서 또 박쥐가 나왔단다. 몇십 년 만에 처음이란다. 전화벨이 울린다. 그러다 다시 끊긴다. 위가 꾸르륵거린다. 식탁에 빵 반쪽이 있다. 그러나 식탁은 아주 멀리 있다. 모든 게 아주 멀리 있다. 박쥐만 네 이마에 앉아 있다. 거기에 앉아 너를 바라보다가 날개를 네 얼굴 위에 편다.

내려놓는다는 게 간단하지 않다. 세수하다가 치아가 한 개 빠졌다. 아프기는커녕 흔들리지도 않았다. 치아는 지금 세면대에 떨어져 있다. 오래 씹어 닳고, 누렇고, 갈색 얼룩이 있다. 치아는 배신자다. 어쨌든 아직도 일곱 개가 남았다. 거기에 이름을 붙여줘야겠다.

　복도를 걷는 아버지의 발걸음 소리. 어머니의 털모자 냄새. 의사. 야근 간호사들의 목소리. 기차. 극장 쿠션 좌석 사이의 역겹도록 부드러운 틈새에 낀 우리들 손가락. 버스 타고 가기. 어두운 겨울 저녁. 부엌 바닥에 쏟은 우유. 추락. 상처. 흉터. 그녀의 팔. 그녀의 발. 그녀의 이마. 쓰레기 컨테이너에 들어간 블록 완구 상자. 과자. 사과. 버터빵. 13개의 유리잔. 하지만 그것도 아직 부족해. 건물 문 앞에 있는 죽은 새들. 창턱에서 윙윙대며 팽이처럼 돌면서 죽어가는 말벌 한 마리. 멀리서 들려오는 음악. 죽음이 바람처럼 불어온다. 죽음은 너를 데려간다. 멀리 데려간다.

　그걸 어떻게 아느냐고? 나도 몰라.

슈테파니 스타네크

성당이 불타는 걸 보았다. 가을 어느 따사로운 날 아침이 었다. 그때 나는 나이 든 노인네였다. 왠지 모를 불안감에 아침 일찍 내쫓기듯 밖으로 나왔다. 길을 걷고 있는데 곧 불길에서 펑 하는 소리가 들렸다. 성당이 환하게 타올랐다. 열려 있는 출입문을 통해 자욱한 연기 너머 신부님의 그림자가 보였다. 그는 비처럼 쏟아지는 불똥을 맞으며 두 팔을 벌리고 서 있었다. 사람들이 달려와 소리를 질렀다. 이윽고 소방차가 도착했다. 밖으로 들려 나와 들것에 눕혀진 신부님의 등이 까맸다. 성당은 불에 타 주저앉았다. 불똥이 작은 꼬마전구처럼 밤나무 가지에 걸렸다. 아름다웠다. 많은 추억들 때문에 가슴이 아팠다. 성당은 나중에 재건축되었다. 그러나 나는 상량식을 보지 못했다.

내가 죽던 날 밤, 구름이 몰려오다 곧 눈이 내리기 시작했다. 날이 추웠다. 매장할 때 인부 한 명이 미끄러져 하마터면 파놓은 구덩이 속으로 떨어질 뻔했다. 사람들이 조금밖에 오지 않았다. 딸 로테. 손녀 루이제. 여자 세 명. 그리고 내가 모르는 신부님. 신부님이 말했다. "평온한 안식에 들어라. 너는 고단했느니라." 눈이 내리고 또 내렸다.

성당 사람들의 모습이 많이 보였다. 하지만 난 그들이 모두 싫었다. 그 사람들을 믿지 않았다. 성당에 가는 것은 좋아했지만 고해는 하지 않았다. 하느님이 나를 용서해도 나는 스스로를 용서할 수 없다는 걸 알고 있었으니까.

신부님 말이 맞았다. 나는 고단했다. 난 먼 길을 걸어왔다. 그 길의 시작이 기억난다. 마을이 기억난다. 하지만 그곳 이름은 입에 올리고 싶지 않다. 동물들도 생각난다. 불에 탄 짚단 냄새, 말똥 냄새, 봄 햇살 냄새가 기억난다. 뼈처럼 앙상한 겨울나무. 덤불 속에 빳빳이 얼어 있던, 눈이 없는 토끼. 크리스마스에 먹던 고기. 부모님. 아버지의 장화. 숲. 눈. 많이도 내리던 눈.

벌써 전선(戰線)에서 소리가 들려왔고 지평선 멀리 숲이 작열하는 것 같았다. 그 사람들이 와서 문을 두드릴 때, 나는 암소 옆에서 어린 딸 로테를 데리고 축축한 짚단에 웅크리고 있었다. 그들은 내 부모님을 데려갔고, 우리가 가지고 있던 모든 것을 가져갔다. 우리 집은 마지막 불길 속으로 사라졌다.

한동안 딸을 데리고 이웃 여자 집에서 숨어 지냈다. 식품 저장실에서 바닥 판자를 들어 올리면 밑으로 내려가게 되어 있었다. 그들은 고기와 옷과 여자를 찾아 날마다 찾아왔다. 그들이 위에서 겨울 군화를 신고 집 안을 쿵쿵거리며 돌아다니는 동안, 우리는 숨죽이고 누워 있었다. 나는 입고 있는 외투로 로테를 감쌌다. 배에서 로테의 따뜻한 숨결이 느껴졌다.

그들이 왜 이웃집 여자를 데려갔는지 알 길이 없다. 이미 나이 든 여자였다. 어쩌면 그녀가 멍청한 실수를 저질렀을 수도 있다. 아니면 어둠 속에서 일이 벌어지면서 누가 실수로 그녀를 범한 것인지도 모른다. 어쨌든 이웃집 여자는 어느 날 사라졌고, 그들은 우리를 찾아냈다. 그러나 운이 좋았다. 우리는 여자들과 아이들과 늙은 남자들로 구성된 무리에 배정되었다. 그리고 모두 완장을 받았다. 우리는 함께 기차역으로 향했다. 열차가 들어오자 어린 로테가 손을 흔들었다. 열차가 떠날 때 나는 들창으로 밖을 내다보았다. 승강장에 해가 내리쬐였다. 열차가 움직이기 시작했을 때 남자 두어 명이 웃으며 내게 뭐라고 소리쳤다. 승강장 모퉁이에 갈색 여자 구두 한 짝이 놓여 있었다.

처음엔 화물칸에 앉아서 갔다. 자리가 너무 비좁아 교대로 앉아야 했지만 그런 대로 견딜 만했다. 국경에 다다르기 직전 열차가 멈춰 서는 바람에 우리는 내려서 걸어야 했다. 국경을 넘은 뒤에는 팔에 찬 완장을 떼어내 불을 붙였다. 많은 사람들이 미친 듯이 웃어댔다. 한 여자는 완장을 바닥에 내던지고 그 위에서 펄쩍펄쩍 뛰며 춤을 추었다. 나는 바위에 앉아 숨을 내쉬었다. 그 이후의 삶, 국경 앞 바위에 앉아 있던 그 짧은 순간 이후의 한평생은 하나의 긴 한숨이었다.

우리는 행렬을 지어 걸었다. 잠은 차량 밑과 축사와 허허벌판에서 잤다. 밤이 되면 춥고 배가 고팠다. 기회가 생기면 밭에서 양파와 감자를 몰래 가져왔다. 우리는 그게 도둑질이라는 것을 알았지만 후회하지 않았다.

발진티푸스를 예방하려고 장뇌 주사를 놓아주었다. 그러나 장뇌는 사람을 미치게 만든다. 그걸 안 뒤부터 나는 그 주사를 맞지 않았다. 고열에 들뜬 상태에서 나는 말을 한 마리 보았다. 말은 지평선에 서서 등에 빨간 태양을 지고 있었다. 길가에 있는 나무 여기저기에 검은 천사들이 앉아 있었다.

로테가 씩씩하다는 건 늘 알고 있었다. 겨우 여섯 살이었지만 로테는 어른처럼 걸을 줄 알았다. 갈색 다리는 길거리 먼지를 뒤집어쓰고도 매끈하게 빛났다. 우리는 손을 잡고 나란히 걸었다. 언젠가는 도착할 거야. 도착해서 푹 쉴 거야. 지금은 걷기만 하자. 내가 말했다. 로테와 나는 많은 사람들 틈에서 계속 서쪽을 향해 한 걸음 한 걸음 내디뎠다. 우리 앞뒤에서 이동하던 사람들은 하루가 다르게 수가 줄었다. 언젠가는 도착해서 푹 쉴 거야.

도착하기까지는 전해 들은 것보다 오래 걸렸다. 시골에는 머물 곳이 부족했는지 그들은 우리를 이곳저곳으로 나눠 보냈다. 마침내 파울슈타트에 도착했다. 친척 한 명이 여기에 살고 있다는 이야기를 들었지만 나는 그를 찾아내지 못했다. 아마 내 상상이었는지도 모른다.

처음에 우리는 북스터 정육점 지하에 있는 석탄 저장고에서 지냈다. 지하실은 어둡고 서늘했지만 석탄이 공기 중의 습기를 빨아들였다. 정육점 주인은 때때로 수프를 끓이라고 뼈 몇 조각이나 자투리 고기를 갖다주었다.

로테는 제 아빠 얼굴을 본 적이 없다. 나중에 그가 이미 오래전에 사망했다는 말을 들었는데, 그즈음 그의 편지가 도착했다. 로테는 아빠 얼굴을 모르니 아빠를 그리워하지도 않았다. 딸에게는 다행이었다. 우리는 계속 파울슈타트에서 지냈다. 돌아갈 길은 없었다.

일자리도 생겼다. 처음에는 밭에서 일하다가 나중엔 클라우스너 부인이 운영하는 가게에서 손님을 응대했다. 사탕과 초콜릿을 파는 가게였다. 일이 재미있었다. 로테도 잘 자랐다. 초콜릿 부스러기를 많이 먹은 탓에 로테는 조금 뚱뚱해졌지만, 남자를 만나 루이제를 낳았다. 나중에 로테는 일자리 때문에 파울슈타트를 떠났다. 루이제는 제 뜻이 확고해서 내 곁에 남았다. 나는 루이제가 여자로 성장하는 모습을 지켜보았다. 남자도 만나 사귀었지만, 입에 올릴 가치도 없는 녀석이었다.

딸 로테의 손을 잡고 몇 날 며칠을 걷던 그때, 우리는 서로에게 힘을 북돋아주었다. 내가 로테의 힘을 북돋아준 것보다 로테가 내 힘을 북돋아준 것이 더 컸다. 밤이면 여자들의 비명 소리가 들렸고, 아침이면 한낮의 열기에 시신을 방치하지 않으려고 죽은 사람들을 길가 도랑에 암매장하는 광경을 보았다. 당시 로테의 입에서는 불평불만이 한마디도 나오지 않았다. 신발이 다 해져 발에 누더기를 두르고 걸어야했을 때, 타고 가던 차량이 수색당하고 약탈당했을 때, 가지고 있던 마지막 물건들, 서류와 옷가지와 음식을 빼앗겼을 때, 그때도 로테는 아무 말도 하지 않았다. 말만 안 한 게 아니라 울지도 않았다. 로테가 잠잘 때 이따금 나만 울었다. 잃어버린 물건 때문에 슬픈 게 아니었다. 내가 운 건 로테의 용기가 슬퍼서였다.

그렇게 길을 가던 중 일이 벌어졌다.

행렬이 멈췄다. 우리는 나흘 낮과 나흘 밤을 앞으로도 뒤로도 꼼짝도 하지 못했다. 멀리 앞쪽 어딘가에서 불이 나 도로가 봉쇄된 탓이었다. 우리는 기다렸다. 밤이면 시골은 차가운 달빛 속에 잠겼다. 마른 대지를 스치는 바람 소리에 겁이 났다. 구름이 달을 가리자마자 들판을 살금살금 걷는 사람의 형체와 짐승을 본 듯한 착각에 빠졌다. 우리가 누워 잔 흙바닥은 딱딱하고 추웠다. 로테는 내 외투 속에서 작은 몸을 덜덜 떨었다. 얼마 전 나는 도로에서 조금 떨어진 곳에 농가가 있는 걸 보았다. 살림집과 헛간과 축사 몇 개로 이루어진 농가였는데, 농지 소작인이 살고 있었다. 사람들은 그를 안 좋게 말했다. 나는 그가 목줄을 한 커다란 검정개를 끌고 자신의 밭을 변소로 이용하는 사람들을 쫓아내는 걸 여러 번 목격했다. 날이 무척 추웠다. "축사는 따뜻할 거야. 거기로 가자." 사흘째 되던 날 밤 내가 말했다. 로테는 가지 않으려 했다. 갈아엎은 흙 사이에서 어른거리는 그림자가 무서워 밭을 건너가기 싫다는 거였다. 나는 로테의 말을 묵살했다. 머리 위에 지붕이 있고 등 밑에 짚단만 조금 있으면 기운이 날 거라고 말했다.

벌써 멀리서 개 짖는 소리가 들렸다. 소작인은 문 앞에 서 있었다. 머리가 불그스름하고, 손은 크고 볼품없으며, 덩치가 큰 남자였다. 흙이 묻은 무릎 높이의 장화를 신고 있었다. 안에서 요란하게 냄비 끓는 소리가 집 밖으로 새어 나왔다. 나는 축사 한 곳에서 잠을 자도 좋으냐고 물었다. 그는 우리를 한참 쳐다보았다. 눈빛에 친절한 구석이라고는 없었다. 그런데 그는 그러라고 했다. 내가 소리 내어 웃다가 순간 그 웃음을 부끄러워했던 게 생각난다.

돼지우리는 비어 있었다. 소작인이 돼지를 팔았거나 직접 도살한 모양이었다. 로테와 나는 짚단에 누웠다. 소작인이 찐 감자 몇 개와 말 담요를 가져다주었다. 우리는 먹기 전에 감자를 오래도록 손에 쥐고 있었다. 담요보다 더 따스한 기운이 전해졌다. 잠이 들기 전 옆 축사에서 동물들이 부스럭거리고 우적우적 먹이를 먹는 소리가 들렸다. 아주 잠깐 동안 나는 모든 게 곧 끝날 거라고 생각했다.

소작인이 축사에 왔을 때는 분명 자정이 지난 뒤였다. 문이 소리 없이 열렸지만, 나는 잠이 깊게 들지 않아 소스라치게 놀랐다. 그는 안으로 들어와 축사 한가운데에서 멈춰 섰다. 달이 그의 등 뒤에 걸려 있었다. 얼굴이 반쯤 어둠에 가려져 그의 눈을 분간하기가 어려웠다. 그래도 그가 우리를 내려다보고 있다는 건 알 수 있었다. 소작인이 무겁게 한숨을 내쉬었다. 달빛에 그의 입김이 보였다. "나가요! 제발 나가라고!" 내가 낮은 소리로 속삭였다.

"당신한테 부탁이 있소." 그가 말했다.

"맙소사, 무슨 부탁?" 내가 물었다.

그는 한 걸음 더 우리 쪽으로 다가오다가 다시 멈춰 섰다. 이제 그의 얼굴은 완전히 어둠 속으로 사라졌다. 그의 팔이 약간 올라가 있었다. 나는 깜짝 놀랐다. 손에 뭔가를 들고 있는 게 보였기 때문이다. 죽은 닭이었다. 그는 닭 목을 움켜쥐고 있었다. 축 늘어진 닭 몸뚱이가 그의 주먹에서 대롱거렸다.

"내 말 좀 들어줬으면 좋겠소." 그가 말했다.

그의 목소리에 뭔가 슬픔이 서려 있었다. 죽은 닭을 손에 들고 서 있는 그가 문득 불쌍해졌다. "앉아요. 하지만 조용조용히 말해요. 딸이 자고 있으니까." 내가 말했다. 소작인은 옆에 있는 짚단에 앉아 이야기를 시작했다. "아마 당신은 나를 이해할 거요." 그가 말했다. "이해해줬으면 좋겠소. 꼭 그랬으면 좋겠소. 난 당신들 같은 사람을 알아요. 당신들이 어디에서 왔는지도 알아요. 돌아갈 길이 없다는 것도. 당신들은…… 난 당신을 봤소. 당신과 당신 딸이 밭을 건너 이 집으로 오는 걸 봤소. 당신들을 봤단 말이오. 당신들한테 뭔가가 있었소……. 그게 뭐였는지 생각나지 않지만, 당신이 내 말을 들어줄 거라고 짐작하고 있었소." 소작인은 느릿느릿 더듬거리며 말했다. 그러면서 낱말을 하나씩 짚단에서 골라 내려는 듯 바닥을 내려다보았다. "난 아직 늙지 않았소. 그런데도 잠을 이루지 못해요. 밤이면 오만 가지 생각이 몰려와요. 좋은 생각들은 아니오. 어떤 땐 그게 내 생각이 아닌 것 같소. 생각이 어둠을 타고 밭을 날아와 내 안에 둥지를 트는 것 같소." 소작인은 고개를 들었다. 나는 그의 눈을 쳐다보았다. 눈 속에서 작고 하얀 달 두 개가 떠다녔다. "전에 여자가 있었소." 그는 이야기를 계속했다. "좋은 여자였소. 나와 함께 살고 싶어 했소. 우리는 한 식탁에서 밥을 먹었고, 한 침대에서 잠을 잤소. 밤이면 그녀가 숨 쉬는 소리를 들었소. 그녀의 숨소리가 내 잡생각을 몰아냈다오."

소작인은 말을 멈췄다. 그러다 갑자기 몸을 홱 움직였다. 나는 그가 일어나 축사를 나가려는 줄 알았다. 하지만 그는 다시 주저앉아 바닥을 내려다보았다. "당신은 이 시골을 보았잖소." 그가 속삭였다. "여기는 넓어요. 하지만 모든 걸 감당할 만큼 넓지는 않아요. 처음에는 그렇지 않았소. 그때 우리는 저녁에 날이 따뜻하면 집 앞에 앉아 먼 곳을 바라보았소. 하지만 나는 언제나 그 여자의 얼굴도 쳐다보았소. 석양이 그 얼굴을 비추면 무척이나 아름다웠소. 그 여자를 좋아하지 않을 수 없었다오."

그는 한동안 네모난 축사 문에 비친 달빛을 뚫어지게 바라보았다. 그러곤 다시 말을 이어갔다. "그렇게 몇 년이 흘렀고 모든 게 잘될 수도 있었소. 그런데 언제부터인가 그 여자가 안절부절못하더군요. 손을 가만히 두지를 못했소. 마음속에 뭔가 사달이 난 거요. 향수병인지 뭔지 잘 모르지만, 여하튼 그 여자는…… 그 여자는 뭔가를 그리워했소."

소작인이 갑자기 몸을 일으켰다. 그는 흥분해서 무겁게

숨을 내쉬었다. 나는 아이가 깰까 겁이 났다. "앉아서 계속 얘기해보세요." 내가 말했다. 그는 다시 주저앉았다.

"모든 게 평탄할 줄 알았소. 어쩌면 내가…… 잘 모르겠소. 여하튼 그 여자는 불만스러워했어요. 저녁엔 전처럼 집 앞에 앉아 있으려 하지 않았소. 시골이 지루하고 햇빛 때문에 눈이 아프댔어요. 여자 마음이 냉정하고 독해졌어요. 나도 냉정해졌소. 잘한 짓은 아니었을 거요. 하지만 내가 어떻게 했어야 한단 말이오? 여자가 떠날까 봐 너무 두려웠소. 그래서 함께 견디고 서로 믿어보자고 했어요. 그냥 함께 살 수밖에 없다고 말했어요. 여자한테 매번 그렇게 얘기했어요."

소작인은 상체를 앞으로 숙였다. 통증이 있는 것 같았다. 그러곤 다시 몸을 똑바로 한 뒤 이야기를 계속했다. 이젠 목소리가 떨렸다. 그는 전보다 더 낮은 소리로 소곤거렸다.

"어느 봄날 저녁 집 앞에 혼자 앉아 있었소. 술을 마신 뒤였소. 앞에는 논밭이 끝없이 펼쳐져 있었소. 문득 모든 게 간단할 것 같은 생각이 들었어요. 여자한테 집 앞에 펼쳐진 아름다운 광경을 보여주고 싶었어요. 그녀를 품에 안고 싶었어요. 그녀는 나를 이해할 거고, 이제부터 만사가 잘될 거라고 믿었어요. 여자의 이름을 불렀는데, 대답이 없었어요. 그래서 집 안으로 들어갔소. 여자는 식탁에 앉아 양파가 담긴 그릇을 응시하고 있더군요. 내가 보여줄 게 있으니 같이 문밖으로 나가자고 했어요. 그녀는 고개만 저었어요. 그걸 보니 화가 치밀었어요. 문을 쾅 닫고 들어와 여자를 설득했소. 그녀가 제발 이해해주기를 바랐어요. 모든 게 다시 옛날처럼 되기를 바랐어요. 내 목소리가 커졌어요. 그 여자를 비난했어요. 끔찍한 말들을 내뱉었어요. 소리를 지르고 미친 듯이 날뛰었어요. 주먹으로 부엌 찬장을 쳤어요. 음식이 가득 담긴 대접을 들어서 접시 꽂아놓은 선반을 향해 던졌어요. 깨진 그릇과 양파를 짓밟고 다녔어요. 장화 밑에서 그릇 조각들이 부스럭거렸어요. 모든 게, 모든 게 부서졌어요."

그는 앉은 채 오래도록 미동도 하지 않았다. 눈은 감겨 있었고 호흡은 깊었다. 잠이 들었다고 생각한 순간, 그가 다시 이야기를 시작했다.

"당신에게 부탁이 있소." 그가 말했다. "그냥 작은 부탁이오. 당신한테 주려고 닭을 가져왔소. 이 집에는 달걀도 있고 순무도 있소. 가져갈 수 있는 만큼 다 가져가시오. 전부 가져가도 좋소."

"원하는 게 뭐죠?" 내가 물었다.

"잠시 당신 딸하고 단둘이 있게 해주면 좋겠소. 축사 밖으로 나가 있어요. 아무 일도 없을 거요. 믿어도 돼요. 난 이게 선물이라고 생각하오. 당신들은 나한테 오는 길을 찾아냈잖소. 이 아이가 여기에 있는 게 선물이란 말이오. 내가 그토록 오래 기다려 온."

소작인이 내 팔을 잡았다. "날 믿어요." 그가 말했다. "난 나쁜 사람이 아니오. 제발 날 믿어요."

무슨 말을 한단 말인가. 우리는 배가 고팠다. 그리고 그 남자에겐 뭔가 슬픔 같은 게 있었다. 그가 나쁜 짓을 할지 모른다는 불안감은 없었다. 나는 로테의 머리를 짚단에 누이고 몸을 덮어준 뒤 밖으로 나왔다.

밤은 춥고 고요했다. 밭이 달빛에 잠겨 있었다. 멀리 뒤쪽에 지평선 너머까지 줄지어 늘어선 차량들이 보였다. 나무 탄 냄새가 대기 중에 떠다녔다. 닭과 순무로 음식을 만들어야겠다고 생각했다. 달걀은 털목도리에 싸서 보관할 작정이었다. 짚단으로 싸놓을 생각도 했다. 그러면 햇빛이 닿는 걸 막아줄 테니까.

축사에서는 아무 소리도 새어 나오지 않았다. 문을 조금 열어놓고 나왔지만 아무것도 들리지 않았다. 소작인이 했던 말이 생각났다. '이 아이가 여기에 있는 게 선물이란 말이오.' 순간 다른 생각이 떠오르면서 나는 잠시 눈을 감았다. 내 심장이 뛰는 소리가 들리는 것 같았다. 너무 요란하게 뛰어서 사방에서 다 들릴 거라고 생각했다.

나는 살금살금 축사로 돌아가 문틈으로 안을 들여다보았다. 눈이 어둠에 익기까지 조금 시간이 걸렸다. 소작인의 볼품없는 몸이 눈에 들어왔다. 그는 무릎을 꿇고 부동자세로 로테가 누운 짚단에 앉아 있었다. 두 손은 펴서 무릎 위에 놓았다. 그는 상체를 숙이고 로테의 얼굴을 응시했다. 무릎 꿇고 앉아 있는 남자와 잠자는 아이의 모습이 얼마나 평화로운지 생각할 겨를도 없이 로테가 눈을 뜬 게 보였다. 남자

몸의 그림자에 가려 처음엔 로테의 얼굴을 금방 알아볼 수 없었다. 하지만 나는 곧 로테가 남자를 노려보는 걸 보았다. 그리고 로테의 눈에서 공포감을 읽었다.

나는 문을 활짝 열고 소리를 질렀다. 두 주먹으로 남자의 등을 때렸다. 남자가 낮게 흐느끼며 옆으로 주저앉는 걸 곁눈으로 보면서 나는 로테를 들쳐 안고 밖으로 뛰어나갔다. 로테를 가슴에 안고 도로까지 달리다가 멈춰 서서 어느 차량 밑으로 기어들어갔다. 그리고 로테를 있는 힘껏 몸으로 감쌌다.

그날 밤 어둠 속에서 물방울처럼 투명했던 내 딸아이의 두 눈, 이것이 내가 나머지 긴 여정을 견디기 위해 간직했던 모습이다.

다음 날 도로 봉쇄가 풀리면서 우리는 계속 이동했다.

흙바닥에서 그 많은 시간을 보내는 동안 나는 앞에서 걸어가는 우리의 그림자를 보았다. 우리가 사라지고 없는 지금도 그 그림자는 계속 혼자 앞으로 걸어간다는 생각이 든다.

하이너 요제프 란트만

안녕하십니까.

파울슈타트 주민 여러분, 여러분이 저를 이 구덩이에 내려 놓고 리하르트 레니에가 작별 인사로 개암나무 잔가지를 꺾어 밑으로 던졌을 때, 어떤 기분이었습니까? 신부가 추도사를 할 때 무슨 생각이 들었습니까? 신부는 사람들이 다 들을 수 있게 하려고 높은 의자에 올라서서 추도사를 했습니다. 모두들 와주셨더군요. 그 점은 고맙게 생각합니다. 이게 무덤에서 드리는 저의 마지막 감사 인사입니다. 그건 그렇고, 여기에 누워 있으니 늘 걱정했던 것보다 썩 나쁘지 않습니다.

딱하신 신부께서 추도사를 하느라 어찌나 진땀을 빼시던지! 그중에 진실은 단 한 마디도 없었습니다. 진실은 열망에 지나지 않거든요.

여러분의 시장이었던 제가 여기에 누워 있습니다. 저의 아버지 노(老) 하이너 요제프 란트만은 여기서 팔만 뻗으면 닿는 거리에 저와 나란히 누워 있습니다. 생전에 아버지와 제가 이토록 가까웠던 적은 없었습니다. 아버지의 아버지, 그러니까 제 할아버지인 테오도어 C. 란트만은 우리가 있는 곳에서 1.5미터쯤 아래에 누워 있습니다. 세월이 흐르면 아래로 밀려 내려가게 마련이죠.

테오도어 C.는 건축사였고, 여러분도 분명히 아시겠지만, 시립 공원과 학교 건물을 설계했습니다. 그분은 계산에 능했으며 나무를 그리는 데는 따라올 자가 없었습니다. 게다가 박애주의자였습니다. 하지만 제 아버지 노(老) 하이너 요제프는 절대로 그렇지 못했습니다. 그는 사람을 좋아하지 않았습니다. 심지어 제 어머니와 저까지 포함해 대부분의 사람을 미워했습니다. 그가 시장이 되어 17년 가까이 버틴 건 바로 그 때문이었을 겁니다. 시장 자리는 그가 사람들과 거리를 둘 수 있게 해주었습니다. 그는 거리 두기가 꼭 필요하다고 여겼죠. 그는 나쁜 남편이자 나쁜 아버지였습니다. 미련한 자식이었던 저는 아버지보다 더 잘하려고 했습니다. 어떤 면에서는 제 생각대로 되기도 했습니다.

아버지, 심지어 저는 당신보다 오래 버텼습니다. 29년을 했으니까요. 이 도시의 운명은 그토록 오랫동안 제 손에 달려 있었습니다.

이게 듣기 좋은 소리가 아니라면, 대체 뭐가 듣기 좋은 소리인지 저는 모르겠습니다.

그런데도 여러분은 제 과오를 들이대며 비난하느라 여념이 없습니다. 축축하고 깊숙한 이곳 무덤 속까지 불평하는 소리가 들립니다. 여러분은 제가 지킬 수 없는 뻔뻔한 약속을 했다고 말합니다. 하지만 그것 말고 제가 무엇을 해야 했을까요? 저는 정치가였습니다. 정치가가 되려고 노력했습니다. 제가 시장이 된 건 이 도시를 위해 뭔가 해보고 싶어서였습니다. 저는 최선을 다하려고 노력했습니다. 적어도 잘못된 건 하지 않으려 했습니다. 어쨌든 아버지와는 뭔가 다른 걸 하고 싶었습니다.

여러분은 제가 있는 수단을 다 써서 경쟁자들을 차례로 제거했다고 말합니다. 맞습니다. 그렇게 했습니다 (얘기가 나왔으니 말이지만, 그렇게 하는 데에는 별로 많은 방법이 필요치 않더군요).

여러분이 구멍 뚫린 투표함에 대해 불평하는 소리가 들립니다. 사라진 투표용지나 이중, 삼중으로 셌던 투표용지 이야기도 하시는군요. 맙소사. 겨우내 염소 떼를 안전하게 몰고 다니는 숫염소에게 뿔이 어떻게 해서 생긴 거냐고 대체 누가 묻는단 말입니까?

여러분은 제가 여자 문제에서 도가 지나쳤다고 말합니다. 솔직히 말해서 여자 문제에서 뭐가 도가 지나친 건지 저는 모르겠습니다.

여러분은 뇌물 수수에 대해 이야기합니다. 뇌물 수수는 나쁜 거라고 말씀하시겠죠. 하지만 여러분에게 묻겠습니다. 받지도 않았는데 어떻게 줄 수 있겠습니까? 인심은 두둑한 주머니에서만 나오는 법입니다.

바로 지금 여기에서 여러분 중 누군가가, 그것도 분명 용감한 사람 중 한 명이, 그것도 이미 상황을 알고 있거나 적어도 진작부터 알고 싶었던 사람 한 명이 앞으로 걸어 나와 단호한 목소리로 물을지도 모릅니다. 란트만 씨, 당신은 최소한 살았을 때보다 죽었을 때 더 진지해질 수는 없는 겁니까? 제 대답은 이렇습니다. 네, 그럴 수 없습니다.

여러분은 제가 반쯤 귀먹은 카를 요나스를 속여 그의 땅을 빼앗았다고 생각하시죠? 제가 토지 감정사와 측량 기술자에게 돈을 먹였고, 그 후 여러분이 모두 염원하던 우리 시의 레저 센터 건축을 위해 공사를 발주할 때 두 손을 벌렸다고 말입니다. 친애하는 주민 여러분, 제가 여러분을 거짓말쟁이라고 욕한다면 저는 사람도 아닙니다! 네, 저는 공사 진행을 조금 서둘렀습니다. 미래라는 놈이 찾아와 우리 도시의 문을 마구 두드릴 때 마침 제가 거기에 서 있었고, 그래서 입장료를 챙겼습니다.

훗날 더는 제 힘으로 어찌 해볼 수 없는 일이 벌어졌습니다. 그게 제 마음대로 할 수 있는 일이었다면 일어나지도 않았을 겁니다. 세 명이 건물 잔해에 깔려 목숨을 잃었던 그 끔찍한 날을 모두 기억하시겠지요. 기둥은 잘못 세웠고, 강철은 너무 성급히 담금질했고, 콘크리트는 너무 늦게 타설했고, 지반은 너무 물렀든가 너무 깊었든가 너무 약했든가, 하여간 잘 모르겠습니다.

세 주민의 죽음은 우리 모두의 불행이었습니다. 저 건너편 제7구역 4열과 5열에 그들의 무덤이 있습니다.

슈테판 비한트, 프리드베르트 로하임, 마르타 아베니외입니다.

　제 인생에서 가장 감동적인 순간이 언제였는지 아십니까? 제가 시장에 임명되었을 때가 아닙니다. 나중에 제 아내가 된 처녀와 나눈 첫 키스도 아닙니다(그 이야기의 결말이 어땠는지는 여러분도 아십니다). 그 당시에는 당연히 제 생애에서 가장 감동적인 순간이라 여겼던 제 첫아이의 출생도 아닙니다. 가장 감동적이었던 순간은, 마지막 길을 떠나는 주민 세 명과 작별하기 위해 우리가 제7구역 4열과 5열에 모였던 때였습니다.

　그 순간 우리는 마치 한 몸이라도 된 듯 심장이 무너져 내렸습니다. 죽도록 슬펐던 그 순간, 우리는 '공동체'라고 부르는 것이 되었습니다.

　가장 친밀한 공동체는 가족입니다. 이 말에 대해 반박할 사람 누구 있습니까? 아무도 없군요. 그렇다면 제가 직접 반박해야겠습니다. 가족은 강제 공동체에 지나지 않습니다. 잘 지낼 때도 있지만 그렇지 않을 때가 많습니다. 우리가 고향과 다름없는 우주인 자궁에서 나온 후 누구의 얼굴을 보게 될지는 어차피 우리도 모릅니다. 하지만 그해 가을 토요일 오후에 모였던 공동체는 완전히 다릅니다. 그 공동체는 구성원 한 사람 한 사람의 자유 의지에서 탄생했습니다.

　이것이 제가 말하려는 요지입니다.

여러분도 아시다시피, 제 어머니는 저를 낳자마자 세상을 떠났습니다. 당시만 해도 암은 제대로 발견되기 힘든 병이었습니다. 어머니는 아주 신실한 가톨릭 신자였는데, 악마가 당신 몸 안에 살면서 날마다 간을 한 조각씩 파먹는다고 생각했습니다. 아직 말은 할 수 있었을 때, 어머니는 의사들을 욕하고 약을 거부했습니다. 그 대신 자신의 영혼을 병실 벽에 걸린 나무 예수상에 의탁했습니다. 저는 어머니가 정말로 순박한 여자였다고 생각합니다.

전해오는 이야기에 따르면 저는 네 살 때 이런 말을 했다고 합니다. 나는 시장이 될 거야. 너희는 그걸 막을 수 없어! 제가 정말 그 말의 뜻을 알았는지는 잘 모르겠지만, 여하튼 그렇게 말하면서 저는 두 발로 번갈아가며 거실 바닥을 쿵쿵 굴렀습니다. 어렸을 때 저는 황소처럼 고집이 센 아이였습니다. 시장이 되면 늘 주변에 여자들이 넘쳐난다고 생각했고, 더는 나쁜 일도 일어나지 않을 거라고 믿었던 모양입니다. 이 가정의 앞부분은 맞고 뒷부분은 틀립니다.

제게도 암이 찾아왔습니다.

프리드리히 제르튀르너를 아십니까? 프리드리히 빌헬름 아담 제르튀르너는 건축사가 되고 싶었으나 약사가 된 사람입니다. 제게는 행운이었죠. 1804년 그가 어디서 순수 아편 몇 숟가락을 훔쳐서 거기에서 메콘산을 뽑아냈거든요. (당시만 해도 파울슈타트 주민은 농사를 짓는 네 가구뿐이었습니다. 이들은 서로 친척이었지만 뼛속까지 서로 적대하며 살았습니다. 그들의 농가는 진흙투성이 늪지 주변에 있었습니다. 어림잡아 현재 코빌스키 폐차장이 있는 곳이죠.)

훗날 메콘산에는 다른 이름이 붙었습니다. 모르핀이죠. 이 이름의 주인공은 그리스 신화에 나오는 꿈의 신 모르페우스입니다. 잠의 신 히프노스의 아들이자, 모습을 바꾸는 자이고, 두 세계를 오가는 전령입니다. 거기에다 평화로운 죽음의 신이기까지 합니다. 제 생각엔 이게 그를 호감이 느껴지는 인물로 만든 결정적 요인인 듯합니다.

제 어머니를 조금쯤 이해할 것 같습니다. 암은 악마같이 끔찍한 병입니다. 수년간 몸 안에 암을 품고 다니면서도 아무것도 모르다가 갑자기 발병하거든요. 상상해보세요. 당신이 아침 일찍 화장실에서 지역 신문인 《파울슈타트 보테》를 들고 앉아 있습니다. 독자 편지란이 있는 면을 읽으려는 찰나, 갑자기 통증을 느낍니다. 개가 당신의 콩팥을 물고 늘어지다가 몸에서 한 조각씩 떼어내는 것 같습니다. 그것도 그냥 개가 아니라, 눈이 충혈되고 멍청하고 흉악하게 생긴 거대한 개가 말입니다. 당신은 두 주먹으로 배를 꽉 누르다가 변기 옆으로 쓰러져 타일 바닥에 나뒹굽니다. 누가 당신의 이름을 부르고, 문을 쾅쾅 두드리다 열고 들어오고, 비명 소리가 나고, 응급의를 부르고, 구급차 비상등이 깜박이고, 병원에 도착하고, 뭐 그런 순서로 이어집니다.

첫 번째 주사를 맞는 순간 벌써 상태가 나아집니다. 나중에 링거 장치를 달고 병상 위에 있는 천장 조명의 무한한 아름다움을 감상하는 동안, 통증이 서서히 희미한 기억으로 옅어질 때면 모든 게 다시 괜찮아질 것이란 기분이 듭니다.

물론 그렇게 되지는 않습니다. 몸은 낡은 나무통처럼 썩어 부스러지기 시작합니다. 저는 마지막에 가서 병세가 급속히 악화된 후 비교적 편안해졌습니다. 모르페우스가 저를 흔들어 재우다가 죽음으로 데려간 것이죠.

어렸을 때 퇴비 더미에 똥을 누었던 기억이 떠오릅니다. 아버지는 그걸 쇠스랑으로 고르고 뒤엎었습니다. 퇴비 더미가 있던 자리에 지금은 유리로 지은 라인잠 & 죄네 보험회사 사옥이 서 있습니다. 모든 인간사의 무상함을 말해주는 대목이지요.

우리 집 지하실 구석에서 발견한 오래된 요강이 생각납니다. 저는 거기에 오줌을 누고 그걸 정원에 심은 토마토에 거름으로 주었습니다. 나중에 알고 보니 그건 요강이 아니라 한쪽 귀퉁이가 없는 할아버지 철모였습니다. 눈이 매서운 영국군의 총에 맞아 왼쪽 관자놀이 대부분과 함께 한쪽이 날

아간 모자였습니다. 그 후 할아버지는 46년을 더 살았는데 성격이 괴팍해지거나 그러지는 않았습니다.

제가 악수했던 수많은 손들이 기억납니다. 그리고 그때 제 손을 마주 잡아주었던 몇 안 되는 손들이 기억납니다.

눈 덮인 들판에 내리쬐던 햇빛이 기억납니다. 해는 방금 떠올랐고 종달새 몇 마리가 하늘로 날아올랐습니다. 차가운 햇빛을 피해 달아나는 것 같았습니다.

아버지가 생각납니다.

제가 시청사에서 쓰던 팔걸이의자가 생각납니다. 이모님이 물려주신 것인데, 그걸 시장 집무실에 들여놓은 것이 저의 첫 직무 행위였습니다. 벌레도 생기고, 한쪽 다리에서 톱밥이 흘러나오고, 갈라진 쿠션 틈새에서는 말총이 삐져나왔습니다. 낡고 볼품없고 특별히 편하지도 않았습니다. 그러나 그건 저만의 의자였습니다. 주변에서 벌어진 온갖 미친 소란 속에서 그 의자는 한 조각 작은 고향과도 같았습니다. 거기에 등을 기대고 앉고 손을 말총에 파묻고 있으면 내 집에 온 기분이었습니다.

친애하는 파울슈타트 주민 여러분, 이제 마지막으로, 정말 마지막으로 저의 과오에 대해 말해볼까 합니다. 그렇습니다. 저는 뇌물 수수를 했고, 거짓 약속을 했고, 어쩌면 사생아도 많이 만들었고, 거짓말을 했고, 사기를 쳤습니다. 저는 형편없었고, 악독했고, 틀려먹었고, 야비했습니다. 한마디로 요약하면 이렇습니다. 저는 여러분 중의 한 명이었습니다!

아, 하나 더 있습니다. 얼마 전 따사로운 여름날 저녁에 젊은이 몇 명이 이곳 무덤으로 소풍을 왔더군요. 거기엔 노(老) 슈비터스 씨의 아들도 있었습니다. 예의범절이라고는 없는 믿기 힘들 정도의 멍청이입니다. 그들이 이곳을 소풍 장소로 고른 데에는 이유가 있습니다. 태양열을 밤까지 저장하는 큼지막한 검정색 래브라도 대리석 판이 무덤에 있기 때문이지요. 젊은이들은 거기에 앉아 쉴 새 없이 무식한 헛소리를 지껄이고 맥주를 엎질렀습니다. 맥주는 우리 집안 성씨를 새긴 대리석으로 흘러들어가 글자에 달라붙었습니다. 아들 슈비터스는 가끔 묘비석 뒷면에 오줌을 누었는데, 그걸 보고 여자애들이 킥킥대고 괴성을 지르더군요. 괘씸했습니다. 나는 그들의 한심한 짓거리와 아름다운 젊음을 증오했습니다. 그 젊은이들의 경이로움을 증오했습니다. 하지만 그들은 그 반반하고 뜨거운 이마 안쪽의 두뇌로 단 한 번도 그 경이로움에 대해 생각해보지 않더군요.

누가 그 젊은이들한테 가서 너희는 영원히 젊을 줄 아느냐고 말해주시겠습니까?

마르타 아베니외

젊었을 때 나는 상상 속의 남자들에게 장문의 편지를 썼다. 얇고 고운 종이에 글을 적어 향수를 뿌리고, 그걸 우표를 붙이지 않은 봉투에 넣어 두근대는 가슴으로 우체통에 집어넣었다. 그 편지들이 과연 개봉되었을지 궁금하다.

나중에는 소설을 썼는데, 아무도 끝까지 읽으려 하지 않았다. 나는 저 멀리 들판으로 나가서 원고 뭉치를 태웠다. 거의 다 탔을 무렵 바람이 불어와 재로 변한 원고를 덮쳤다. 나는 거무튀튀한 재가 흩날리는 가운데 서 있었다. 연약한 검은 나비 떼 안에 있는 것 같았다.

나는 다른 여자애들과 사뭇 달랐다. 쾌활한 기질이 아니었고 내 꿈에 좌절할 때가 많았다. 팔은 가늘고 목은 길어서 내 몸이 잘못되었다고 느꼈다. 도로는 울퉁불퉁하고 여름엔 곰팡내가 지하실 창문을 타고 밖으로 나오는 이 도시만큼이나 잘못되었다고 생각했다. 밤이면 나는 창문을 열고 침대에 누워 있었다. 베개를 가슴에 꼭 껴안고 자유와 빛을 갈망했다.

열아홉 살 생일이 되기 몇 주 전, 로베르트를 알게 되었다. 그는 시청 광장 벤치에 앉아 있었는데 어딘지 모르게 넋이 나간 것처럼 보였다. 입고 있는 재킷 단추가 잘못 채워져 있었다. 무릎에 올려놓은 그의 작은 두 손을 보는 순간, 마음

속에서 그때까지 알지 못하던 따뜻함이 느껴졌다. 서로 눈이 마주쳤을 때 우리는 웃지 않았다. 우리는 처음부터 기묘한 방식으로 이어져 있었다. 생각하고 느끼는 게 정반대일 만큼 달랐어도 우리는 같은 부류였다. 하나의 줄기에서 갈라져 나온 두 개의 가지 같았다.

우리는 스무 살이 되기 전에 결혼했다. 로베르트의 청혼은 어설펐다. 반지를 손에서 떨어뜨리는 바람에 그는 그걸 주우러 부엌 의자 밑에까지 기어들어갔다. 그 순간 바지 안쪽의 셔츠가 밀려 올라가면서 하얗고 앳된 그의 등이 눈에 들어왔다. 우리 둘 다 웃음을 터뜨렸던 것 같다. 나는 반지를 받아 들고 청혼을 수락했다. 결혼식 파티는 황홀했다. 새벽까지 춤추고 포도주를 마시며 즐겁게 보냈다. 쓰고 있는 베일 너머로 결혼식 하객들의 얼굴이 부드럽고 아름답게 보였다. 나는 난생처음 나 자신을 여자로 느꼈다.

당시 우리 도시는 서서히 잠에서 깨어나고 있었다. 곳곳마다 뜨거운 아스팔트에서 수증기가 피어올랐고, 한 줄로 늘어선 주택들은 모조리 개보수를 했으며, 마르크트 가에는 가로등을 설치한 널찍한 인도가 만들어졌다. 내 스물한 번째 생일날 저녁, 나는 로베르트와 함께 가로등 밑에 서서 그를 설득했다. 그 전에 함께 마신 포도주와 내 단호한 결심 때문에 들떠 있던 나는 집으로 돌아오는 길에 멈춰 서서 그의 손을 덥석 잡았다. "우리 인생에서 뭔가를 이루고 싶어." 내가 말했다. "뭔가를 하고 싶어. 일을 하면서 성장하고 싶어. 난 장사를 하고 싶어. 당신과 함께." 그가 태연한 척하려고 애쓰는 게 보였지만, 관자놀이 핏줄이 나무뿌리처럼 불거지고 금방이라도 터질 듯이 고동치는 게 보였다. "장사라니, 무슨 말이야?" 그가 물었다.

"신발 파는 가게 있잖아. 구두 살롱 말이야. 파울슈타트엔 아직 그런 곳이 없어. 그래서 사람들이 구두를 사려면 다른 데로 가잖아. 나한테 돈이 조금 있어. 부모님이 도와주실 거야. 우리가 모은 돈을 하나로 합치자. 1층에 있는 석탄 가게가 몇 년 전부터 비어 있어. 생각해봐. 당신하고 나, 우리 둘이 우리 소유의 작은 구두 살롱을 하는 거야! 우리한테 필요한 건 작은 용기라는 걸 당신도 알게 될 거야. 로베르트, 하지 않을래? 나와 함께 용기를 내고 싶지 않아?"

그는 얼굴이 조금 일그러졌지만 곧 이렇게 말했다. "그렇지, 당연히 뭔가를 하긴 해야지. 뭔가에 덤벼들어야지. 당신 생각도 그리 나쁘진 않아 보여."

나는 그의 목에 매달려 입을 맞추었다.

장사는 잘됐다. 시 외곽에 구두 살롱이 새로 생겼다는 이야기가 빠르게 퍼졌다. 로베르트가 몇 번의 시행착오 끝에 매단 문 위의 작은 종이 거의 시도 때도 없이 울렸다. 가게 건물은 서쪽 국도로 나가는 진입로에 있었고, 우리 집은 가게 바로 위층이었다. 해가 뜨면 자동차 앞 유리 너머로 통근자들의 얼굴이 보였고, 창문 밖으로 몸을 기울이면 '마르타고급 여성화'라고 적은 간판의 먼지를 닦을 수 있었다. 나는 아침 여덟 시부터 저녁 여섯 시까지 일하면서 재고와 상품 진열과 고객의 요구 사항에 신경 썼다. 로베르트는 경리를 보았다. 뒤죽박죽이 된 회계 시스템을 함께 정리하려고 둘이서 다음 날 아침까지 식탁에 앉아 있을 때가 많았다.

로베르트는 의혹이 가득하고 겁이 많은 남자였다. 그는 삶이 끝없는 강요라고 생각했다. 그 삶을 그는 견뎌내려고 애썼다. 자신을 몰아대는 걱정거리와 씨름했고, 칠칠치 못한 몸놀림을 방해하는 것들과 부대꼈다.

어설펐던 청혼은 이후 줄줄이 이어진 그의 실수투성이 행동의 첫 사례에 불과했다. 그는 걸핏하면 구두 상자와 구두 약통을 손에서 놓쳤고, 구두 골이나 구둣솔이나 잠그지 않은 현금 보관함 같은 것도 죄다 바닥에 떨어뜨렸으며, 한 주가 멀다 하고 서류와 영수증 용지를 잃어버렸다. 그는 일상의 문제들을 처리하는 법을 몰랐다. 여자를 대하는 방식도 몰랐다. 사랑을 표현하고 싶은 로베르트의 마음과는 달리 손이 제멋대로 움직이는 것 같았다.

"로베르트, 당신은 대체 바라는 게 뭐야?" 어느 날 밤 내가 물었다.

"무슨 뜻이야?"

"침대에서."

"아." 그는 이 말만 하고 더는 아무 소리도 하지 않았다.

"말해봐." 나는 집요하게 물었다.

"그런 거라면 아무것도 바라지 않아." 그가 말했다.

나는 아이를 갖고 싶었다. 품에 작은 아기를 안고 흔들어 주면 어떤 기분일까 자주 상상했다. 아기가 크면 손을 잡고 함께 들판을 뛰어다니고 싶었다. 들꽃을 엮어 화관을 만들고, 하얀 털이 날리는 포플러나무 아래에서 술래잡기를 하고 싶었다.

다시 한 달이 지났다. 밤이면 가끔 옆에 누운 로베르트의 숨결 소리가 들렸다. 자면서 그가 갑자기 몸을 움찔하는 게 느껴졌다. 나는 곧 일어날 일에 대한 기대감과 욕망으로 몸을 떨었다.

그러나 아무 일도 일어나지 않았다. 이유를 찾는 것도 부질없었다. 그는 아무 설명도 하지 않았다. 누구의 잘못도 아니었다. 나는 로베르트를 원망하지 않았다. 절망에 빠지는 대신 가게를 운영하는 데 온 힘을 쏟았다. 나는 차츰 단조롭고 암담해 보이는 그 거리를 떠나 시내 중심가로 이사하고 싶었다. 그래서 적당한 가게를 물색하러 다녔다. 나는 밝고 널찍한 매장이 주는 화려함과, 고객들의 우아함에 결코 뒤지지 않는 살롱 주인의 세련미를 꿈꿨다. 매일 밤 그런 일상과 화려한 불빛이 가득한 분위기를 만드는 상상을 했다. 때론 살금살금 어두운 계단을 내려가 최신 모델의 구두를 신어보았다. 매장 안을 돌아다니다가 거울에 비친 내 모습을 바라보며 미소 지었다. 젊었을 때는 한 번도 하지 않던 행동이었다.

난관은 꽃집 주인 그레고리나 스타바츠의 죽음과 함께 시작되었다. 파울슈타르에서 그녀를 제대로 아는 사람은 거의 없었다. 불쌍한 그레고리나의 시신은 마르크트 가에 있는 그녀의 꽃집 창고 안에서 발견되었다. 가게 위치는 이상적이었지만, 매매가 우리의 능력을 넘어섰다. 장례식 후 두 달이 채 안 되었을 때 그곳엔 현대식 대형 구두 매장이 문을 열었다. 주인은 에드바르트 밀보르크였다. 회색 수염에 눈이 촉촉하고 파란, 건장한 남자였다. 자신을 사업가라고 부른 그는 이런저런 사업을 하면서 시장과의 친분으로 도움을 받고 있었다. 날씨가 어떻든 늘 맥고모자를 쓰고 화사한 양복을 입고 다녔는데, 머리에 포마드를 많이 발라 양복 깃에 덕지덕지 얼룩이 묻어 있었다.

"그 사람은 돈이 있고 가게 위치가 좋아서 장사가 잘될 거야." 로베르트가 말했다. 그 말을 듣는 순간 마음속에서 증오심이 솟구쳤다. "입 다물어." 내가 말했다. "그냥 입 다물라고!"

에드바르트 밀보르크는 금요일 정오만 되면 언제나 매장에 나와 장사가 잘되는지 둘러보고 종업원들에게 주급을 주었다. 그는 계산대 의자에 앉아 돈 봉투와 은박지에 싼 작은 초콜릿 사탕을 나눠주면서 늘 웃음을 잃지 않았다.

어느 금요일에 나는 그와 이야기를 하려고 마르크트 가로 향했다. 그에게 이런저런 문제에 대해 이야기할 생각이었다.

지난밤 눈앞에 선명히 떠올랐던 아주 중요한 문제였다. 그러나 여자들 틈에 서 있는 그를 본 순간, 하려던 이야기가 하나도 생각나지 않았다. 에드바르트 밀보르크는 모자를 목덜미 쪽으로 내려 쓰고 앉아 입 안에 사탕을 넣고 있었다. "의논드릴 일이 있어요." 내가 말했다.

그는 나를 쳐다보며 말했다. "누구시죠?" 그는 이렇게 물으며 얼굴에 미소를 띠었지만 비웃음은 아니었다.

여자들이 물러나 진열대를 정리하기 시작했다.

"잘 아실 거라 생각하는데요." 내가 말했다. "제 이름은 마르타 아베니외예요." 사탕을 이쪽 뺨에서 저쪽 뺨으로 옮기는 동안에도 그의 미소는 사라지지 않았다. 그러더니 갑자기 일어나 내게 손을 내밀었다. "무엇을 도와드릴까요, 부인?"

나는 주변을 둘러보았다. 안에서 보니 밖에서 볼 때보다 매장이 훨씬 커 보였다. 창고 쪽에 있던 벽을 허문 게 분명했다.

"저 안쪽에 그 여자가 쓰러져 있었겠군요." 내가 말했다.

"누구 말입니까?" 그가 물었다.

"꽃집 주인요. 아마 여기쯤이겠죠. 이탈리아 남성화 진열대 옆."

"아." 에드바르트 밀보르크는 잠시 모자를 들어 올리고 천장 불빛에 희미하게 빛나는 머리칼을 빠르게 쓰다듬었다.

"아무도 이상한 낌새를 느끼지 못했어요." 나는 의도했던 것보다 좀 더 큰 소리로 말했다. "아무도 그 여자를 찾지 않은 거죠. 무슨 말인지 아시겠어요?"

종업원들이 하던 일을 중단했다. 구두 상자 하나에서 구두를 싸는 얇은 종이가 바스락거렸다.

"그 여자는 평생 혼자였어요." 내가 말을 계속했다. "그녀를 진짜로 본 사람은 아마 한 명도 없을걸요."

에드바르트 밀보르크는 미동도 없이 서 있었다. 웃음기도 사라졌다. 나는 이야기를 계속하려 했다. 그의 면전에 대고 말하려 했으나 아무것도 생각나지 않았다.

"돈이 있고 입지가 좋으니 장사가 쉬울 거라고 생각하시나 봐요." 내가 소리쳤다. "바보 같은 양반아, 당신은 구두에 대해 아무것도 몰라. 이 멍청하고 딱하고 지독한 인간아!"

길거리로 나오자 2월의 차가운 바람이 불었다. 포석 틈새에 얼어붙은 얼음이 겨울 내내 쌓인 먼지로 까맸다. 인도를 지나가는 사람은 몇 명 되지 않았다. 그들은 몸을 웅크리고 얼굴을 두꺼운 목도리에 파묻고 걸어갔다. 맞은편 인도에서는 마르가레테 리히틀라인이 손수레를 끌며 이제 막 내리기 시작한 비에 대고 말을 걸었다.

가게로 돌아오니 로베르트가 계산대 안쪽에 앉아 서류를 철하고 있었다. 그는 지출, 수입, 주문, 반품 등 항목마다 다른 색깔로 내용을 적어서 서류철을 관리했다. 그는 그 알록달록한 서류철을 좋아했다.

"어떻게 됐어? 해봤어?" 그가 물었다.

그의 얼굴에 아이 같은 천진난만한 기대감이 나타났다.

하마터면 그 얼굴을 들이받을 뻔했다. 손이 작고 깨끗한 이 남자, 서류철 외에는 아무것도 만질 줄 모르고, 매일 밤 아무짝에도 쓸모없이 조용하게 이불만 덮고 누워 있는 이 남자에게 분노가 치밀었다.

"내가…… 내 생각엔." 말을 시작했으나 나는 곧 자제심을 잃었다. "그래 했어. 그보다 더한 것도 할 거야! 여자의 인생엔 할 일이 아주 많아. 당신도 그렇게 생각하지 않아?"

나는 계산대의 서류철을 단숨에 낚아채서 그걸 들고 문밖으로 나갔다. 바람이 더 강해지면서 길거리에 비가 세차게 몰아쳤다. 나는 서류철을 공중으로 높이 던지거나 인도에 힘껏 내팽개치지 않았다. 그냥 아래로 떨어뜨렸다. 로베르트가 손으로 적은 글자의 색깔이 더러운 잿빛 웅덩이에서 지워지는 걸 보았다. 비가 퍼붓는 진열창을 통해 로베르트의 놀란 얼굴이 보였다.

그날 밤 우리는 나란히 침대에 누워 있었다. 어둠 속에서 로베르트가 우는 소리가 들렸다. 그는 두 손으로 얼굴을 감싼 채 손바닥에 얼굴을 파묻고 흐느꼈다. 옛날에는 나 역시 울면서 그를 품에 안아주고 싶었다. 함께 눈물을 흘리면 백마디 말보다 더 서로를 잘 이해하게 될 거라고 생각했다. 그러나 지금 나는 혐오감 말고는 아무것도 느끼지 못했다. 내 침대에 누워 있는 건 남자가 아니라 어린아이였다. 막 세탁한 베개보를 더럽히는 어린아이.

*

그 일이 일어난 날 정오쯤에 우리는 가게에 단 둘이 있었다. 진열창으로 들어온 햇살이 아른아른 퍼지다가 고운 먼지로 뒤덮인 진열된 구두 위에 내려앉았다. 로베르트가 손에 펜을 들고 새 서류철에 뭔가를 적는 소리가 났다. 그것 말고는 아무 소리도 나지 않았다. 나는 손님들이 구두를 신을 때 이용하는 의자에 앉아 샌들에 가격표를 붙였다. 가죽 냄새가 났다. 그때만큼 가죽 냄새를 확연히 느껴본 적이 없었다. 모든 물건에 가죽 냄새가 배어 있었다. 심지어 정적에서도 가죽 냄새가 났다. 로베르트는 여전히 뭔가를 적었다. 손의 움직임이 차분하고 한결같았다. 모든 것에 스며들어 있는 지루하고 단조로운 움직임이었다. 나는 의자에서 벌떡 일어났다.

"가자." 내가 소리쳤다. "차를 타고 떠나는 거야! 자유로운 곳, 생각의 나래를 훨훨 펼칠 수 있는 곳 아무 데로나."

"그럼 가게는?" 로베르트가 계산대 안쪽에서 물었다.

"오늘은 닫자."

우리는 자동차를 몰고 한동안 근처를 돌아다녔다. 구름이 들판에 군데군데 그림자를 드리울 뿐, 해가 비치는 따뜻한 날이었다. 나는 창문을 열고 여름 공기를 들이마셨다. 멀리서 파울슈타트 레저 센터의 둥근 지붕이 햇빛을 받아 반짝였다. 마음속에 들어앉았던 자신감 속으로 갑자기 사람과 사람 목소리와 웃음소리와 음악에 대한 그리움이 비집고 들어왔다.

우리는 눈이 부시도록 환한 대형 콘크리트 주차장에 차를 세웠다. 차량 몇 대만 드문드문 주차돼 있었다. 자동차에서 내려 햇빛 속으로 들어가는 순간, 지금까지 내 삶이 이상야릇한 오해에 지나지 않았다는 생각을 했다. 그 순간 너무나 행복하고 자유로웠다. 마음 같아서는 신고 있는 신발을 벗어 던지고 뜨거운 콘크리트 바닥에서 춤을 추고 싶었다.

로베르트는 함께 들어가지 않고 차에서 기다리겠다고 했다. 분노의 물결이 솟구쳤지만, 그의 무릎 위에 놓인 작고 예민한 손을 보는 순간 노여움은 다시 사그라들었다. 나는 양손으로 그의 얼굴을 감싸 쥐고 그의 이마에 입을 맞추었다. 그렇게 해본 지 얼마 만이던가. 로베르트의 피부는 촉촉하고 따뜻했다. 나는 아이들에게 하듯 작별 인사로, 아니면 위로의 뜻으로, 입을 맞추었다.

레저 센터 건물에 발을 들여놓은 순간, 서늘한 공기에 깜짝 놀랐다. 주차장의 뜨거운 열기와는 비현실적이랄 만치 정반대였다. 모든 게 널찍널찍하고 환했다. 대리석 바닥과 벽이 반짝거렸다. 높이 달린 유리 천장으로 빛이 큼지막한 기둥 모양으로 쏟아졌다. 진열창 안쪽에 젊은 판매원이 서서 내가 있는 쪽을 건너다보았다. 그녀는 나를 멀거니 쳐다보기만 했다. 나는 계속 걸었다. 커다란 야자수 화분이 서 있는 레스토랑, 테이블마다 작은 도자기 인형이 놓인 아이스크림 가게, 형형색색의 빛을 내는 분수, 볼링장, 마권 판매소, 딸랑거리고 삐삐거리고 웅웅대는 슬롯머신이 가득한 게임장을 지났다.

한 남자가 옆으로 지나갔다. 시선은 위를 향하고 있었다. 그는 걸음을 멈추고 두 손을 눈 위로 가져갔다. 어깨가 긴장으로 팽팽해지는 게 보였다. 그는 손을 내리고 뒷걸음질을 쳤다. 얼굴은 여전히 천장을 향한 채 아주 천천히 뒤로 걸었다. 내가 왜 그의 시선을 따라 위를 쳐다보지 않았는지 모르겠다. 그 남자를 껴안았으면 좋겠다는 생각을 했던 것 같다. 정말로 그를 껴안으려던 찰나, 갑자기 그가 몸을 홱 돌려 뛰기 시작했다. 곧 요란한 소리가 들렸다. 거친 비명 소리가 순식간에 커졌다. 공기가 진동하면서 사방에서 울리는 그 비명 소리가 저절로 생겨난 것 같았다. 발밑이 흔들리는 느낌을 받았다. 바닥이 움직이는 게 보였다. 나는 그 남자가 비틀거리며 넘어지는 걸 보았다. 그의 얼굴에 나타난 경악의 표정을 보았다. 앞에서 바닥이 갈라지는 바람에 그는 비틀거리다 넘어졌다. 그는 두 손을 머리에 얹었다. 손이 피투성이였다. 한 여자의 비명 소리가 들렸다. 하지만 공기가 진동하는 소리와 가짜 대리석이 삐걱대는 소리가 그녀의 목소리를 삼켰다. 대리석은 움직이는 수면에 떠 있는 얼음장처럼 갈라졌다. 곁눈으로 보니 누가 상체를 숙이고 재킷으로 머리를 덮어 보호하면서 뛰어갔다. 그 사람 뒤를 따라갔더라면 살 수 있었겠지만, 무슨 이유에서인지 나는 그 자리에서 꼼짝도 할 수 없었다. 그러다 아까 소리 지른 여자의 모습이 보였다. 벽에서 떨어진 돌판 조각들 옆에 쓰러져 있었다. 무릎을 가슴께로 당기고 얼굴은 역시나 위를 보고 있었다. 그녀는 입을 움직여 무슨 말을 하려 했지만 알아들을 수가 없었다. 나는 위를 올려다보았다. 그 순간, 둥근 유리 천장이 단 한 번의 묵직한 파열음과 함께 산산조각 났다. 진실로 아름다운 아주 짧은 순간에, 하늘이 갈라져 활짝 열리고 빛을 쏟아내는 것 같았다.

유리 파편이 번쩍이며 이슬비처럼 쏟아졌다. 단 1초 만에 내 얼굴을 난도질한 파편을 맞으며 위를 올려다본 순간, 환시가 나타났다는 게 이상하지 않은가? 남편 로베르트의 모습이 선명하게 보였다. 그는 바깥 주차장에 있는 차 안에 앉아 손을 무릎에 올려놓고 있었다. 이제 남은 삶 동안 그 손은 아무것도 하지 못할 터였다.

로베르트 아베니외

밤이면 그녀는 아래로 살그머니 내려가 거울 앞에서 포즈를 취하며 프랑스 매춘부라도 된 양 굴었다. 그럴 때면 나는 침대에 있지 않고 열린 창문 앞에 앉아 길거리를 내다보았다. 드디어 마음 편히 숨 쉴 수 있는 시간이었다. 조용했다. 이따금 지나가는 자동차 타이어 소리만 들렸다. 지붕들의 윤곽이 밤하늘로 솟아 있었다. 오래되고 축축한 담벼락 냄새가 났다. 특히 봄에 따뜻한 비가 처음 내린 뒤에는 더 심했다.

어렸을 적에 어머니는 절대로 뭔가를 후회해서는 안 된다고 자주 주의를 주었다. 후회한다고 없었던 일이 되는 건 아니라고 했다. 그저 영혼만 괴롭힐 뿐, 어차피 아무 의미도 목적도 없는 게 후회라고 했다. 물론 어머니 말이 맞았다. 그러나 나는 어머니와 달랐다. 나는 대부분 뭔가를 하면서 그걸 후회했다. 그런데 바로 그 때문에 인생을 사는 게 쉽지 않았다.

마르타를 처음 본 건 시청 광장에서였다. 그녀는 친구 두 명과 여기저기를 거닐고 있었다. 늘 웃는 모습이었다. 나는 벤치에 앉아 있었다. 내 옆을 지나갈 때마다 그녀는 고개를 시청사 쪽으로 돌리고 첨탑이든 시계든 아무거나 거기에 있는 것을 바라보았다. 그때 이미 믿기 힘들 만큼 기다란 그녀의 목이 내 눈길을 사로잡았다. 그 길고 가느다란 목이 나를 미치게 만들었다. 무엇을 해야 좋을지 몰라서 나는 그냥 벤치에 앉아 있었다. 나 자신이 멍청하게 느껴졌다. 아마 실제로도 그랬을 것이다.

나는 그녀가 사는 곳을 알아냈다. 어느 날에는 집 앞에 서서 그녀가 나올 때까지 기다렸다. 처음에 그녀는 나를 쳐다보지 않고 그냥 내 앞을 지나갔다. 그러더니 이내 뒤돌아서서 말했다. "넌 네가 아주 저돌적이라고 생각하지?"

"아니." 내가 말했다. "절대 그렇지 않아."

"성질이 아주 급한가 봐."

나는 그녀의 목을 뚫어져라 쳐다보았다. "잘 모르겠어." 내가 말했다.

"뭐, 모든 걸 다 알 수는 없는 거니까." 그녀가 말했다. "어쨌든 알려고 노력은 해볼 수 있잖아. 안 그래?"

"그건 그래. 당연히 해볼 수 있지." 내가 대답했다.

"그럼 이제 우리 뭘 해볼까?"

"모르겠어." 내가 말했다. "술집 순례를 한번 하는 건 어때?"

"역시 박력 있네." 그녀가 말했다. 우리는 그렇게 시작했다.

얼마 후 우리는 결혼했다. 내가 청혼했다. 반지를 끼워주려고 준비하는 내내 그녀는 나를 바라보았다. 눈빛이 내 눈을 뚫고 들어오는 것 같았다. 나는 확신이 없어졌다. 반지가 손에서 떨어져 부엌 의자 밑으로 굴러 들어갔다. 그녀가 큰 소리로 웃었다. 그 순간 이게 어쩌면 어마어마한 오해의 시작일 거라는 예감이 들었다.

그녀는 끝없이 사랑 타령을 했다. 그러나 내게 사랑은 신의 축복도 아니고 무슨 노력의 결과도 아니었다. 사랑은 수많은 말 중의 하나에 불과했다. 내가 마르타에게 관심을 보인 건 외로웠기 때문이었고 여자가 있어야 했기 때문이었다. 그녀와 결혼한 건 아이를 갖고 싶어서였다. 아직 젊은 나이였지만, 나는 그 외에는 인생에서 별달리 바라는 게 없었다.

내 손으로 직접 요람을 만들기로 했다. 썰매 활주판과 비단 천 커튼으로 만들 생각이었다. 자그마한 아기가 내는 소리를 어두운 우리 집 침실에서 들으면 얼마나 좋을까 상상했다. 마르타는 내가 분명 톱에 손가락이 잘릴 거라고 했다. 그녀는 우리가 한 줄기에서 각기 다른 방향으로 뻗어나가는 두개의 가지라고 했다. 그건 틀린 말이었다. 우리는 뿌리를 공유하지 않았다. 우리가 같은 공기를 마시는 건지조차도 나로서는 확실치 않았다. 우리는 오랜 시간을 나와 아무 상관도 없는, 구두로 가득한 진열대 사이에 나란히 서서 보냈고, 한 침대에서 잠잤고, 한 식탁에서 밥을 먹었고, 늘 똑같은 창문으로 늘 똑같은 진입로를 내려다보았다. 우리는 반평생을 한 공간에서 지내면서도 정말 서로의 몸에 손도 대지 않았다.

"아이를 갖고 싶어." 내가 마르타에게 말했다. "사람은 자기 자신을 넘어서야 하잖아."

"생각해볼게." 그녀가 말했다. "그런 건 신중해야 해. 어쨌든 아직 시간이 있으니까, 안 그래?"

그녀는 늘 이런 식으로 말했다. 말이란 우리 사이의 빈틈을 채워주어야 하는 것인데, 그녀는 아무 뜻이 없는 말만 했다.

얼마 후 마르타는 임신을 했다. 그건 기적이나 다름없었다. 우리 둘 다 제대로 설명할 길이 없는 기적이었다.

좀 앉아 계세요. 간호사가 말한다. 아직 더 있어야 할 거예요. 나는 고개를 저으며 창가로 다가간다. 나무 아래 한 남자가 서서 지팡이로 나뭇잎 더미를 뒤적인다. 사내아이가 웃으며 그 옆을 달려간다. 남자는 하던 일을 멈춘다. 한 손에는 지팡이를 들고 다른 손은 바지 주머니에 넣은 채 그냥 서 있다. 위에 있는 나뭇가지들이 바람에 흔들린다. 갑자기 상황이 급박해진다. 마르타가 소리를 지른다. 그 목소리가 낯설다. 그녀는 고개를 뒤로 젖히고 손가락으로 매트리스를 움켜쥔다. 조산사의 두 손이 분주하다. 마르타의 어깨가 위로 솟았다 내려간다. 빨리 서둘러요. 조산사가 말하자 간호사가 방에서 뛰어나간다. 잘하고 있어요. 아주 잘하고 있어요. 계속 그렇게 하는 거예요. 조산사가 말한다. 살려주세요. 마르타가 신음한다. 살려주세요, 살려주세요, 살려주세요. 나는 그녀의 침대보에 손을 대본다. 혹시 제가…… 이렇게 말해보지만 그다음엔 할 말을 잊어버린다. 마르타가 다시 끙끙거리며 신음한다. 길게 끄는 탄식 소리가 높아졌다 가라앉는다. 침대보 위에 놓인 내 손이 나무토막 같다. 간호사가 다시 들어온다. 그 옆에 의사가 있다. 그는 아무 말 없이 간호사의 도움을 받아 장갑을 끼고 침대로 다가간다. 방 안 분위기가 갑자기 숨 가쁘게 돌아간다. 의사와 조산사는 어깨를 맞댄 채 말없이 분주하다. 조산사가 엄지손가락으로 마르타의 뺨을 어루만지며 귀에 대고 뭐라고 속삭인다. 당연하다는 듯이 내 아내의 얼굴을 만진다. 아마도 당연하겠지. 이제 보기 불편해지실 수 있어요. 의사가 내게 말한다. 하지만 여기에 계실 필요는 없어요. 나는 마르타의 시선을 좇는다. 그녀가 눈을 감는다. 서둘러요. 의사는 이렇게 말하고 소매를 걷어붙인다. 간호사가 내 어깨를 잡고 방에서 밀어낸다. 여긴 남자들이 있을 곳이 못 돼요. 의사만 들어올 수 있어요. 그녀는 웃으며 다시 사라진다. 대기 구역에 남녀 한 쌍이 앉아 있다. 서로 손을 잡고 나를 바라본다. 나는 화장실로 가서 세수한다. 거울을 보니 부끄럽다. 순간 그 모습이 나라는 게 믿어지지 않는다. 다시 화장실에서 나온다. 아까 있던 남녀는 사라지고 없다. 나는 자리에 앉아 병실에서 나오는 소음과 고함 소리를 들으며 기다린다. 얼마 후 안이 조용해진다. 오래도록 아무 일도 없다. 마침내 문이 열리고 조산사가 서서 말한다. 죄송합니다. 굳이 그 말을 할 필요는 없었다. 조금 후 그녀는 손으로 내 팔을 잡는다. 보시겠어요? 네. 내가 대답한다. 아기는 연녹색 싸개에 눕혀져 있다. 두 팔이 옆으로 뻗어 있다.

얼굴이 조막만 하다. 관자놀이엔 노란 얼룩이 묻어 있다. 두 눈은 깊게 파인 주름 사이에 숨었다. 싸개를 잠시 들어본다. 생각했던 것보다 아주 가볍다. 이젠 마르타를 바라본다. 그녀의 뺨에 가느다란 머리카락이 몇 가닥 붙어 있다. 이마에선 기미가 어른거린다. 그녀는 고개를 돌리고 창밖을 내다본다.

나는 마르타를 원망하지 않았다. 괴롭히지도 않았다. 그리고 동정도 하지 않았다. 어쨌든 마르타도 그 일을 금방 잊은 모양이었다. "어제의 꿈들은 바람에 날려가." 언젠가 그녀가 말했다. "그래도 매일 밤 새로운 꿈을 꿔. 근사하지 않아?" 이 말을 듣는 순간 내가 그녀를 싫어한다는 걸 확실히 알았다. 그녀의 모든 게 싫었다. 목소리도 싫고, 얼굴도 싫고, 미소도 싫었다. 가장 싫은 건 그녀의 목이었다. 그 길쭉하고 가느다랗고 풍자화처럼 생긴 목. "그래, 아주 근사해." 나는 그녀의 머리를 쓰다듬으며 말했다.

그녀는 걸핏하면 내가 아름다움을 이해하지 못한다고 했다. 틀린 말이다. 나는 그녀가 아름답다고 생각하는 것만 이해하지 못했을 뿐이다. 나는 시에 대해 아는 게 없었다. 하지만 그녀가 직접 쓴 시 한 편을 읽으라고 주었을 때, 나는 이내 그 시가 아무짝에도 쓸모없다는 걸 알았다. 그건 여행하는 여자에 관한 시였다. 여자는 불안해 보였다. 금박 장식을 한 옷을 입고 하얀 구두를 신고 기차에 앉아 자신이 낯선 남자들의 시선을 한 몸에 받는다고 느끼는 존재였다. 시에는 리듬도 없고, 에스프리*도 없고, 선율도 없었다. 빛나가고 과장된 이미지 몇 개뿐이었다. 열차 칸에 금박 장식을 한 옷이라니!

마르타가 아래층으로 내려가 거울 앞에서 서성이는 밤이면 나는 창가에 앉아 상상에 빠졌다. 만일 그녀가 없다면 모든 게 어떻게 되었을까. 나는 아무 데나 다른 곳을 생각하려고 애썼다. 가능하면 아주 먼 곳, 피곤한 통근자들의 얼굴이 보이지 않는 곳, 진열대의 먼지가 없고 가죽 냄새가 나지 않는 곳, 손님들이 멍청한 질문을 하지 않는 곳, 마르타의 꿈이 없는 곳을 상상했다. 그건 내 꿈이 아니었다. 그렇게 앉아 밤을 내다보다가 계단에서 발걸음 소리가 들리면 나는 다시 침대로 기어들어가 자는 척했다.

"가자." 그날 마르타가 외쳤다. "차를 타고 떠나는 거야!" 뭔가에 쏘인 듯 그녀는 의자에서 벌떡 일어났다. 얼굴이 벌겋게 달아오를 정도로 그녀는 자신의 생각에 사로잡혀 있었다. 나도 반대할 생각이 없었다. 그 시간대면 가게는 이미 한산했다. 솔직히 말하면 쥐 죽은 듯이 조용했다.

우리는 차를 몰고 새로 생긴 레저 센터로 향했다. 멀리 들

---

* 정신 또는 기지(機智)라는 뜻으로, 근대적인 새로운 정신 활동을 이르는 말. 특히 문학에서는 자유분방한 정신 작용을 이른다.

판 위에서 유리 지붕이 반짝였다. "나 정말 간절히 바라는 게 있어." 그녀가 외쳤다. "사람들 틈에 있고 싶어! 사람들의 따스함을 느끼고 싶고, 사람들 웃음소리를 듣고 싶어!" 자동차 서너 대가 뜨거운 열기에 달아오르고 있는 콘크리트 주차장에서 그녀는 이렇게 소리 높여 외쳤다.

"혼자 들어가. 나는 생각 없어." 내가 말했다.

"무슨 소리야, 당연히 같이 가야지." 그녀가 말했다.

"싫어." 내가 말했다.

그녀의 눈에서 뭔가 사악한 기운이 번득였다. 순간 그녀가 내 뺨을 때릴 거란 생각이 들었다.

"당신은 내 남편이잖아. 안 그래?" 그녀가 물었다.

"맞아." 내가 대답했다.

마르타는 고개를 끄덕이고 차에서 한 발자국을 떼어놓다가 금방 다시 몸을 돌렸다. 나는 올 것이 왔다고 생각했다. 하지만 뜻밖의 일이 벌어졌다. 그녀는 두 손으로 내 얼굴을 감싸 쥐고 이마에 입을 맞추었다. 입술에서 느껴지는 감촉이 서늘하고 건조했다. 나는 천치가 된 기분이었다. 마르타는 걸어가다가 다시 한번 멈춰 섰다. 햇빛 속에서 두 팔을 살짝 들고 잠시 서 있었다. 마치 눈에 보이지 않는 존재와 이야기하는 듯했다. 또는 다시 소녀가 되어 금방이라도 춤을 출 듯했다. 이윽고 마르타는 출입구 그림자 속으로 사라졌다.

열린 창문을 통해 더운 열기가 차 안으로 들어왔다. 나는 운전석에 앉아 시동을 걸고 천천히 주차장을 빠져나왔다. 국도에 들어선 후 속도를 높였다. 바람이 시원하게 불었다. 뒷좌석에 던져놓고 잊어버렸던 서류철 속의 종이가 바람에 한 장 한 장 흩날렸다. 라디오를 켰다. 흘러나오는 음악이 뭔지는 몰라도 듣기 좋았다. 백미러로 보니 레저 센터의 유리 천장이 구릉 많은 지평선 뒤로 사라졌다. 나는 이제 마르타를 생각하지 않았다. 그저 앞에 펼쳐진 풍경 속의 도로와, 진동하고 끈적거리는 핸들만 생각했던 것 같다. 어쨌든 그녀에 대해서는 조금도 생각하지 않았다.

조피 브라이어

멍청한 인간들.

헤리베르트 크라우스

아침이다. 거리가 젖어 있다. 나무에서 물방울이 떨어진다. 그 밑에 서면 벌써 가을 냄새가 난다. 누가 지붕 위로 쏟아부은 듯 햇빛이 내리쬔다. 햇빛은 지붕을 내려와 굴뚝과 처마 물받이 홈통과 벽을 따라 끈적이는 황금처럼 흘러내린다. 비둘기가 꾸르륵거리고 퍼덕대는 소리가 낯설다. 머리가 맑아지기에는 아직 시간이 이르다. 아무 생각 말고 페달을 밟아. 한 바퀴 돌려면 한참 남았어! 다리가 아직 뻣뻣하다. 날이 춥다. 자전거가 무겁다. 강철 자전거니까 버티겠지. 가방이 빵빵하다. 사방이 포석이다. 오래된 도시. 낡은 주택들. 오래된 거리. 도시 경관으로는 근사하지만 집배원에게는 끔찍하다. 페달을 밟아. 머잖아 쉬워지겠지. 처음만 어려운 법. 처음과 끝이 어려운 법.

라이네 가에서 토마스 가로 접어들면서 하루가 시작된다. 창문이 반짝거린다. 하늘이 너무 환해 눈이 아플 지경이다. 가장 오래된 나무가 있는 케르너 광장을 지난다. 속이 텅 빈 나무줄기. 아이들 세 명이 숨어도 남을 만큼 널찍하다. 튤립. 잔디. 땅바닥에 생긴 구멍. 혹시 여우라도 있는 건가. 들판에 나가봐야 얻을 게 없을 텐데. 유치원. 벽에 삐뚜름히 그린 동물 그림. 기린. 코끼리. 호랑이. 하마는 곁눈질을 한다. 그네 기둥에서 아침 이슬이 반짝인다. 잔디에 떨어져 있는 모자. 흡사 노란 꽃 같군.

카롤리넨 가. 코른 길. 브뤼켄 가. 3번지에서 배달이 시작된다. 1번지와 2번지는 없다. 왜 그런지 아무도 모른다.

따님은 좀 어때요? 할러 부인이 울타리에서 묻는다. 얼굴에 주름이 가득하지만 늘 상냥하다. 실내복을 이리저리 잡아당긴다. 언제나 그 실내복 차림이다. 다른 옷을 입은 적이 없다. 오래 입어서 색이 바랜 게 보인다. 화려하게 빛나던 빨간색이 주황빛이 도는 분홍색으로 변했다. 의사들은 뭐래요? 아, 당연히 그런 건 바라서는 안 되죠. 하지만 어쩌겠어요. 우리 아이들은 오래전에 다 떠났어요. 품에서 떠나고, 집에서 나가고, 다 나갔죠. 사는 게 그런 거죠. 하지만 아저씨 아이는 아직 어리잖아요. 그래서 안타깝죠. 아, 벌써 가시게요? 그럼요. 당연하죠. 안녕히 가세요. 그럼 내일 봬요!

브뤼켄 가는 최고 동네 중 하나다. 노인네들만 살고 우편물은 적다. 벌써 공기가 따뜻하다. 거리가 햇빛 속에 쭉 뻗어 있다. 겨우 얼마 전에 아스팔트 포장을 했는데 그새 다시 터져버렸다. 검게 갈라진 틈새. 구멍. 배수로. 도시에 돈이 없다. 돈 있는 사람이 없다. 그래도 커피 냄새는 난다. 빵과 소시지와 꿀과 코코아 냄새가 난다. 베이컨과 기름진 달걀 프라이 냄새. 화장실 수증기와 비누 거품 냄새. 세탁실 옆을 지나가면 집집마다 열린 창문으로 밤의 잔해를 내뿜는다. 그 아래 풀밭에는 먼지와 함께 털어낸 꿈들이 누워 있다. 누가 이 말을 했지? 네가 직접 말했던가? 믿을 수가 없군. 저 뒤쪽에 할러 부인이 아직도 서 있다. 정원 울타리에 찍힌 주황빛이 도는 분홍색 점. 그녀가 손을 흔든다.

대화는 피해야 해, 무조건. 남들의 고독은 네 고독이 아니야. 발터가 해준 말이다. 47년을 우체국에서 일하면서 그는 딱 한 번 아팠다. 신장 급경련통이었다. 이틀을 누워 지내며 복대를 하고 엉겅퀴 차로 치료하다가 다시 일하러 나왔다. 나중에는 젊은 집배원들에게 배달 일을 가르쳤다. 그는 배달 구역을 두 군데로 넓혔고 그 후에는 네 구역으로 확대했다. 네 구역에 네 명의 집배원에 한 명의 비상 교대원이 있었다. 문제가 생기면 발터에게 물어봐. 그 사람이 잘 알아. 그 사람이 모르는 문제는 없어. 그러던 어느 날 심장에 이상이 생겼다. 우체국으로 돌아오는 길에 뒤르 가 7번지 바로 앞, 원거리 여행 안내서가 붙어 있는 건물 앞에서 쓰러진 것이다.

레버 가. 그라이너 광장. 황금달이 햇빛을 삼킨 듯 제 그림자 속에 잠겨 있다. 그 앞 인도엔 반쯤 마신 포도주 잔. 담배꽁초가 들어 있다. 술집 안에 아직 손님이 서너 명 앉아 있다. 안쪽에서 사는 주인은 장사를 포기하지 않는다.

그라이너 광장에서 할프 길로 꺾어든다. 글라임 가. 베르너 가. 낡은 토대 위에 세운 신축 건물들. 억지로 붙여놓은 치아 충전물 같다. 안이 들여다보이지 않는 7번지 건물의 창문들. 사람은 한 번도 본 적이 없는데 편지는 매번 온다. 작은 봉투에 적힌 연파랑 글씨. 건물 앞에 파놓은 커다란 구덩이. 그 안에 수년 째 들어가 있는 굴삭기. 녹슬어 부식되고, 버킷은 하늘로 뻗어 있다. 일과가 끝난 뒤에도 버킷을 올린 채 놔두는 굴삭기는 없는데 여기는 안 그렇다. 9번지 앞에 있는 체리나무. 나무 그늘에 가려 잘 안 보이는 루돌프 씨. 검버섯이 핀 손을 무릎에 올려놓고 앉아 있다. 두 눈이 벌겋게 부풀어 올랐다. 여기 바깥에 나와 있으면 좋아요. 공기도 맑고, 불평할 이유가 없어요. 나무는 온전치 못한 고목이지만 체리는 여전히 즙이 많고 싱싱하다. 벌써 색이 짙어지고 벌레도 없다. 드시겠소? 저기에 바구니 있어요. 짐승들이 오기 전에 싹 먹어야 해요. 자라나는 건 가지고 있으면 안 되죠. 안 그렇소?

아이들도 여전하다. 방에 쪼그려 앉아 있고, 커튼 뒤에 숨어 까꿍 놀이를 하고, 풀밭을 기어 다니고, 똑바로 일어서고, 가까스로 몸을 일으키다 미끄러지고, 넘어지고, 소리 지르고, 울부짖고, 웃고, 계속 반복한다. 아이들이라 그렇게 할 수 있다. 아이들은 건강하다. 자신이 행복하다는 걸 모른다. 이따금 유모차에서 자그마한 검붉은 얼굴이 보인다. 발이 밀어지지 않을 만큼 작다. 다 자란 큰 아이들은 둘러서서 담배를 피운다. 그 순간 떠오르는 기억. 너도 여기서 담배를 피웠지. 바로 저기서. 담장 위에서. 울타리 뒤에서. 정류장 벤치에 앉아서. 어린 시절은 뭐든 첫 번째가 모여 있는 곳이다. 계속 이동한다. 기온이 올라갔다. 덥다고 해야 맞다. 그래도 괴롭지는 않다. 얼굴에 스치는 바람. 바람은 저 멀리 들판을 지나오면서 불에 탄 짚단 냄새까지 실어 온다. 다시 기억이 떠

오른다. 쫓아버려. 내 아이. 생각하지 마. 내 아이. 계속 걷는
다. 몰라르트 길을 지나 그륀 가로 접어든다. 편지 봉투 일곱
개뿐, 카탈로그는 없다. 모퉁이를 돌면 마침내 마르크트 가
가 나온다. 생명의 핏줄이 고동치며 늘 사방을 관통하는 곳.
시청에 진열된 시 홍보 전단지에 적힌 문구다. 도시의 얼굴
이다. 아니, 심장이다. 어쨌든 도시의 자랑거리다. 그런데도
도로는 하나뿐, 길이도 기껏해야 400미터에 불과하다. 화물
차들이 마주 보고 지나가려면 둘 다 인도로 올라서야 한다.
그래도 언제나 북적대는 곳이라는 말이 맞다. 저쪽에서 남
성복 재단사 일마즈가 가게에서 나와 하품을 하고 기지개를
켜다가 햇빛에 눈이 부셔 휘청댄다. 너무 말라서 그림자도
생기지 않는 사람. 바지와 양복을 재단하고 터키 차를 끓인
다. 세상에서 향이 가장 강한 차죠. 그가 웃으며 말한다. 심
지어 죽은 사람들까지 벌떡 일어나 춤을 추기 시작한다니까
요! 이제 그는 비틀거리며 렘쿨 식당으로 건너간다. 그 자리
에서 가장 오래된 건물이다. 도로 공간 운영 규정에 따라 관
리되는 건물. 음료 포함 4마르크 50페니히로 점심 식사를 제
공하는 곳. 일마즈는 자동차에 스치거나 바로 뒤에서 오는
자전거와 충돌하지 않으려고 조심한다. 자전거에 탄 사람은
교사다. 그럼 그렇지. 자전거 벨은 됐다 어디에 쓰려고? 다른
데 정신이 팔린 모양이다. 아마 수학 교사겠지. 머리가 숫자
로 가득한 사람. 정오밖에 안 됐는데 벌써 귀가하는군. 한편
으로 생각하면 전차보다는 자전거가 낫다. 여기에도 언젠가

전차가 들어오려 했지만 무산되었지. 다행이다. 당연하지. 도 대체 누가 전차를 탄단 말인가? 북쪽에서 남쪽까지 25분 걸리고, 서쪽에서 동쪽까지 채 20분도 안 걸리는 도시에서. 멜 슈파이스 카페에 빈 좌석이 없다. 모두 늙은 여자들로 꽉 찼다. 맛있는 케이크를 팔지만 당연히 몸에는 좋지 않다. 즐거움을 주는 것은 모두 건강에 해롭다. 애초부터 인생 전체가 건강을 위협하는 유일한 요소다. 그래도 여자들은 아랑곳하지 않고 케이크 조각을 앞에 놓고 앉아 있다. 누구를 위해서인지 무엇 때문인지 모르지만 한껏 멋 부리고 치장한 모습이다. 그 남편들은 대부분 벌써 오래전에 저쪽 들판에 잠들어 있다. 거의 한 사람도 남지 않았다. 지금 여자들은 자신의 추억거리를 자랑한다. 블라우스, 재킷, 실크 스카프. 크기가 여행 가방만 한 핸드백. 얼굴에 화장품을 덕지덕지 발랐다. 하얀색, 파란색, 보라색 머리는 헤어드라이어로 부드럽게 말아 올렸다. 머리 위의 모자와 스카프와 베레모는 단단히 눌러쓰거나, 매듭으로 묶거나, 핀이나 고리로 고정했다. 맞은편 거리에서 정육점 주인 북스터가 가게 문을 닫는다. 피 묻은 앞치마, 피 묻은 두 손, 피곤한 얼굴. 사실 짐승처럼 생긴 녀석이지만, 이젠 어깨가 전처럼 떡 벌어지지도 않았고 살도 찌지 않았다. 이 시간이 되면 그는 그냥 가게 문을 닫는다. 굳이 그럴 필요는 없는 것 같은데. 고기가 다 떨어졌나 보다. 아니면 손님이 없거나. 이런저런 들리는 이야기가 있으니까. 흑염소에서 한 신사가 나온다. 신사복 차림에 서류 가방을 들었다. 이 더위에 모자도 썼다. 그는 슈트란츨 빵집으로 간다. 커피 한 잔과 샌드위치를 급히 주문한다. 버터, 소시지, 오이, 얇게 썬 삶은 달걀이 들어간 샌드위치. 너무 얇게 썰어서 노른자 사이로 초록색이 내비친다. 아니면 노른자가 초록색을 띠는 건지도 모르지. 옛날 같았으면 빵집에서 소시지를 팔지 않았을 거다. 모자 쓴 신사는 이렇게 먹는 걸 좋아한다. 흑염소에서 그는 아침을 못 먹었거나 거절했을 거다. 그시간에 모서리가 해진 로비 소파에 앉아 또는 객실에서 텔레비전을 보며 업무를 처리했겠지. 그리고 얼른 자동차나 버스에 올라타 샌드위치는 무릎에 올려놓고 달걀 부스러기를 사방에 흘리며 계속 업무를 볼 거다. 테슬러 철공소에서 쇠를 두드리는 굉음과 망치 소리가 울려 퍼진다. 이웃들이 얼마든지 항의할 만하다. 하지만 경찰에 신고해도 소용없고 시청에 진정서를 내도 도움이 안 된다. 노(老) 테슬러 씨와 그딸이 시의원이니까. 여하튼 오후가 되면 그 굉음과 망치 소리가 울려 퍼진다. 금속판을 만드느라 그런단다. 그렇게 많은 금속판을 어디에 쓰는 걸까? 맞은편 비트만 와인 바에서는 소음이 들리지 않겠지. 스페인에서 들여온 맛 좋은 와인을 파는 곳. 여기서는 와인을 마실 때마다 술잔에서 태양이 빛나죠. 심지어 겨울에도 그렇다니까요. 비트만 부인의 말이다. 그런 그녀에게 정작 태양 같은 화사함은 없다. 도리어 얼굴이 석회처럼 허옇다. 도로 공간 운영권을 수없이 신청해보았지만, 시청 측에서는 완고하다. 커피와 맥주는 괜찮지만,

포도주 파는 곳은 안 된단다. 살람 알레이쿰! 이렇게 인사하
는 게 맞나? 채소 가게 주인. 진정한 파울슈타트 주민이다.
그건 인정해야 한다. 그는 지나가는 사람마다 인사하고 집배
원에게 팁을 준다. 채소는 물감을 칠해놓은 듯 늘 싱싱하다.
파출소에서 무슨 일이 났나 보다. 한 남자가 나오더니 주위
를 두리번거리다 두 손을 허리에 올린다. 왕년엔 유명한 깡
패였지만 지금은 경찰관이다. 그는 조피 브라이어 담배 가게
로 가서 《파울슈타트 보테》와 아이들에게 줄 껌을 산다. 돈
은 내지 않는다. 브라이어 부인은 그저 웃기만 한다. 다시 담
당 구역으로 돌아오지만 더는 할 일이 없다. 여기저기서 간
간이 드잡이가 벌어질 뿐. 무전 취식자도 별로 없다. 언젠가
살인이 의심되는 사건이 일어났지만 과실 치사였다. 그래도
최근엔 어느 집 우체통이 불에 탔다. 뚜껑이 열려 있었다. 벽
이 천장까지 까맣게 그을렸다. 그 외엔 별다른 사건이 없다.
파울슈타트의 평온함. 겨우 얼마 전에 찾아온 평온함. 언젠
가는 영원히 계속되겠지. 늙은 케른 부인. 헤름 가 5번지에
산다. 파란색 대문. 편지는 손자에게서만 온다. 신 오이를 담
은 접시를 무릎에 올려놓고 안락의자에 앉아 꾸벅꾸벅 존
다. 늪지에 있는 그 아이. 그건 어쩔 수가 없다. 사람은 처음
으로 죽음을 생각하는 순간 벌써 죽기 시작한다. 가만, 조
용해졌군! 테슬러 철공소의 휴식 시간이다. 사람들이 앉아
서 빵을 먹는다. 그동안 금속판이 식는다. 시청사 위에서 벌
써 제비들이 원을 그린다. 그런데 꽃집은 왜 지금 닫혀 있을

까? 알림판조차도 없다. 오늘은 꽃도 보이지 않는다. 전단지를 문 밑으로 밀어 넣는다. 안에서 나오는 서늘한 공기가 손가락을 스친다. 그레고리나. 이름부터가 뭔가의 징조다. 꽃집 주인을 떠올려본다. 그녀의 모습. 그녀의 머리. 그녀의 얼굴. 기억에 남는 건 얼굴뿐이라고들 말한다. 틀렸다. 기억에 남는 얼굴은 없다. 나 자신의 얼굴도 기억에 남지 않는다. 나 자신의 얼굴이야말로 기억에 남지 않는다.

바인 길에 들어서니 다시 조용하다. 골목길이 너무 좁아 해가 비집고 들어올 틈이 없다. 이제 피곤이 몰려온다. 심호흡을 한다. 9번지 앞 계단에 앉는다. 자전거의 옆구리 주머니에 보온병이 있다. 겨울에는 차를, 여름에는 주스를 넣어 다닌다. 과자는 사시사철 가지고 다닌다. 저 앞에서 오늘 처음 보는 비둘기가 종종대며 걷는다. 계단 돌이 차다. 지하실 먼지 냄새가 난다. 옛 시절 냄새가 난다. 생각하지 말자. 집 생각은 하지 말자. 위층에 있는 방. 커튼과 침대와 이불과 베개. 점점 여위어가는 것만 같은 자그마한 얼굴. 새하얗다. 이불과 베개와 막 세탁해 옆에 쌓아놓은 수건보다 하얀 얼굴. 작은 손. 종잇장처럼 가볍다. 이제 일어나자! 비둘기한테 과자 한 조각을 던져주고 하던 일을 마저 해야 한다. 네 군데 거리만 남았다. 끝을 향해 간다. 무릎이 쑤시고 어깨가 말을 듣지 않는다. 좋아질 거예요. 의사가 말한다. 그러나 의사는 아는 게 없다. 아무것도 모른다. 혹시 다 알면서 그냥 위로하는 건지도 모른다. 그거야말로 최악이다. 네 군데 거리. 세

군데. 두 군데. 너는 네 피곤한 그림자와 앞서거니 뒤서거니 하며 자전거를 타고 간다. 그건 중요하지 않다. 중요한 건 네가 뭔가를 가져다줘야 한다는 거다. 날마다 뭔가를, 아주 작은 거라도. 쪽지. 돌멩이. 초콜릿. 바익셀 가 사과나무 밑에서 자전거를 거치대에 세운다. 손을 뻗는다. 조금 더 뻗어본다. 거기에 사과가 매달려 있다. 바로 거기다. 크고 빨갛고 초록색 점이 박힌 사과. 흠이 없어야 한다. 멀쩡해야 한다. 계속 걷자. 마지막 주택 몇 채가 남았다. 마지막 남은 몇 통의 편지. 저기 앞쪽이 끝이다. 34번지. 검은 목조 주택. 틈새에 이끼가 끼고 플라스틱 저수통이 있는 곳. 누런 왕관을 쓴 개구리 네 마리 장식품. 하지만 수년 전부터 저수통에는 물이 없다. 마지막 편지. 울타리 사이로 햇빛이 비친다. 아직 시간이 있다. 집으로 가려면 아래로 내려가야 한다.

하이데 프리들란트

내 기억이 맞는다면, 67명이었다. 한 명 더 많았는지 적었는지는 중요하지 않다. 빗자루를 가지고 다녔던 남자는 셈에 넣지 않겠다. 그는 늘 빗자루 두 개를 들고 다녔다. 황금달에 가서는 계산대 옆에 세워두었다. 자주 있는 일이었지만, 술을 몇 잔 과하게 마신 날에는 빗자루와 대화하기 시작했다. 그는 빗자루를 찰리와 타프라고 불렀다. 가끔 손가락으로 털을 쓰다듬었다. 그 사람은 셈에 넣지 않겠다.

마지막 남자는 퇴직한 연방 경찰관이었다. 죽은 누이의 일을 처리하려고 파울슈타트에서 지내고 있었다. 오후가 되면 그는 렘쿨 식당에 앉아 샌드위치를 주문했다. 하얀 콧수염에 빵 부스러기가 그대로 달려 있었다. 우리의 러브 스토리는 채 한 주를 넘기지 못했다. 누이의 문제가 해결된 것이다. 그가 떠난 뒤에도 우리는 몇 번 편지를 주고받았다. 내게 온 마지막 편지는 그의 딸이 쓴 것이었다. "알려드릴 게 있습니다. 제 사랑하는 아버지께서…… 아버지는 분명히…… 어쨌든 당신은…….' 그 후 편지는 두 번 다시 오지 않았다.

그 20년 전에도 콧수염을 기른 남자를 만난 적이 있다. 그는 며칠 예정으로 흑염소에 머무르다가 해외로 나가야 했다.

어쨌든 그는 그렇게 말했다. 매일 아침 그는 30분씩 거울 앞에 서서 수염을 쓰다듬고 매만졌다. 콧수염이 엄청나게 크고 말을 할 때면 위아래로 움직였다. 코 밑에 한 마리 동물이 웅크리고 있는 모습이었다. 마음 같아서는 정말 그를 다시 만나고 싶다. 그는 다리가 멋있었다.

미술 교사도 있었다. 그는 수업 시간에 갑자기 정신이 이상해져서 유성 물감으로 제 이마에 줄을 긋고는 곧장 창문에서 뛰어내렸다. 교실은 2층에 있었다. 그는 다리가 부러졌다. 머리에는 심각한 손상을 입은 모양이었다. 그는 고래고래 소리를 지르며 하얀 마차를 탄 왕의 모습으로 파울슈타트를 떠났다.

레나르트는 낭만적인 사람이었다. 장미 꽃잎을 침대에 흩뿌렸고, 내 눈과 이마가 예쁘다며 듣기 좋은 소리를 해주었다. 대머리였는데, 날마다 꼼꼼하게 면도하고, 향기로운 크림을 톡톡 바르고, 머리가 분홍색 풍선처럼 반들반들해질 때까지 작은 해면으로 문질렀다.

헤르만과는 들판에 자주 나갔다. 그는 옥수수밭에서 나는 소리가 좋다고 했다. 하지만 사실은 다른 꿍꿍이속이 있었던 것 같다. 시내로 돌아올 때는 늘 똑같은 선율을 흥얼거렸다. 그게 무슨 노래인지는 알아내지 못했다. 그에게 여러 번 물어보았지만 자기도 모른다고 했다.

　롤란트를 만난 건 겨울이었다. 거리를 뛰어가던 그가 나를 밀어 넘어뜨릴 뻔했다. 그는 그대로 서서 땅바닥을 내려다보았다. 그의 눈썹에 눈송이가 달려 있었다. 롤란트가 내 눈을 제대로 바라본 적이 있는지 잘 모르겠다. 여하튼 그의 눈 색깔이 생각나지 않는다. 사실 그의 이름과 눈 위에 붙어 흔들거리던 커다란 눈송이를 빼면 기억나는 게 없다. 그 눈송이를 내가 손끝으로 털어주었고, 그게 그의 숙명이었던 것 같다.

　그러나 대부분의 남자들은 여름에 만났다. 그들이 땀 흘리는 게 좋았다. 나는 기분 좋게 그 냄새를 맡았다. 더운 여름밤이면 모든 게 아주 쉬웠다. 창문을 활짝 열어놓고 도시의 소음 한가운데서 할 수 있었다.

　나는 발이 찬 사람을 좋아하지 않는다. 헨리는 발이 무척 찼다. 남들보다 아주 많이 노력했는데도 그는 발의 냉기를 없애지 못했다. 그의 발가락을 만지면 남극에 돌풍이 부는 것 같았다. 돌풍은 기습적으로 나를 덮치고, 내 몸과 침대와 방과 자작나무와 새와 창문 밖의 구름을 일거에 얼음으로 만들었다. 쟁강쟁강 소리 나는 깨지기 쉬운 얼음으로.

*

한스는 나에 비해 나이가 너무 많았다. 최소한 한 번 더 만나보기에는 너무 늙은 남자였다. 그를 보면 생각나는 사람이 있었다. 누구였는지는 기억나지 않지만, 맹세코 내 아버지는 아니었다. 한스를 보면 조금 안쓰러웠다. 한번은 그가 침대 가장자리에 앉아 있었다. 다리가 아주 가늘었고 발톱은 누런 데다 갈라져 있었다. 백발의 머리카락은 길게 길러 등까지 내려왔다. 자신의 백발이 신경에 거슬리느냐고 그가 세 번 물었다. 세 번째 물었을 때 그렇다고 대답했다.

최고의 미남은 프레데리크였다. 너무 잘생겨서 처음 본 순간 믿어지지 않을 정도였다. 눈은 크고 검었지만, 그가 사람을 바라보는 눈빛은 그저 거울을 보는 것 같았다. 그가 웃는 것을 한 번도 보지 못했다. 그의 심장은 독으로 썩어가고 있었다. 나중에는 간마저 그렇게 되었다. 그를 망가뜨린 게 술은 아니라고 생각한다. 그는 자신의 독으로 파멸했다.

랄프와는 거의 2년을 갔다. 그는 남자다운 남자가 아니었다. 그러니까 우리가 일반적으로 남자답다고 할 때 그 말이 의미하는 그런 사람이 아니었다. 그게 마음에 들었다. 그의 남성성 결여가 이상하게 안도감을 주었다. 그는 변호사였다. 정확히 말하면, 도시에서 사람들이 가장 두려워하는 변호사였다. 집에 있을 때는 내 옆에 누워 쥐처럼 생긴 좁다란 얼굴을 내 팔에 파묻고 부끄러워했다. 그는 자신이 하는 일과 자신의 모습이 모두 수치스럽다고 했다. 자신의 평탄한 실존이 수치스럽다고 했다. 수치심이 오래전에 안개처럼 내면으로 스며들었고, 그때부터 느리지만 계속 마음을 좀먹었다고 했다. 하지만 밖에서는 딴판이었다. 그래야 할 이유가 있건 없건 그는 수많은 사람들에게 소송을 걸었다. 법정에서 사람들은 그가 조종하는 끈에 매달려 있었다. 거기에 웃으며 서 있던 그는 천장까지 닿을 만큼 키 큰 거인이었다.

지그문트는 화가가 되고 싶어 했다. 그런데 물감은 어마어마한 양을 소비했지만 그림은 한 점도 팔지 못했다. 한번은 내게 수채화를 선물했는데, 아무 형상도 알아볼 수 없는 그림이었다. 그 수채화는 오랜 세월 우리 집 현관 옷걸이 옆에 세워져 있다가 어느 때인가 사라졌다.

클라우스한테서는 악취가 났다. 위장에 문제가 있었던 모양이다. 저녁이면 가끔 자신이 가진 책 중에서 한 권을 골라 읽어주었다. 그가 벽난로 옆의 안락의자에 앉고 나는 식탁에 있을 때는 견딜 만했다.

힐마르와는 약혼하려고 했다. 진심이었다. 그러나 그가 반지를 사는 걸 거부해서 나는 그를 내쫓았다. 얼마 후 그는 몸치장을 요란하게 하고 다니는 멜슈파이스 카페 여종업원을 붙잡아 3주 뒤에 결혼했다. 그들은 오랫동안 두 마리 슬픈 새처럼 종종걸음으로 시내를 나란히 걸어 다녔다. 남자가 여자보다 먼저 죽은 것 같다.

쿠르트는 몽상가였다. 근육은 황소 같았고 손톱은 늘 더러웠다. 그러나 그의 눈을 보면 눈동자에 하늘이 비치는 것 같았다. 그가 자동차 밑으로 들어가 차를 고칠 때도(대부분의 시간을 그는 자동차 밑에서 보냈다) 아마 하늘이 비쳤을 거다.

파울도 나쁘지 않았다. 술에 취하면 그는 자기가 습지의 물을 빼냈고 그로 인해 이 도시까지 구했다고 말했다. 나는 그에게 사진 한 장을 선물했다. 내가 아이 때 머리를 묶고 심각한 얼굴로 찍은 흑백 사진이었다.

내 첫 남자는 열일곱 살이었다. 나보다 두 살 많았다. 그의 모든 것에서 잉크 냄새가 났다. 그는 시를 썼다. 운율도 맞지 않고 의미도 통하지 않는 시였다. 그는 그게 낱말로 만든 조각이라고 했다. 나중에 그는 시청에 취직해 난방 업무를 담당했다. 수위실에 앉아 있을 때도 많았다.

레니, 하겐, 빌프리트, 베르너 1, 베르너 2, 헬무트, 톰, 루돌프, 크리스티안 1, 크리스티안 2, 크리스티안 3, 정원사, 박사, 키 작은 남자, 가방 든 남자, 창백하고 생기 없는 남자, 아무도 본 적이 없는 남자. 놀라운 건, 한 남자가 떠나자마자 벌써 다음 남자가 서 있었다는 거다. 사실 나는 내세울 게 많지 않았다. 특별히 예쁘지도 않았다. 하지만 근본적으로 남자들에게 여자의 외모는 중요하지 않다. 그들은 기분이 좋고 마음이 편한 것을 원한다. 그게 전부다.

나를 구해준 남자가 있었다. 그의 이름은 잊어버렸다. 아무리 생각해보아도 이름이 생각나지 않는다. 그는 나를 구했다. 내게서 떠났으니까.

요나탄은 신앙심이 깊었다. 처음 만났을 때 그는 쉬지 않고 신에 대해 이야기했다. 내 생각을 말했더니, 아무런 토도 달지 않고 얘기하는 대로 내버려두었다. 내심 그가 부러웠다. 그가 교회에 갔다가 돌아오면 모자이크 창문의 광채가 아직 얼굴에 남아 있는 것 같았다. 신부가 불을 질러 모든 걸 다 태워 없애자 요나탄은 사흘간 내 침대에 누워 꼼짝도 하지 않았다. 얼마 후 그는 몸을 추슬러 일어났다. 그리고 우리의 관계는 끝났다.

오스발트는 팔이 길고 건장했으나 그걸 어떻게 써야 하는지 몰랐다. 팔이 어깨에 꿰매 붙인 듯이 옆구리에서 흔들거렸다. 팔은 중요하다. 꼭 건장할 필요는 없지만 당신을 붙잡아줄 수 있어야 한다. 당신은 남자 팔을 베고 누워서도 완전히 처량한 느낌이 들 수 있다. 남자가 당신을 꼭 안고 있으면 남자 자신은 황홀함을 느낀다. 그의 마음이 난로 속처럼 따뜻하니까. 하지만 그 따스함은 밖으로 뚫고 나가지 못한다. 그러면 당신은 위축되고 자꾸 움츠러들다가 결국 그의 팔베개 속에서 딱딱하고 차가운 대리석으로 변한다. 그러다 곧 다른 남자가 나타나 팔로 당신을 껴안는다. 그때의 접촉은 추억과도 같다. 여름날 들판에 있을 때처럼 따뜻하다. 대부분 남자들의 팔은 내겐 아무 의미가 없다. 나는 그 안에서 살고 싶다.

불에 탄 나무 냄새가 나는 남자가 있었다. 내게 청혼할 때 무릎을 삔 남자가 있었다. 언제나 휘파람으로 「라 팔로마(La Paloma)」를 부르던 남자가 있었다. 계단을 힘들게 올라간 뒤 양탄자에 벌러덩 누운 지 한참 됐는데도 헉헉대는 뚱보가 있었다. 에드바르트가 있었다. 하네스가 있었다. 네 명의 마르틴이 있었다. 하이너가 있었다. 하이너의 아버지도 있었다. 게르하르트. 부르크하르트. 프리츠. 다리가 셋인 개를 키우던 남자. 개와 남자는 서로 미워했다. 내 생각엔 개가 어렸을 때 남자가 개의 다리를 잘라버린 것 같다. 나중에 개는 남자의 아래팔을 물어뜯었다. 남자와 개는 한 무덤에 나란히 누워 있다고 한다. 내 인생엔 미치광이들이 꽤나 많았다. 어떤 식으로든 내가 그들 마음을 잡아끈 게 틀림없다. 어머니는 어느 밭에나 변종 순무들이 숨어 있는 법이지만 맛은 다 똑같다고 말했다.

너는 미치광이가 아니었어. 반쯤 정신 나간 사람도 아니었어. 미남도 아니었고, 재미있지도 않았고, 무슨 다른 걸로 눈에 띄지도 않았어. 너는 '평범'했어. 네가 어떻게 나와 만나게 되었는지 모르겠어. 가자. 아이스크림 사줄게. 네가 이렇게 말했지. 아직 봄도 안 됐을 때였어. 그 후 우리는 너의 집으로 갔지. 별다르지 않았어. 네 옷장엔 하늘색 셔츠 열 벌이 걸려 있었어. 우리가 왜 다시 만났는지, 정확히 언제부터 모든 게 달라졌는지 모르겠어. 넌 언제 처음 그 말을 했지? 난 언제 그 말을 처음 들었지? 나는 언제부터 온 힘을 다해 네 마음을 움직이려 했을까? 글쎄, 그건 외로움 때문이었을 거야. 네 팔 때문이었을 거야. 확실하게 말할 수는 없어. 너는 알고 있니? 만약 안다면 너만 알고 있어줘. 약속해줘. 너만 알고 있겠다고!

프란츠 슈트라우바인

건물. 4층짜리. 48개의 계단. 현관 매트에 적힌 문구. "어서 오십시오." 옹이구멍이 있는 식탁. 텔레비전 두 대(한 대는 흑백). 바다와 구름과 낚싯배를 그린 그림. 들꽃을 그린 다른 그림. 22개의 서류철. 어림잡아 300장의 사진이 담긴 상자. 창문은 아홉 개, 커튼은 없다. 세 개의 안테나. 새의 해골. 먼 곳이 내다보이는 유일한 곳. 영하 6도, 난방기는 또 고장이다. 하늘색 찻잔 한 개. 네 군데에 생긴 고운 금. 엄청나게 많은 깨진 유리 조각. 250제곱미터의 정원. 80제곱미터의 콘크리트 바닥. 자동차 세 대. 여섯 군데 보험 회사. 내지 못한 보험료. 열두 번의 병원 입원. 17명의 가족 구성원. 세 명의 여자. 하나의 사랑. 나를 모르는 아들 한 명. 68년 3개월. 시 등기부에 등록된 하나의 이름. 두 개의 ―

카를 요나스

"비가 오겠는걸." 우리는 모두 고개를 들고 몰려오는 커다란 먹구름을 바라본다. 구름이 아버지 얼굴과 집과 그 뒤에 있는 평지에 그림자를 드리운다. 이곳 풍경은 늘 이렇다. 여긴 모두 우리 것이다. 내 나이는 다섯 살인가 여섯 살이다. 우리는 묵묵히 일을 계속한다. 아버지는 수확기(收穫機)가 달린 수레를 끈다. 나이 든 사람들은 쇠스랑과 곡괭이로 땅에서 감자를 캔다. 우리 같은 아이들과 여자들은 감자를 모아 바구니에 담는다. 모두 땀을 흘린다. 특히 말들이 심하게 흘린다. 습하고 더운 공기가 들판을 짓누른다. 곧 비가 내리기 시작한다. 우리는 집으로 뛰어간다. 나는 어머니의 손을 잡고 깔깔 웃는다. 크고 따뜻한 빗방울이 이마를 때린다. 뒤를 돌아보니 아버지는 아직도 밭에 서 있다. 주먹으로 고삐를 잡고 있다. 아버지 얼굴이 위를 향해 있다. 비가 그의 뺨 위로 흘러내린다.

나중에 아버지는 식탁에 앉아 화를 낸다. 비에 저주를 퍼붓는다. 땅을 원망한다. 우리 땅이 쓸모없단다. 땅바닥은 물을 삼켰다가 아무 때나 다시 뱉어낸다. 땅이 단단하지 않다. 모래로 된 스펀지에 불과하다. 곳곳에 늪지가 가득해 구더기만 득시글댄다. 아버지는 주먹으로 식탁을 내리친다. 그리고 아무 말도 하지 않는다. 우리도 모두 말이 없다. 바깥 어두운 들판에 비가 쏟아진다.

우리는 네 집안이 모여 살았다. 모두 가족이었다. 우리는 땅을 일구었다. 땅을 굳게 다지고, 늪에서 물을 빼고, 도랑을 만들고, 나중에는 배수관을 묻었다. 이 도시는 우리 땅 위에 세워졌다. 우리 성씨는 그 어느 집보다 오래되었다. 그 어느 포석보다 오래되었다. 물이 바닥에서 차올라 지하실에 넘치는 봄이 되면, 오래된 뼈 몇 조각까지 땅속에서 밀려 올라온다. 이 도시 밑에는 돌보다 뼈가 더 많다고 어머니는 말했다.

여름에는 물 한 방울 구경하지 못할 때가 많다. 물이 완전히 땅 밑으로 빠져나가는 모양이다. 바람이 들판 위로 먼지를 몰고 온다. 우리 얼굴과 동물의 등과 기계의 철판이 먼지로 뒤덮인다. 간간이 아이들이 얼굴을 마주 보며 웃는다. 손가락으로 먼지 묻은 얼굴에 줄을 긋다가 배꼽을 움켜쥐고 함께 깔깔댄다.

그러다 다시 물 구경을 하는 날이 온다. 몇 시간만 비가 내려도 발밑 스펀지 땅에서 물을 짜내기에 충분하다. 구름이 흩어져 사라져도 진흙은 그대로다. 진창 속을 걷는다. 장화에 진흙이 달라붙어 무겁다. 검은 파리 떼가 목덜미에서 윙윙댄다. 감자에도 진흙이 묻어 있다. 평소보다 두 배는 무거운데 값어치는 반도 안 나간다.

땅이 쓸모가 없대도 그건 우리가 가진 전부다.

부모님은 늙어 세상을 떠났다. 식구들도 한 사람씩 고향을 등졌다. 막냇동생이 떠나며 말했다. "여기서 뭘 더 하려고? 파리한테 뜯어 먹히기 전에 같이 갑시다!"

나는 생각했다. 갈 테면 가라지. 이 땅엔 내 몫이 더 많아. 성공할 거야. 언젠가는 다 잘될 거야. 나는 떠나는 이들에게 돈을 지불하고 작별 인사로 덕담을 건넸다. 이제 나는 농부였다. 고집을 부려도 괜찮았다. 원하는 것을 받아낼 때까지 나는 줄기차게 은행을 찾아갔다. 기계를 샀다. 계절노동자들도 고용했다. 옛날 도랑을 메우고 배수 시설을 새로 했다. 그런 다음 집을 넓혔다. 주차장을 두 개 만들고, 큰 곡물 창고와 새끼 칠면조 500마리를 키울 함석 사육장을 지었다. 나는 남색 양복을 한 벌 사서 흑염소에서 열리는 다과 무도회에 입고 갔다. 그곳에서 여자를 만났다. 그녀는 밭일을 할 줄 몰랐지만 우리는 아이를 다섯 낳았다. 그중 세 명만 남았다. 아이들도 어느 땐가 이곳을 떠났다. 모든 게 별 탈 없이 흘러갔다면 아직도 살아들 있겠지.

"그래도 여기서 뭔가는 나오겠지." 내가 아내에게 말했다.

"맞아. 분명히 그럴 거야." 그녀가 대답했다.

하지만 아내는 그렇게 믿는 눈치가 아니었다. 그녀 생각이 맞았다. 한동안 배수 시설이 도움이 됐지만, 얼마 후 다시 모든 게 물에 잠겼다. 우리는 발목까지 차오른 물속을 철벅철벅 걸었다. 감자가 물에 잠겼다. 그리고 다시 몇 주 동안 모든 게 말라버렸다. 흙이 갈라지면서 사방에 칼날 같은 균열이 생겼다. 밭을 살릴 물이 없었다. 한 방울도 없었다. 파리가 창궐하고 먼지가 날리는 시절이었다.

밭 한가운데에 구덩이가 생길 때도 있었다. 하룻밤 새에 물이 구덩이에 가득 찼다가 이튿날 다시 사라졌다.

새끼 칠면조들도 실패작이 되었다. 전염병이 돌아 예방 접종을 하려고 사육장 한 쪽 공간에서 다른 쪽 공간으로 몰아대는 도중, 칸막이벽이 넘어지면서 녀석들이 뒤섞여버렸다. 하는 수 없이 전부 다시 접종해야 했다. 칠면조가 죽은 것은 전염병이 아니라 백신 때문이라는 게 내 생각이다. 험난한 시절이었다.

이윽고 아내도 떠났다. 그때 사정으로는 이해할 수 있었다. 아내는 떠났고 나는 아무렇지 않은 듯 살았다. 정말 아무렇지 않았는지도 모른다. 이제 나는 혼자였다. 내 땅과 두 손과 텅 빈 거대한 함석 사육장만 남았다. 밤에 바람이 불면 사육장이 노래를 불렀다.

나는 괜찮았다. 집 문 앞에 앉아 불어오는 바람을 바라보면 내 안의 모든 게 하나로 결속되는 느낌을 받았다. 나는 나의 아버지였고, 나의 할아버지였고, 나의 증조할아버지였고, 나의 고조할아버지였고, 나의 고조할아버지의 아버지였다. 그 기다란 가계도에서 나는 마지막이자 첫 번째 사람이었다. 발밑에 있는 땅 속에서 뿌리가 느슨해졌다. 나는 괜찮았다.

나는 피곤했다.

나는 모든 게 끝났다는 걸 알았다. 진흙과 자갈로 이루어진 90헥타르 크기의 스펀지 땅을 비옥하게 가꿀 수 있는 사람은 없다. 이제는 창문과 문을 꼭꼭 닫아 파리가 집으로 들어오지 못하게 하는 일만 남았다.

그 사람들이 온 건 어느 찌는 여름날 오전이었다. 시장이 정장 차림의 신사 두 명을 데리고 나타났다. 두 신사가 누구였고 이름이 무엇이었는지는 기억나지 않는다. 그냥 회색 양복을 입은 남자들이었는데, 햇빛 속에서 말처럼 땀을 뻘뻘 흘렸다. 이미 멀리서 대형 검은색 차량이 덜커덩거리며 다가오는 게 보였다. 차가 멈추자 파란 하늘빛이 차량 앞 유리에 반사되었다. 우리는 안으로 들어가 식탁에 앉았다. "우리가 알고 지낸 지 얼마나 됐죠?" 시장이 물었다.

"제가 알기로 우리는 전혀 모르는 사이입니다만." 내가 대답했다.

"못해도 분명히 30년은 됐을 거요. 오랜 세월이지. 안 그래요?"

나는 식탁보 무늬를 응시했다. 서로 맞물리게 그려놓은 작은 직사각형 무늬였다. 다른 사람들도 식탁보를 자세히 살펴보는 듯했다. 나는 마실 것을 대접하지 않았다. 내가 무례해서가 아니었다. 집에 깨끗한 유리잔이 없어서였다. 시장은 헛기침을 하고 상체를 내 쪽으로 가까이 굽혔다. 빗속을 뚫고 달려온 것처럼 그의 이마에 머리카락이 붙어 있었다.

"요나스, 우리 남자답게 이야기합시다." 시장이 말했다. "우린 화창한 날씨나 즐기자고 여기 당신한테 온 게 아니오. 날씨가 좋지는 않잖소. 안 그래요?"

"그거야 어떻게 보느냐에 따라 다르죠." 내가 말했다.

"오전 내내 당신 말동무를 해주러 온 것도 아니오. 시장이라면 가끔 그런 것도 해야겠지만, 알다시피 내가 시간이 없잖소. 시간이 순식간에 가버려요. 눈 깜짝할 새에 하루가 끝나버린다니까. 요나스, 당신 시간은 어때요?"

"그냥 하시고 싶은 말을 하세요, 시장님."

그는 등을 다시 뒤로 기대고 손으로 이마의 땀을 닦으며 말했다. "당신 땅을 사고 싶소."

"내가 당신이라면 사지 않을 겁니다. 이 땅은 쓸모가 없어요." 내가 말했다.

"우리한테는 좋은 땅이오." 시장이 말했다. "크기도 적당하고, 도심 가까이에 있고, 도로도 한가운데를 지나가고."

"어느 도로요? 여긴 도로가 없는데."

"앞으로 생길 거요."

나는 정말로 시장을 몰랐다. 그에 대해 들어보기는 했다. 아내가 이야기해준 적이 있으니까. 아내는 시장이 그 아버지와 똑같다고 했다. 허영심이 있고, 뇌물에 약하고, 욕심 많고, 여자들 꽁무니를 따라다닌다고 했다. 아내 말이 맞는 듯도 했지만 나는 아무래도 상관없었다. 그가 내 식탁에 앉아 땀을 흘리는 모습이 왠지 좋았다. 찬장 어딘가에 깨끗한 유리잔이 있을지도 모른다고 생각했다. 나는 그들에게 뭣 좀 마시겠냐고 물었다.

"폐를 끼칠 생각은 없소." 시장이 말했다. "당신 땅을 사고 싶소. 그게 전부요."

나는 일어나 유리잔과 물 주전자를 가져왔다. 남자들은 주전자의 물을 다 마셨다. "1만으로 할게요." 내가 말했다.

넥타이에 쓸려 목이 칠면조처럼 빨개진 양복 입은 신사들은 앉은 채 나를 빤히 바라보았다.

"땅 전부를 말이오?" 시장이 물었다.

"네." 내가 대답했다. "이 땅은 쓸모가 없어요. 온통 늪지뿐이에요."

"그거야 그렇지만." 시장이 말했다.

"게다가 땅이 전부 메마르고 거칠어요. 바람에 잘게 부서진 벽돌 같아요."

"정말 큰일이군." 시장이 말했다.

"그러니 땅값은 1만으로 할게요." 내가 말했다.

"자, 우리 악수합시다." 시장이 말했다.

"그리고 칠면조 사육장은 50만으로 할게요."

"뭐요?"

"사육장은 50만이라고요."

"당신은 당신이 똑똑하다고 생각하나 봐?"

"아뇨. 아주 멍청해요. 땅에서 감자를 캐는 법만 배웠지 다른 건 아무것도 몰라요. 하지만 지금 문제는 이거죠. 무슨 이유에서인지 당신들은 내 땅을 사고 싶어 해요. 난 그 이유를 몰라요. 하지만 당신들이 이 더위에 에나멜 구두를 신고 넥타이를 매고 여기까지 온 걸 보면, 분명 그럴 만한 이유가 있겠죠. 땅은 쓸모가 없지만 어쨌든 제 땅이에요."

"물 더 있소?" 시장이 물었다. 나는 물을 한 주전자 더 갖고 왔다. 남자들은 그 물을 다 마셨다.

"물맛이 왠지 이상하군." 시장이 말했다. 나는 아무 말도 하지 않았다. 시장은 이런저런 궁리를 하며 나를 설득하다가, 화를 내다가, 위협도 해보다가, 다시 상냥해졌다. 하지만 나는 아무 말도 하지 않았다. 마침내 시장이 포기했다. 우리는 악수를 나눴다. 그리고 올 것이 왔다.

도시로 들어갈 때 나는 뒤돌아보지 않았다. 나는 돈을 내고 아벤트로트 레지던스 영구 입주권을 샀다. 남는 장사였다. 그 후 15년 넘게 거기서 살았으니까. 내 방은 작았다. 눈에 띌까 말까 한 무늬의 노란색 벽지가 발라져 있었다. 벽지는 빳빳한 종이였는데, 손가락으로 쓰다듬으면 촉감이 좋았다. 나는 웬만해선 밖에 나가지 않았다. 도시는 내게 너무 시끄러웠고 포석은 너무 매끈했다. 나는 방에 틀어박혀 앉아있기만 했다. 방이 작은 게 좋았다. 나는 평생을 먼 곳을 바라보며 살았다. 나는 이제 과거는 생각하지 않았다. 바깥세상도 생각하지 않았다. 그 사고 소식을 들었을 때는 웃음을 참을 수 없었다. 건물에 깔린 세 명의 희생자가 가슴 아팠지만, 나는 당시 그들에게 땅에 관한 진실을 말해주었다. 아무 쓸모가 없는 땅이라고.

낮에는 그럭저럭 괜찮았지만 밤에는 마음이 괴로웠다. 어둠 속에서 잠을 이루지 못했다. 한번은 더럭 겁이 났다. 무슨 소리에 잠이 깬 나는 방에 나 혼자만 있는 것 같지 않았다. 어둠 속에서 분명히 누가 숨 쉬는 소리가 들렸다. 나는 침대에서 기어 나와 창가 의자에 앉았다. 그러나 커튼은 열지 않았다. 다시 조용해졌다. 나는 두 팔과 고개를 창턱에 걸쳤다. 잠시 그렇게 앉아 귀를 기울이고 있는데, 속에서 뭔가가 부스러지기 시작했다. 나는 의자에서 미끄러졌다. 그리고 마른 흙덩이처럼 부서졌다.

수잔 테슬러

"감자는 주사위 모양으로 썰고 양파는 잘게 써세요. 그런 다음 버터를 넣고 굵은 밀가루를 조금 뿌려 뜨거운 프라이 팬에 노릇노릇 볶아요." 헨리에테가 말했다. "감자는 전분이 적은 걸로 하세요. 그리고 꼭 주사위 모양으로 썰고요." 그녀는 단호한 목소리로 덧붙였다.

"잠깐, 왜 꼭 주사위 모양으로 해야 하죠?" 내가 물었다.

"그래야 보기가 좋아요." 그녀가 대답했다.

"그게 다예요?"

"그게 다예요."

헨리에테는 불평이 많고 유식한 체하는 백발의 가냘픈 노파였다. 툭하면 기분이 나빠지고 버럭 화를 내는 성향을 노쇠함만으로 설명하기는 어려웠다. 그녀 자신은 그걸 다르게 보았다. 헨리에테는 자신을 '띄엄띄엄 낙관론자'라고 일컬었다. 정말 그녀는 마음 상태에 따라 모든 일에서 좋은 것과 아름다운 것도 알아볼 줄 알았다. 우리는 우리 병동 의사의 진료실 앞 대기실에 나란히 앉아 오랜 시간을 함께 보냈다. 예전엔 연녹색이었겠지만 이젠 색이 바랜 대기실 벽의 벽지에도 그녀는 아름다움이 숨어 있다고 생각했다. "저 위에 있는 포도 덩굴 보여요?" 우리가 그곳에서 처음 만난 날 그녀가 내게 물었다. "덩굴 맞죠? 넝쿨이라고 해야 하나?"

"덩굴도 넝쿨도 아니에요." 내가 대답했다. "저건 천장이 조금 갈라져 틈이 생긴 거예요. 여기 당장 수리해야겠어요."

"아, 보니까 이제 알겠네요! 저기 위아래로 반복되는 무늬, 물결처럼 움직이는 무늬 보이세요?" 그녀가 신이 나서 외쳤다. "저건 당연히 덩굴이죠. 더 볼 것도 없어요. 근데 이름이 어떻게 되시나요?"

"테슬러예요. 수잔 테슬러." 내가 대답했다.

"저는 헨리에테예요. 그냥 헨리에테라고만 해요. 성은 내버렸어요. 세월이 흐르면 모든 걸 내던지게 되죠. 우리 악수할래요?"

우리는 얼추 비슷한 시기에 요양원에 들어왔다. 아마 내가 먼저 왔을 거다. 그때가 봄이었는데, 내 방 창문 앞 작은 정원에서 금사슬나무와 라일락이 꽃을 피웠다. 내 방은 환하고 널찍했다(아마 지금도 그럴 거다). 정원이 내다보이고 프랑스풍 발코니가 딸린 방이었다. 발코니는 밤에 간호사들 몰래 숨겨 들여온 코코아를 식힐 때만 이용했다. 요양원에서는 거주자들이 기존에 쓰던 가구나 비품을 가지고 들어올 수 있게 했지만, 나는 집에 있는 물건들이 하나도 필요하지 않았다. 기본적으로 딸려 있는 옷장, 책꽂이, 침실용 작은 탁자, 큰 탁자, 의자 두 개, 침대로도 전혀 부족함이 없었다. 침대는 철제였는데, 페달을 밟아 마음대로 올리거나 내릴 수 있고 사방으로 기울기를 조절할 수 있는 장치가 있었다. 몸을 움직일 때마다 침대 발치의 버팀대가 삐걱거렸지만 매트리스는 푹신했다. 스탠드 램프, 침대 옆에 까는 러그, 흰색 도자기 꽃병 두 개도 있었다. 나는 늘 신경 써서 탁자에 사과 두 개나 호두 서너 개를 놓아두었다. 먹지는 않았지만 쳐다보는 건 좋았다. 가끔 창밖으로 던져서 사과와 호두가 잔디 위를 구르다가 나무 그늘에서 멈추는 걸 바라보았다. 그러면 정원사가 와서 치웠다.

나는 아쉬운 게 없었다. 솔직히 말하면 옛날 짐들을 파울슈타트에 있는 집에 두고 온 게 좋았다. 거기에서 짐은 오랫동안 먼지 가득한 침묵을 버틸 것이다. 물건과 짐은 그 의미를 잃은 지 오래였다. 헨리에테는 그걸 '우리 인생의 잡동사니'라고 했다.

대기실에서 처음 대화를 나누기 전 나는 헨리에테를 이미 여러 번 보았다. 그녀는 유달리 키가 작고 호리호리했으며, 늘 우아하게 옷을 입었고, 길고 하얀 머리는 뒤로 넘겨 틀어 올렸다. 그걸 그녀는 '눈 뭉치'라고 했다. 헨리에테는 모든 게 왠지 비스듬하고 굽어 있었다. 등, 다리, 코, 손이 그랬다. 얼굴은 자잘한 주름으로 뒤덮였고, 목선이 깊게 파인 곳, 다시 말해 연약한 흉골 바로 위에는 최소한 길이가 15센티미터나 되는 흉터가 편자 모양으로 나 있었다.

휴게실에 있을 때면 그녀는 언제나 같은 구석 자리에 앉았다. 그리고 검붉은 색깔의 차를 마시며 늘 무릎에 책을 펴놓았다. 하지만 그녀가 오래전에 눈이 침침해져서 사람 얼굴도 분간하지 못한다는 걸 모르는 사람은 없었다. 그녀를 만난 지 얼마 되지 않았을 때 나를 덮쳤던 심술이 생각난다. 헨리에테가 눈이 나쁘다는 이야기는 당연히 들어서 알고 있었다 (거주자들의 건강 상태나 취약점에 관한 한 요양원에는 비밀이 없었다). 그럼에도 불구하고(아니면 바로 그 때문에) 나는 그녀 무릎에 있는 책의 내용이 무엇이냐고 물었다. 너무나 놀랍게도 그녀는 처음부터 끝까지 내용을 다 들려주었다. 야망에 사로잡힌 연구자와 그가 뜨거운 모래사막에서 펼치는 모험 이야기였다. 헨리에테는 강한 어조로, 그러면서도 아주 꼼꼼하게 세세한 부분까지 놓치지 않고 말하면서 극적인 결말까지 모두 들려주었다. 이야기가 끝났을 때 차는 다 식어 있었다. 그 때문에 하마터면 그녀의 따귀를 때릴 뻔했다.

"그쪽도 종양이에요?" 언젠가 그녀가 물었다.

"간 종양이에요." 내가 대답했다. "이젠 신장까지 퍼졌어요."

"나는 머리에 종양이 있어요." 그녀가 말했다. "건강에 해로운 건 죄다 머리에서 시작돼요. 어디에서 오셨어요?"

"파울슈타트요." 내가 대답했다.

"어디요?"

"파울슈타트요." 내가 한 번 더 말했다.

"맙소사!" 그녀는 이렇게 말하고 세심하게 다듬은 한쪽 눈썹을 치켜올렸다. "정말이에요?"

그녀의 오만함에 화가 났다. 나는 파울슈타트를 좋아했으니까. 내가 어린 시절과 젊은 날을 보낸 곳이었다. 그녀에게도 이 말을 했다. 그녀는 유연한 동작으로 책을 스르륵 덮고는 반쯤 먼 작은 눈으로 나를 바라보았다. "나도 알아요. 내가 가끔 바보가 된다는 걸." 그녀가 말했다. "멍청하면서 오만하죠. 그래도 난 절대로 사과하지 않을 거예요. 이해하죠?"

몸집이 작고 가냘픈 헨리에테는 끝까지 속이 훤히 들여다보이는 투명한 여자였다. 원피스 밑으로 보이는 정강이뼈는 길고 가느다란 나뭇가지 같았다. 책등에 얹어놓은 두 손은 식물 뿌리처럼 생겼다. 반점이 생긴 검은 얼굴은 뒤에 매달린 눈 뭉치보다도 작았다. 눈꺼풀은 늘 불그스레하고 파르르 떨렸다. 사람을 쳐다보는 눈길이 하루가 다르게 눈 안쪽 깊숙한 곳으로 들어가는 것 같았다.

"파울슈타트, 파울슈타트라……." 깊은 생각에 잠긴 듯 그녀가 다시 한 번 중얼거렸다. "거기가 그때 그 불행한 일이 벌어졌던 곳 아니에요?"

"맞아요. 끔찍했죠." 내가 대답했다.

"전차를 놓으려고 했지만 사람들이 반대했어요. 맞죠?"

"뭐라고요?"

"그 멍청한 사람들이 그냥 반대를 했다고요!"

"네. 아마 그랬을 거예요. 이제는 기억이 안 나요."

우리는 잠시 침묵했다. 갑자기 그녀가 몸을 추스르더니 앉아 있는 소파에서 자세를 바로잡았다.

"한번 생각해봐요." 그녀가 말했다. "전차예요! 선로하고 계속 땡땡 울리는 종소리하고 몽땅 다!"

"네. 정말 끔찍하죠!" 내가 말했다.

홀과 복도에서 사람들이 머리를 맞대고 수군거렸다. 헨리에테가 유대인이라는 소문이 파다하게 돌았다. 한 간호사는 그녀가 잠꼬대하는 걸 들었다. 물론 웅얼대는 소리에 가까워 전혀 알아듣지 못했고 몇 개 안 남은 이를 가는 소리와 뒤섞였지만, 거기에서 분명히 히브리어 몇 마디가 들렸다고 했다. 나는 사람들의 험담에 끼어들지 않았다. 물론 헨리에테에게 직접 물어볼 수도 있었다. 하지만 그럴 엄두가 나지 않았다. 그리고 그렇게 한다고 뭐가 달라졌을까?

지금 나는 그녀가 야심만만한 사막 연구자 이야기를 들려주던 순간에 그걸 직접 지어냈다는 걸 알고 있다. 그녀에겐 그런 재능이 있었다. 그녀를 놓고 무엇이 참이고 무엇이 참이 아닌지를 말할 수는 없었다. 하지만 사람들이 무작정 듣고 싶어 할 정도로 그녀는 이야기를 참 잘했다. 요양원 거주

자들 사이에서는 오후에 누가 그녀 옆에 앉는지를 놓고 일
종의 경쟁이 벌어졌다. 대부분은 내가 가장 빨랐다. 비결은
그녀가 휴게실에 들어오기 전에 미리 자리를 잡고 앉는 거였
다. 우리는 나란히 앉았다. 그녀가 이야기를 들려주고 나는
경청했다. 그러다 둘 다 잠이 들 때가 많았다. 그녀의 코 고
는 소리가 내 꿈에 둥지를 틀었다. 그건 낯선 항구에서 웅웅
거리는 보트 엔진 소리였고, 숲속 토양이 갈라지며 위아래
로 오르락내리락하는 소리였으며, 오래전 떠나온 집 어둠 속
에서 아버지가 낮고 거칠게 코 고는 소리였다.

"나는 저기 바깥에서 일어나는 불가사의한 일을 보고 신
이 한 일이라고 말하지 않을 거예요. 혹시라도 언젠가 내가
그렇게 말한다면 그건 약 때문이에요. 아시겠죠?"

우리는 서로의 과거에 대해서는 많은 이야기를 나누지 않
았다. 꼭 필요한 정보들만 짤막하게 주고받았다. 예를 들면
사는 곳, 하는 일, 남편(둘 다 사망), 자식(둘 다 없다), 생활
패턴과 신념(바뀐다) 같은 것들이었다. 그러면서도 우리의 과
거를 빠짐없이 다 이야기한 느낌이 들었다. 그 과거는 빛바랜
그림들과 이름들과 날짜들로만 이루어져 있었다. 더는 삶으
로 가득 찰 수 없는 것들이었다.
　우리는 현재에 더 집중했다. 다른 거주자들, 간호사들, 의
사들, 주방 직원들 또는 지붕 홈통에 있는 비둘기들과 정원

자갈길에 대해 이야기했다. 서로의 꿈 이야기도 나누었다. 그러나 가장 신이 나서 이야기한 건 음식이었다. 헨리에테는 영양 많고 푸짐한 것을 좋아했다. 나는 옛날 요리책에서 보았던, 밀가루로 만든 디저트 쪽에 더 관심이 많았다. 헨리에테가 그 디저트 요리책 이야기를 듣고 싶어 해서, 나는 거기에 나오는 그림과 세세한 것까지 묘사하고 요리법도 가능하면 완벽하게 설명해야 했다. 물론 불가능한 일이었다. 그래서 나도 내용을 꾸며내기 시작했다. "버터 280그램, 가루설탕 140그램, 달걀노른자 두세 개, 아이 주먹만큼의 으깬 아몬드, 레몬 껍질 조금, 밀가루 200그램, 그리고 당연히 잼(구스베리가 최고)을 준비하세요. 버터에 가루설탕과 달걀노른자를 섞어서 힘껏 저으세요. '힘껏'은 정말 '힘껏'이라는 뜻이에요. 안 그러면 죽도 밥도 안 돼요. 아시겠죠? 자, 최소한 20분을 힘껏 저은 뒤 으깬 아몬드와 으깬 레몬 껍질을 뿌리고 다시 저어주세요. 이제 밀가루를 섞어서 또 몇 분간 '힘껏' 휘저으세요. 그런 다음 반죽의 4분의 1 분량을 틀에 넣고(베이킹 페이퍼에 기름을 바를 필요 없어요. 반죽에 들어간 버터로도 충분해요) 그 위에 잼을 바르고, 나머지 반죽은 짤주머니를 이용해 케이크 위에 짜서 얹으세요. 이건 격자 모양으로 해야 하지만, 아무거나 다른 무늬로 해도 좋아요. 맛에는 차이가 없으니까요. 그리고 나머지 반죽으로 가장자리를 장식한 뒤 케이크를 오븐에 넣고 40~45분가량 180도에서 구우세요. 마지막으로 케이크를 조심조심 틀에서 꺼내고 위에 가루설탕을 뿌리세요."

"설탕을 더 뿌리라고요?" 그녀가 눈을 감은 채 물었다.

"네." 내가 말했다. "하지만 꼭 가루설탕이라야 해요. 체를 사용하세요. 꼭 조리용 체가 필요해요."

"아, 고운 체요?" 그녀가 물었다.

"구할 수 있는 것 중에서 가장 고운 체요!"

여름이 그렇게 지나갔다. 우리는 함께 즐거운 시간을 보냈다. 그런데도 가장 기억에 남는 건 슬픔이라는 감정이다. 정확히 말하면, 나는 슬픔의 베일을 통해서만 내 한평생을 기억한다. 유일하게 남아 있는 게 슬픔이다. 그래도 그건 최악의 상황은 아닐 것이다. 나는 오랫동안 인간은 죽는 게 아니라 이 세상을 떠나는 것일 뿐이라고 스스로에게 말해왔다. 죽음은 그저 낱말에 불과하다. 아니, 그건 사실이 아니다.

10월 초가 되었을 때 헨리에테는 휴게실에도 못 갈 만큼 쇠약해졌다. 나는 그녀의 방에서 오후 시간을 보냈다. 내 방보다 더 썰렁했다. 탁자도 없고 겨우 의자만 하나 있었다. 구석에는 짐 가방이 있었다. 헨리에테는 편지와 책 몇 권이 담긴 그 가방이 어느 여행에나 가지고 다닐 수 있는 유일한 짐이라고 했다. 그녀는 베개에 의지해 상체를 반쯤 일으킨 상태로 침대에 있었다. 가냘프면서 고약한 여왕이었다. 언제라도 침대에서 사라질 것만 같았다. 그래도 헨리에테는 웃으며 바게트 빵을 베어 물었다. 떨리는 손가락으로 침대 옆 탁자에 있는 우유 잔에 빵을 넣어 적셔서 말이다. 우리는 신문을 가져다 달래서 내가 그녀에게 읽어주었다. 그녀는 가끔씩 세상에서 일어나는 일에 대해 욕을 했다. 화를 내며 크게 고함치는 바람에 간호사 중 한 명이 달려와 우리에게 조용히 하라고 주의를 주었다.

"제기랄, 뭘 어쩌라고? 내가 원래 괴팍한데!" 헨리에테가 흥분해서 몸을 떨며 소리 질렀다.

그녀는 걸핏하면 간호사들과 싸웠다. 통증이 있거나 그냥 기분이 나쁘기만 해도 간호사들이 들어오는 즉시 야비하기 짝이 없는 욕설을 퍼부었다. 하지만 그녀는 내심 젊은 여자 간호사들을 좋아했다. 유령 같은 우리 거주자들 사이에서 단호한 천사처럼 움직이는 간호사들이었다. 기분 좋은 날이면 그녀들의 몸매와 매끈한 피부 또는 맑은 눈의 흰자위를 찬양하며 비위를 맞추었다. 간호사들도 그녀를 좋아했다. 그녀가 때마다 나누어준 팁 때문만은 아니었다. 많든 적든 우리는 둘 다 얼마간 돈이 있었지만(나는 철판을 재단하고 찍어내는 일을 해서 벌었고, 헨리에테는 '세 번의 결혼과 큰 인내심'을 발휘해 벌었다), 그녀의 경우는 조금 달랐다. 그녀에겐 뭔가 남다른 면이 있었다……. 나는 어렸을 적 돌아가신 어머니에 대한 기억이 없다. 그런데도 어머니가 헨리에테와 비슷했을 거라고 생각한다.

*

"쉿, 조용히 해요! 저기 바깥에 구름이 보이지 않나요? 여기서 보면 그냥 소리 없이 천천히 흘러가는 것 같죠. 사실은 미친 듯이 하늘을 질주하고 있어요. 구름을 둘러싸고 사방에서 큰 소리가 나고, 윙윙 울려대고, 우지끈 소리가 나요. 나무들도 벌써 알아채고 고개를 조아리고 있어요."

가을이 깊어가면서 헨리에테는 기력을 잃었다. 받치고 있던 베개는 치워졌다. 남자 간호사가 팔로 부축해야만 침대에서 내려올 수 있었다. 침대에서는 대부분 옆으로 누워 있었다. 눈은 감고 있거나 창문에 시선을 고정했다. 창문 너머에서 11월의 바람이 나무에 달린 마지막 잎사귀들을 쓸어갔다. 헨리에테는 앞을 거의 보지 못했지만, 조용한 밤이면 나뭇잎 떨어지는 소리가 들린다고 믿었다. 우리는 늘 함께 웃으며 대화했다. 우리가 마지막으로 그렇게 한 게 언제인지 생각나지 않는다.

요양원 사람들이 헨리에테의 옷가지들을 욕실 옆 다용도실에 차곡차곡 넣어놓았다. 이제 그녀는 실크 잠옷만 입고 지냈다. 잠옷은 매끈한 얼음처럼 달빛에 반짝였다.

요양원 사람들이 그녀에게 희미하게 삐 소리가 나는 기계를 연결했다. 약 복용량도 늘렸다. 그녀는 내내 잠만 잤다. 이따금 끙끙대며 신음 소리를 냈고, 자면서 숨이 가빠 그르렁거렸다. 목이 쉰 아이처럼 그녀의 목소리가 일그러지고 낯설었다.

내가 그렇게 오래도록 그녀의 침대 곁을 지킬 힘이 어디에서 나왔는지 모르겠다. 그녀 옆에 앉아 있으면 시간이 멈춘다고 느꼈던 모양이다. 방에는 시계가 없었고 나도 오래전부터 시계를 갖고 있지 않았다. 지금 생각난 것이지만, 요양원에서 지내는 동안 나는 한 번도 시계를 본 적이 없다. 시간이라는 게 무의미해진 것 같았다. 하지만 다른 한편으로 생각하면, 시간은 단순히 분과 시간과 날로 이해하기에는 너무 귀중한 것이었다.

나는 이따금 그녀의 시들고 주름진 손을 잡아주었다. 또 가끔씩 손가락으로 머리칼을 쓰다듬어주었다. 간호사들이 그녀의 틀어 올린 머리를 풀었다. 헨리에테의 긴 머리가 베개 위에서 어지럽게 뒤엉켰다.

한번은 헨리에테가 잠에서 깨어 고개를 쳐들었다. "너는 누구니?" 그녀가 또렷한 목소리로 나를 보고 물었다. 나는 그녀를 응시했다. 그 질문이 충격적으로 다가왔다.

"몰라요." 내가 대답했다.

그녀는 고개를 숙이고 다시 잠이 들었다. 어쩌면 완전히 깼던 게 아닐 수도 있었다. 나는 내 방으로 돌아와 침대에 누워 울면서 거의 밤을 새다시피 했다.

헨리에테는 내가 요양원에 들어오고 183일 뒤에 사망했다. 내가 죽기 26일 전이었다. 그녀는 67일 동안 내 친구였다. 그녀는 내 평생 최고의 친구였다.

　헨리에테가 죽기 며칠 전 밤이었다. 그녀가 자는 동안 나는 옆에 앉아 있었다. 그날 저녁 의사들은 약물 투여량을 늘리기로 결정했다. 누구나 인생에서 겪어야 할 게 몇 가지 있죠. 그렇다고 반드시 필요 이상 그럴 필요는 없어요. 주치의가 말했다. 헨리에테의 숨소리가 거의 들리지 않았지만 의사는 말없이 방을 나갔다. 창밖을 내다보니 헐벗은 나무들이 밤하늘로 솟아 있었다. 창턱에는 그녀의 핸드백이 열린 채 놓여 있었고, 옆에는 마치 누가 정리하려고 한 듯 립스틱, 금색 콤팩트, 편지지, 동전 지갑, 손톱용 가위, 얇고 조금 허름한 가죽 서류 가방 같은 소지품들이 일정한 간격을 두고 펼쳐져 있었다. 헨리에테가 낮은 소리로 그르렁거렸다. 순간 느닷없이 속에서 분노가 치밀었다. 침대 옆에서 그 많은 시간을 함께 보낸 이 작고 비썩 마른 여인, 이젠 겨우 그르렁 소리만 남기고 내게서 벗어나려는 이 여인 때문에 화가 났다.
　분노는 솟아났을 때만큼이나 빠르게 사그라들었다. 그녀의 숨소리가 다시 고르고 평온해졌다. 늙어서 하찮아지지 않는 유일한 방법은 자신의 하찮음을 인정하는 것이라고 그녀가 말한 적이 있다. 나는 일어나 창가로 갔다. 가죽 서류 가방에 그녀 이름의 머리글자 H. L.이 적혀 있었다. 나는 가방을 열었다. 서류 몇 개, 임상 기록지, 증명서, 낱장 메모지가 들어 있었다. 맨 아래에 그녀의 여권이 있었다. 페이지마다 색색의 도장이 잔뜩 찍혀 있었다. 평생을 여행으로 보낸 모양이었다. 여권 사진은 젊은 날의 모습이었다. 헨리에테는 그때도 미인은 아니었다. 검은 머리가 어깨까지 내려와 있었다. 턱을 치켜들고 카메라를 보고 있었다. 흉터가 있는, 목선이 파진 곳은 어두운 색깔의 큰 스카프로 가렸다. 사진 밑에 성명, 출생지, 국적, 특이 사항 같은 통상적인 인적 사항이 적혀 있었다. 내 시선이 출생 연도에 가서 못 박혔다. 순간 멈칫했다. 그와 동시에 눈에 눈물이 차올랐다. 현기증이 일었다. 똑바로 서 있으려고 손으로 창턱을 꽉 잡았다. 헨리에테는 나보다 네 살이 적었다.

나는 헨리에테를 바라보았다. 그녀가 누워 있는 침대에 달빛이 비쳤다. 몸이 마치 눈에 덮인 듯했다. 그녀의 숨결이 전혀 느껴지지 않았다. 그녀의 모든 게 굳어버린 것 같았다. 오직 두 눈만 눈꺼풀 안쪽에서 휙휙 움직이며 내 모든 동작을 무턱대고 따라다니는 것 같았다. 나는 그녀의 물건을 다시 가방에 넣은 뒤, 밤공기가 들어오도록 창문을 활짝 열었다.

페터 리히틀라인

쿵! 소리가 나면 나는 냅다 달린다. 일단 달리면 넌 나를 붙잡지 못한다. 아무도 나를 붙잡지 못한다. 나는 키가 크고 건장하다. 내가 어디로 가려는지 나는 아주 잘 안다. 복도를 지나 계단을 내려가고, 마당을 지나 문을 나가서 계속 달린다. 그러다 거리에 나오면 나는 바람이 된다. 먼지도 나를 막지 못한다. 개들도 무섭지 않다. 자동차도, 비둘기도, 하늘을 배경으로 우뚝 서서 계속 자라는 것처럼 보이는 건물도 날 어쩌지 못한다. 사람들이 있다는 걸 알지만, 나는 그들이 보이지 않는다. 그들도 나를 보지 못한다. 곧 사람들조차 사라진다. 내 뒤의 건물들이 깎아놓은 작은 돌멩이처럼 보일 때 비로소 나는 속도를 줄인다. 그리고 풀밭에 털썩 주저앉아 눕는다. 밑에서 대지의 심장이 고동친다.

마음이 진정되면 다시 일어난다. 이젠 떠날 수 있다. 자꾸 뒤돌아볼 필요가 없다. 멀지 않았다. 울타리를 지나고, 예전에 기어 다녔던 낡은 하수도관을 건너고, 다시 수풀을 지나고, 뾰족한 갈대숲을 건너면 벌써 나무와 연못이 보인다. 이상도 하지. 여기 바깥에서는 모든 게 끊임없이 자라고 꺾이고 꽃이 피고 죽는데도 그 모습이 지난번 보았을 때와 똑같다니.

연못은 내 친구다. 아무도 모르는 사실이다. 누가 알기를 바라지도 않는다. 그건 내 비밀이다. 나 자신이 비밀이다. 아무도 나를 모르는 게 낫다. 주변의 흙이 부드럽고 검고 축축하다. 하지만 내겐 묘수가 있다. 갈대를 몇 다발 뽑아 땅에 펼쳐놓는다. 그게 내 침대다.

어머니는 나를 연못에 못 가게 한다. 그러나 못 가게 한다고 그대로 따를 내가 아니다. 나는 툭하면 연못에 간다. 여기서는 누구도 나를 방해하지 못한다. 나는 그냥 앉아 연못을 바라보며 생각에 잠긴다. 또는 연못을 바라보지도, 생각에 잠기지도 않는다. 마음 가는 대로 한다. 어머니는 그걸 이해하지 못한다.

어머니는 미인이다. 얼굴도 손도 다 크다. 언젠가 어머니가 욕조에서 토끼를 잡은 적이 있다. 피가 검었다. 자꾸만 토끼 눈이 생각났지만 고기는 맛있었다. 어머니는 음식 이야기를 하는 걸 좋아한다. 어머니가 음식 이야기를 하면 나도 그 이야기를 한다. 그렇게 하면 어머니가 좋아한다는 걸 아니까. 우리는 식탁에 앉아 빵 이야기를 한다. 딱딱하게 탄 껍질을 칼로 긁어내면 안이 아주 말랑말랑하다. 우리는 고기 이야기도 한다. 고기는 한때 동물의 일부였다. 그 고기가 온전히 우리 인간의 일부가 될 일은 없을 거다. 어쩌다 음식 이야기를 하지 않을 때면 어머니는 다른 이야기를 꺼낸다.

어머니가 말한다.

무엇을 했기에 손이 그래?

이제 자라.

창턱에 세 명의 천사가 앉아 있다. 첫째 천사는 주머니에 잠을 넣어두고 있고, 둘째 천사는 행복을 넣어두고 있다. 셋째 천사는 나머지 두 천사를 지킨다.

저기에 가서 서 있어.

그만해.

나한테 화내지 마.

사랑의 하느님은 별로 온화하지 않으며, 악마는 입으로 바람을 불어 별빛을 꺼버린다.

학교. 감자. 남자.

그런 얘기들을 한다.

물이 토끼 피처럼 검다. 그런데 그게 이 연못에서 가장 멋진 것이다. 물은 검고 고요하고 깊다. 얼마나 깊은지 나는 안다. 태양마저 삼킬 만큼 깊다. 두꺼비도 있다. 어머니는 두꺼비가 행운을 가져온다고 말하지만, 나는 어머니가 그것에 대해 하나도 모른다고 생각한다. 배가 고프면 두꺼비를 먹을 수 있지만 나는 그걸 먹겠다고 생각한 적이 없다. 이따금 한 마리를 잡아 물에 던진 게 전부다. 두꺼비는 눈이 노랗다. 사람들은 밤이면 별빛이 물에 비친다고 생각한다. 하지만 연못에 비친 노란 불빛은 그저 두꺼비의 눈이라는 걸 나는 안다.

나는 두꺼비다. 눈은 노랗고, 혀는 끈적거리고, 검은색 등은 돌기로 가득하다. 배만 조심하면 된다. 내 배는 밝고 연약하다. 작은 막대기로 찌르면 터져서 생명이 콸콸 쏟아진다. 파리들은 그 생명을 좋아한다.

겨울은 두꺼비의 계절이 아니다. 날은 춥고, 나무는 학교 정문 기둥처럼 가늘고 헐벗고 검은색이다. 여름은 좀 낫다. 그때가 되면 나는 햇빛을 들이마신다. 사방에서 그르륵거리고 윙윙댄다. 파리와 벌과 벌레는 내 먹이다. 그러니 굴을 파서 꼼짝 않고 덜덜 떨며 들어앉아 날이 풀리기를 기다릴 필요가 없다.

나는 출입문을 좋아하지 않는다. 마당도 좋아하지 않는다. 벤치도 좋아하지 않는다. 종. 밝은 목소리와 어두운 목소리. 고함 소리. 속삭이는 소리. 이 중 어느 것 하나도 좋아하지 않는다. 가장 싫어하는 건 교사다. 그들은 얼굴이 잿빛이고 손도 잿빛이다. 그 손으로 나와는 상관없는 것들을 지시한다. 선생들이 뭐라고 하건 나는 내키지 않으면 하지 않는다. 아니, 애초에 그들 말을 듣지 않는다. 귀를 막고 불쾌하지 않은 생각을 한다.

언젠가 한 교사가 손바닥으로 내 얼굴을 때린 적이 있다. 찰싹! 해서는 안 될 행동이었다. 왜 그는 손을 곧바로 떼지 않았을까? 아마 얼굴을 쓰다듬어서 통증을 없애주려 했나 보다. 그런데 난 아프지 않았다. 어쨌든 그는 손을 내 뺨에 댄 채 나를 이상한 눈으로 쳐다보았다. 그 순간 나는 교사를 깨물었다. 물고 놓지 않았다. 아니, 놓으려고 했는데 놓아지지가 않았다. 내 치아 사이에서 부드득 소리가 났다. 교사의 피는 달콤하고 맛있었다. 왠지 짭짤한 맛도 났다. 그가 소리를 질렀다는 걸 지금은 알지만 그때는 듣지 못했다. 누가 내

턱을 누른 듯했다. 연장으로 그랬는지 무슨 다른 물건으로 그랬는지는 잘 모르겠지만, 주변 사람들이 곧 나를 떼어냈다. 모든 게 끝나고 시간이 많이 지난 뒤 다시 혼자 연못가에 가서 눕자 비로소 마음이 아팠다. 교사는 왜 나를 때렸을까? 그러지 말았어야 했다. 적어도 손은 재빨리 뗐어야 했다.

남은 남이고 나는 나다. 남들은 말만 많을 뿐 제대로 아는 게 별로 없다. 내가 더 많이 안다고 생각하지는 않지만, 대신 나는 말을 많이 하지 않는다. 나는 혼자일 때 이야기하는 걸 가장 좋아한다.

집에 있을 때가 더 좋다. 그러면 나는 내가 잘 가는 구석에 앉아 이런저런 것들을 상상한다. 나는 상상은 해도 그걸 기억에 담아두지는 못한다. 이상하다. 상상하는 내용이 내 머릿속에 있는 동시에, 내가 상상하는 내용 속에 들어가 있다. 상상의 내용은 아주 분명하게 존재한다. 하지만 어머니가 부르면 그것들은 사라진다. 상상한 내용들은 분명히 멋있었을 거다. 상상한 뒤에 기분이 좋았으니까.

어머니는 일하러 다닌다. 대형 매장에서 천장까지 닿는 높은 선반의 양철통을 정리한다. 어머니한테는 높은 사다리가 있다. 언제나 그 사다리에 올라가보고 싶었지만 어머니는 허락하지 않았다. 어머니는 늘 내가 염려스러워서 못하게 금지하는 것이 많다. 한번은 내가 걱정된다는 이유로 나를 청소용품 창고에 가두었다. 그래도 나는 아무렇지 않았다. 나는 어둠에 아주 익숙했다. 창고 안의 어둠은 포근했다. 가장자리를 따라 빛이 흘러들었다. 나는 바닥에 납작 엎드려 문이 다시 열릴 때까지 상상의 나래를 폈다. 문이 열렸을 때 어머니는 문지방에 서서 큰 소리로 울고 있었다. 평소보다 아름다워 보였다. 교회 창문에 그려진 성인의 모습 같았다. 그러나 어머니가 우는 게 가슴 아팠다. 엄마, 왜요? 무슨 일이에요? 내가 물었다. 어머니는 아무 말도 하지 않고 계속 울기만 했다. 그러곤 나를 품에 안고 함께 부엌 바닥에 주저앉았다. 우리는 한참을 그렇게 앉아 있었다. 타일 바닥이 차가웠다. 나는 찬장 밑에서 너덜너덜한 거미줄 오라기들이 흔들거리는 것을 보았다.

모든 게 무사히 끝났다.

겨울 두꺼비를 보고 싶다. 겨울 두꺼비는 살아도 사는 게 아니다. 나는 두꺼비가 추위로 얼어붙는 상상을 한다. 두꺼비의 다리와 배와 머리가 얼어서 굳어진다. 눈은 차갑고 노란 돌멩이다. 나는 두꺼비 핏줄 속의 피가 얼어붙어 움직일 때마다 딱딱 소리와 삐걱 소리가 들리는 상상을 한다. 여름에는 다르다. 그때가 되면 두꺼비는 생명이 약동한다. 몸은 단단하면서도 부드러워진다. 나는 두꺼비를 늘 다리에 얹어 놓는다. 그러면 녀석은 바싹 달라붙어 몸을 뱅뱅 돌리고 비튼다. 아무 짓도 안 할 테니 안심하고 계속 움직여. 내가 말한다. 그러나 두꺼비는 아무 말이 없다. 나는 녀석을 바라보다가 힘차게 연못 속으로 던진다. 풍덩 소리와 함께 녀석이 사라진다.

나는 바람을 가르며 달린다. 들판이 노랗다. 길가에서 나비가 춤을 춘다. 나는 달린다. 허파가 뜨겁게 타오른다. 나는 어머니를 생각한다. 어머니는 그걸 아직 모른다. 나 자신도 아직 모르니까. 그녀는 나의 어머니다. 나는 두꺼비다. 바람이 상쾌하다. 얼굴에 아무런 감촉이 없다. 나는 달리고 또 달린다. 나무들이 하늘을 잡을 듯이 높이 솟아 있다. 벌써 연못 냄새가 난다. 물은 검고 잔잔하다. 나는 갈대 침대에 누워 기다린다. 해가 사라지고 주변에서 웅웅대고 찌륵찌륵거리는 소리가 그칠 때까지 기다린다. 밤이 찾아오지만 나는 무섭지 않다. 나는 기억할 수 없는 것들을 상상한다. 그리고 일어나서 옷을 벗는다. 가지런하게 나란히 늘어놓는다. 어머니가 화내는 게 싫다. 나무에 달이 걸려 있다. 나는 물속으로 들어간다. 내 하얀 두 발이 물 밑에서 가물거리는 게 보인다. 더 깊숙이 들어간다. 물이 아주 매끄럽다. 진흙이 발가락 사이에서 희한한 느낌을 준다. 나는 멈춰서 귀를 기울인다. 그러다 앞으로 쓰러진다. 찬 기운이 느껴지지 않는다. 물속 아주 깊이 들어가면 밑바닥에서 태양을 볼 수 있다는 걸 안다.

아넬리 로어베어

최고 연장자라는 건 업적도 아니고 이득도 아니다. 105세에 죽으나 85세에 죽으나 32세에 죽으나 매한가지다. 장수의 대가는 외로움이다. 죽음은 누구에게나 공평하다. 무덤 앞에 서 있는 사람만이 아직 그걸 모른다. 나는 자주 무덤 앞에 서 있었는데, 그건 결코 기분 좋은 일이 아니었다. 죽은 이를 잘 모르거나 나무에서 꽃이 피고 새들이 지저귀는 봄에는 그나마 괜찮았다. 가끔 나는 나무에 앉은 새들이 죽은 이의 영혼일 거라는 상상에 빠졌다. 근사할지는 몰라도 당연히 터무니없는 생각이었다.

시장은 내 100번째 생일에 무슨 증서와 꽃다발을 선물했다. 증서에 무엇이 적혀 있었는지는 모른다. 정원에서 열린 예식에서 나는 앉아 있어도 되는 유일한 사람이었다. 앉아 있다는 사실이 나를, 말하자면, 드높여주었다. 무슨 음악이 나왔는지는 기억나지 않는다. 옛날에는 늘 악대가 있었다. 악대 없는 증서 수여식은 사실상 한 번도 없었다. 그러나 음악은 언제부터인가 의미를 잃어버렸다. 내가 태어난 곳에서는 사람들이 연설을 하지 않고 노래를 불렀다. 멋있었다. 그런데 사실 얘기할 때 들려주는 노래 때문에 짜증도 났다. 사람들은 노래로 현실을 잊으려는 듯했다.

그래도 멋있었다.

105번째 생일에는 아무도 오지 않았다. 나도 제정신이 아니었다. 그저 꿈만 꾸었다. 꿈을 꾼 덕분에 영혼의 무게를 줄이고 고통을 덜 수 있었다.

생일은 내게 오래전부터 중요하지 않은 날이 되었다. 다만 죽음에 대해서만 알고 싶었다. 나는 그렇게 늘 호기심이 많았다.

상황이 어떻게 된 건지 이제야 알겠다. 하지만 아무것도 이야기하지 않으련다. 죽음에 대해 말하는 건 금기다. 죽음 속에 진실이 들어 있지만, 그걸 말해서는 안 된다. 물론 거짓말은 해도 괜찮지만 나는 그럴 생각이 없다. 여하튼 아무도 나를 데려가지 않았다. 나는 그냥 삶에서 떨어져나갔다. 삶 속으로 떨어져 들어오듯이, 우리는 다시 삶에서 떨어져 나간다. 거기에 틈새가 있다. 그걸 찾아내야 한다. 아니면 다시 떨어져 들어올 때까지 어둠 속을 이리저리 헤맨다. 언제나 그런 식으로 돌아간다.

처음에 나는 아이였다. 그리고 숙녀가 되었다. 그리고 다시 아이가 되었다. 중간 과정은 기억나지 않는다. 여하튼 나는 아름다운 숙녀였다. 꽤나 우아했다. 남자들이 내 엉덩이에 시선을 붙들어 매고 나를 쫓아다녔다. 여자들도 더러 그랬다. 나는 갈수록 여자들을 더 많이 쳐다보았다. 여자들이 더 흥미로웠다. 물론 남자들에게서 더 좋은 냄새가 나기는 했다. 동물 냄새 같았는데, 그게 어떤 것이었는지는 모르겠다.

우리 집에 카나리아가 있었다. 이름은 생각나지 않는다. 어느 장관과 이름이 똑같았던 것으로 기억한다. 어느 날 아침 새장이 열려 있고 카나리아가 보이지 않았다. 나무를 찾아 날아간 모양이었다. 며칠 뒤 카나리아는 작고 뻣뻣해지고 색깔은 여전히 초록색인 채로 커튼 뒤에 떨어져 있었다. 나는 엄마에게 가서 말했다. 이것 좀 보세요, 동물처럼 발톱이 있어요! 그때까지 나는 카나리아가 동물이라는 걸 알지 못했다.

아이와 숙녀 중간에 전쟁이 일어났다. 나는 내 방 서랍장에 파편 한 개를 보관했다. 아빠 다리를 절단하기 전에 살 속에서 꺼낸 것이었다. 나는 아빠에게 그 파편을 달라고 졸라서 작은 상자에 보관했다. 이제 넌 전쟁의 마지막 잔재를 상자 속에 가둔 거란다. 아빠가 말했다.

아빠의 얼굴이 더는 기억나지 않는다. 아빠의 얼굴이 있던 자리가 지금은 빈 여백뿐이다. 아니, 그곳은 그늘이다. 아니, 밝음이다. 더는 어디에도 사람의 얼굴이 없다.

아빠는 수염을 길렀다. 지금도 생각난다. 아니면 그건 그저 가시나무 울타리였을지도 모른다. 무슨 짓을 저지르고 나면 나는 자주 그곳으로 기어들어갔다. 그럴 때마다 어린 예수처럼 피 흘리고 벌거벗은 나를 사람들이 다시 끄집어냈다. 예수도 나처럼 그렇게 울부짖었을지 궁금하다. 사람들은 아마 예수를 울게 내버려두었을 것 같다. 눈물은 고통에서 얻을 수 있는 유일한 소득이다.

내 곁에 더 오래 머물렀는데도 엄마에 대해서는 아는 게 별로 없다. 그저 따뜻한 사람이었다는 것만 기억난다. 신선한 빵 반죽 같았다. 엄마는 부엌칼을 수집했다. 그것들도 전부 서랍장에 들어 있었다. 바로 옆에는 파편이 든 상자와 마른 행주와 소형 밀랍 성인 모형이 있었다. 성인은 성 게오르기우스였던 걸로 기억한다. 그리스도의 이름으로 용을 죽인 사람이니 부엌칼을 능숙하게 사용했을 거다.

나는 자식이 없었다. 그걸 아쉬워한 적은 없다. 물론 나의 분신이 앞날을 향해 쑥쑥 자라는 게 어떤 느낌일지 당연히 호기심이 생겼을 거다. 하지만 그런 일은 일어나지 않았다. 남자들이 내게 잘해주었는데도 그랬다. 그게 늘 신기했다. 나는 남자들에게 잘해주지 못했으니까. 사실 나는 남자를 잘 몰랐다. 그 누구도 제대로 알지 못했다. 나조차도 잘 몰랐다. 처음에 난 너무 어렸다. 그다음엔 자신감이 넘쳤다. 그리고 마지막엔 너무 나이가 들었다. 나이가 들면 가끔은 뭔가를 이해하기 시작하지만, 그런다고 도움이 되는 건 아니다.

남자들은 내게 욕망의 대상이 아니었다. 나도 이따금 사랑한 적이 있다. 그런데 나는 시청사 지붕에 달린 수탉 모양의 금색 풍향기도 사랑했다. 저 바깥 들길을 날아다니는 나비도 사랑했다. 나비는 내게 모든 남자를 전부 합친 것보다 더 큰 욕망의 대상이었다. 나비는 슬픔을 이겨내는 최고의 수단이었다. 도전이랄 수 있는 남자는 극소수이고, 대부분의 남자는 무례하다. 그들은 대단하지도, 애처롭지도 않다.

그래도 애처로운 남자를 한 명 알았던 적이 있다. 그가 유일했다. 남자라면 마땅히 그래야 하듯, 키가 크고 무릎이 깡마른 사람이었다. 그는 또한 안경도 썼다. 안경알이 각얼음처럼 두꺼웠다. 어느 날 나는 그의 안경을 써보고 어질어질해서 그 사람 앞으로 쓰러졌다. 그는 사랑으로 심장이 터질 뻔했다고 훗날 내게 말했다. 어쩌면 그 사람이 내 짝이었을지도 모른다. 하지만 그걸 깨닫기도 전에 그는 돌연 세상을 떴다.

일정한 나이가 되면 그때부터 사람은 자신에게 할 일이 남아 있지 않다고 생각한다. 착각이다. 살아 있는 한, 우리에게는 여전히 할 일이 있다.

그러나 전반적으로 보면 늙는다는 건 비참하다. 좋은 점은 가벼워진다는 것이다. 가장 무거운 건 생각인데, 생각은 갈수록 줄어든다. 많은 것들이 저절로 해결된다. 사실상 모든 게 저절로 풀린다.

내 어린 날의 기억은 거의 사라졌다. 그러나 그 기억에 대한 기억은 아직 더러 남아 있다. 그게 참 좋다. 적어도 그 기억만큼은 양심의 가책을 일으키지 않는다.

'어머니, 당신은 나를 어디로 몰아댔나요?'
'아버지, 당신은 나를 어디로 끌고 갔나요?'

이게 노래일까?

당연히 나는 스스로 돈을 벌고 싶었다. 그렇게 하는 대신 나는 숙녀가 되었다. 사실 바람직하지 않은 일이다. 숙녀라면 끊임없이 화장과 오만의 가면을 써야 한다. 그 가면은 너무 무거워서 사람을 완전히 짓누른다. 화장과 오만이 내 등을 내리눌렀다. 그 바람에 어깨뼈가 잘라낸 날개처럼 돌출했다.

나는 제비처럼 힘차게 들판을 날고 싶었다. 하다못해 나비처럼 비틀거리고 싶었다. 봄이면 나비는 제정신이 아니다. 그 모습이 너무나 아름다워 신까지 믿고 싶어질 정도다. 하지만 그렇게 한다고 나아지는 건 없다. 나비의 아름다움에는 신이 필요 없다. 그건 현실에 존재하니까.

나는 우아함을 타고나지 않았다. 소녀 시절에 어머니의 무도화를 신고 거울 앞에서 서성거렸다. 키가 크고 포동포동한 편이었던 나는 사실 얼뜨기였다. 무도화는 두 치수가 작았다. 앞으로 뒤로, 앞으로 뒤로. 그런 내 모습에 여배우 그 레타 가르보나 패션 모델 테아 보브리코바 같은 타고난 아름다움은 없었다. 나의 우아함은 힘들게 노력해서 얻은 결과였으며, 파울슈타트에서는 그 정도 우아함으로도 충분했다.

기도하고 싶을 때가 많았다. "사랑의 하느님, 저를 지켜주소서." 뭐 이런 것들이었지만, 매번 꾹 참았다. 나는 신과 대화한 적이 없다. 아주 다급하게 어려운 순간에도 그러지 않았다. 나는 신에게 큰 기대를 품지 않았다.

어렸을 때 나는 성당에 억지로 끌려 나갔다. 싫다는 말을 하지 않았다. 아무 생각이 없었다. 힘들었다. 무릎 꿇고 앉는 게 부당하다고 느꼈다. 무엇보다 굴욕감 때문이었지만, 양말에 기운 자국이 있어서이기도 했다. 고해할 때는 이야기를 꾸며냈다. 근사하면서도 막장 같은 사연이라, 그걸 신부의 냉담한 귀에 대고 속삭이느니 글로 적어 팔았어야 했다. 물론 나는 진짜 죄인은 아니었다. 내 죄는 사실 즐거움을 안겨주는 것이었다. 신의 입장에서는 어차피 관심 없는 일이었다. 신은 존재하지 않으니까. 신이 존재한다면 지상에 그의 대리인은 필요치 않을 것이다. 존재하는 모든 것은 인간과 관계된 것들뿐이다. 신은 인간과 관계가 없다. 그러니 신도 없다. 이런 생각을 하게 된 뒤부터 나는 신의 문제에서 평화를 얻었다. 살면서 신을 두려워한 적이 없다. 내 두려움은 그 성격이 달랐다.

*

　이상하다. 나는 내가 알던 모든 사람들보다 더 오래 살았다. 나보다 더 오래 산 사람들은 내가 모르는 사람들이었다. 그게 슬픈 건지 아닌지조차 잘 모르겠다. 내 유머가 바닥난 모양이다.

　세월이 가면서 기억이 사라진다. 그걸 망각이라고 한다. 105년을 사는 동안 나는 많은 것을 잊어버렸다. 그러나 지금은 그 무엇도 정말로 사라지지 않았다는 것을 안다. 그건 오래된 그림과 같다. 어떤 그림은 구석에 세워놓고, 어떤 그림은 덮개로 덮어놓고, 어떤 그림은 덧칠을 한다. 나는 수많은 추악한 그림들에 덧칠을 했다. 불과 낙뢰. 비웃음과 고독. 울다가 적신 베개. 많고 많은 뒤틀린 얼굴들. 마지막으로, 서서히 보기 싫게 변해가는 내 얼굴. 그 모든 것에 나는 아름답게 덧칠했다. 그러나 소용이 없었다.

　내가 아주 젊었을 때 한 남자가 말했다. 아넬리, 네가 너무 예뻐서 모든 사람들에게 자꾸 네 미모에 대해 들려주고 싶어. 하지만 그걸 말로 표현할 길이 없으니 너의 아름다움을 나 혼자 간직할 거야. 이건 볼 것도 없이 무례한 언사였다. 나는 그에게 네가 싫으니 당장 꺼지라고 했다. 그 말을 듣고 그는 교외로 나가 제 머리에 총을 쏘았다. 그 순간 그는 바보짓을 했다. 생명줄 대신 시신경을 맞추는 바람에 두 눈이 먼 것이다. 그런데 간호사가 그와 사랑에 빠져 훗날 네 명의 아이를 낳았다. 적어도 그중 한 아이는 아버지 팔을 부축해서 시내를 데리고 다녔다. 그는 얼굴을 하늘로 향한 채 미소를 지었다. 이후 우리는 더는 인사를 나누지 않았다. 하지만 그는 내가 알던 사람 중 가장 행복한 사람이었을 거라고 믿는다.

근본적으로 나는 사랑에 대해 아무것도 모른다. 삶에 대해 말하자면, 그건 살아내야 한다는 것만 안다. 그러나 어쨌든 지금은 죽음에 대해서 조금 안다. 죽음은 갈망을 끝낸다. 꾹 참고 가만히 있으면 죽음은 전혀 아프지 않다.

'사랑. 전쟁. 신. 아버지. 어머니. 아이. 나무 울타리와 비밀. 꽃과 하얀 두려움. 날카로운 것. 밝은 것. 눈. 번개와 수프 냄비. 세 번 더 웃고 끝난다. 태양. 배. 새. 죽음.'

끝을 향해 갈 때면 많은 것들이 품위가 없어진다. 사실 대부분이 그렇다. 주사기와 가사 도우미. 알약과 의료용 코르셋. 마지막 생명줄을 놓지 않으려는 처절한 몸부림. 그리고 걸을 때마다 뒤에서 제멋대로 펄럭이는 셔츠. 쭈글쭈글한 엉덩이는 막판에 하는 거짓말 못지않게 품위가 없다. 품위가 없으면 인간은 아무것도 아니다. 가능하다면 품위를 지키기 위해 스스로 노력해야 한다. 그러나 끝을 향해 가는 순간, 품위는 남들로부터 주어질 뿐이다. 품위는 상대의 눈길 속에 있다.

*

　지금 떠오르는 문장이 하나 있다. 내 기억이 틀리지 않다면, 내가 직접 생각해낸 것이다. 영원이 아니라 순간을 위해 만든 문장이다. 그 이상을 바랄 수는 없다.

　'처음에 나는 인간이었다. 지금 나는 세계다.'

하네스 딕손

호베르크 신부가 자신이 모시는 주님의 집에 불을 지르고 기뻐하던 날, 나는 이런 머리기사를 썼다. "교회가 불에 타다. 하느님은 살아 있다!" 내가 썼던 머리기사 중 최고는 아니었지만 그런대로 훌륭했다. 당시 나는 여전히 진실을 믿고 있었다. 마음속에 충분히 분노만 품는다면 상황을 개선할 수 있다고 믿었다. 훗날 그 믿음은 사라졌다. 세상은 변했으되 진실은 늘 현실을 따라가지 못했고, 분노는 결코 불편하지 않은 체념이라는 감정에 밀려났다.

내가 누운 곳에서 2.5미터 위에는 시청에서 구할 수 있는 가장 싼 석회석에 이런 문구가 새겨져 있다. "파울슈타트 시민이자 연대기 편찬자인 하네스 딕손이 여기에 잠들다" 물론 이건 순 엉터리다. 연대기 편찬자는 방구석에 들어앉아 사건들을 시대순으로 기록하는 사람이고, 시민은 세금을 내는 사람이다. 나는 두 가지 다 한 적이 없다.

나는 기자였다. 정확히 말하면, 파울슈타트의 유일한 신문인《파울슈타트 보테》의 기자였고, 편집자였고, 식자공이었고, 인쇄공이었고, 발행인이었다.

5년 넘게 이어진 전쟁이 끝난 후, 당시에도 이미 얼굴과 목소리가 기억나지 않던 아버지 대신에 공문서 인쇄체로 작성된 편지 한 장이 돌아왔다. 거기엔 국기에 대한 맹세에 따라 아버지가 우리 조국의 미래와 위대함을 위해 군인의 의무를 다했으며, 그 무엇으로도 대체할 수 없는 아버지의 희생에 진심으로 애도를 표한다고 적혀 있었다. 나는 계단 뒤를 지나 지하 석탄 저장고로 내려가 생전 처음 편지를 썼다. 죽은 아버지에게 쓰는 편지였다. 그걸 부칠 생각은 없었다. 대체 어디로 부친단 말인가? 나는 편지를 봉투에 넣어 우리 집 정원에 있는 구스베리 덤불 밑에 파묻었다. 그런 다음 들판으로 나가 밭고랑에 누워 밑에 있는 흙처럼 마음이 메마르고 지칠 때까지 울었다. 뜨거운 여름이었고, 나는 열네 살이었다.

구스베리 덤불 밑의 흙더미가 어머니 눈에 띈 모양이었다. 나중에 어머니로부터 들은 이야기이지만, 어머니는 편지를 발견하고 그걸 처음부터 끝까지 여러 번 읽은 뒤 나를 부엌으로 불렀다. 어머니는 의자에 앉아 나를 훑어보았다. 뭔가 눈빛이 달라져 있었다. 무한히 슬퍼 보이는 눈이었지만, 나를 격려하는 뭔가가 서려 있었다. 묘하게도 나 자신이 다 성장해 건장한 남자가 된 느낌이었다. 하지만 그와 동시에 그런 느낌이 든다는 게 부끄러웠다. 어머니는 팔짱을 끼고 있었다. 한동안 부엌에 정적이 흘렀다. 그러더니 어머니가 불쑥 말을 꺼냈다. "넌 내가 상상할 수 있는 최고로 대단한 아이였어."

나는 깜짝 놀라 어머니를 바라보았다. 어머니는 두 팔을 무릎에 내려놓았다. "이제 너는 아이가 아니야." 어머니가 말했다. "아직 어른이라고 할 수는 없어도 어쨌든 아이는 아니란다. 너는 내 아들이야. 내가 예상했던 것보다 훨씬 총명하게 자랐어. 너는 이제 생각할 줄을 알아. 커튼 뒤를 볼 줄 알아. 네겐 가능성이 있어. 그걸 이용해. 네 가능성을 이용하겠다고 약속해다오!"

나중에 들은 바에 따르면, 어머니는 전쟁이 끝난 뒤 내 편지를 두 장 필사해 전국 단위 일간지의 독자 편지 부서와 파울슈타트 시청의 '친애하는 시장님 앞으로 보냈다. 시장으로부터는 답장이 오지 않았지만, 신문사에서는 내 편지를 신문에 실어주었다. 어머니는 해당 지면을 액자에 끼워 거실 벽에 걸었다. 돌아가시는 날까지 어머니에게는 자랑거리이자 내게는 영원한 훈계로 남은 편지였다. 어머니는 이렇게 훈계했다. 열네 살 적의 너보다 열등한 인간이 되지 말거라.

훌륭하게 표현한 문장 몇 개가 얼마나 큰 위력을 발휘하는지 그때 깨달았다. 나는 인생을 글쓰기에 바치겠다고 결심했다. 구체적으로 말하면, 대체 진실이 무엇인지는 모르지만, 그것을 기록하는 일에 평생을 바치겠다고 마음먹었다. 아버지의 죽음이 왠지 잘못된 것처럼 여겨졌다. 단 하나의 어마어마한 거짓처럼 생각되었다. 누가 머리에 총을 맞고 진흙탕 도랑에 쓰러져 있었던 사실이 영웅적 행위와 무슨 관계가 있단 말인가? 그리고 중위가 보낸 편지에 적힌 대로, 누가 정말 대체 불가능하다면 왜 그를 그런 도랑에 처박아두었는가? 그리고 아버지들은 이미 오래전부터 정신이 오락가락하거나, 불구가 되었거나, 그 막다른 상황에서 아예 돌아오지도 못했는데, 왜 걸핏하면 아버지의 나라를 뜻하는 조국이라는 말을 들먹이는가? 이런 의문들이 나를 괴롭혔다. 의문은 또 다른 의문을 낳았다. 그걸 어머니에게 물어볼 용기가 나지 않았다. 선생님에게, 동급생에게, 시청 측에, 그리고 아무나 행인을 붙잡고 묻고 싶었다. 이들은 자유롭게 거리를 나다니는데, 나의 아버지는 오래전에 사망해 흙 속에 묻혀 있었다. 그리고 나 자신과 관련된 질문도 있었다. 나는 누구인가? 나는 무엇이 되고 싶은가? 나는 과연 어떤 사람이 될 수 있는가?

짧은 바지를 입은 열네 살 소년이 커튼 뒤를 들여다보기로 결심한다. 언론인이나 작가가 되기로 마음먹는다. 언론인이든 작가든 그에게는 차이가 없었다. 여하튼 아주 위대한 언론인 중의 한 명, 적어도 렘쿨 식당에 진열돼 있고 쓰는 기사마다 A.P.나 K.T.나 O.S. 같은 약자로 서명하는 대형 신문사 편집인 같은 사람이 되겠다고 결심한다. 가능성은 희박하다. 사실상 전무하다. 그러나 소년의 머릿속에는 그 의문들이 도사리고 있고 똥고집이 들어 있다.

나는 우리 학교의 학생 신문 발행에 참여했다. 신문은 130부를 찍었다. 학생 다섯 명이 먹지를 가지고 수차례씩 등사하며 열심히 작업했다. 나는 잡보란을 담당한 터라 쉬는 시간에 벌어진 패싸움 소식과 학생 식당의 주간 메뉴로 지면을 채웠다. 내 귀 뒤에는 늘 몽당연필이 꽂혀 있었다. 그게 바쁘게 일한다는 생동감을 전해주었다. 학교 운동장을 지나갈 때면 아이들이 나를 호기심과 경멸이 섞인 표정으로 바라보며 소리 질렀다. "야, 딕슨, 또 염탐하러 다니는 거냐?" 품위 없고 자극적인 언사였다.

학업을 마친 뒤 나는 지역 주민 도서관에 가서 사서와 면담했다. 신문사를 만들고 싶은데 혹시 도움을 받을 만한 사람이 있느냐고 물었다. 이상하게도 사서는 나를 비웃지 않았다. 그녀는 한동안 나를 쳐다보다가 이렇게 말했다. "따라와요."

사서는 요리책이 꽂힌 서가 뒤쪽의 작은 문을 열었다. 몇 계단 내려가자 둥근 천장의 지하실에 이르렀다. 전구 하나가 천장에 매달려 우리 두 사람의 그림자를 벽에 드리웠다. 벽은 천연 암석을 깎아 만든 것 같았다. 바닥에는 먼지가 켜켜이 쌓여 있었다. "저기요." 사서가 말하며 한쪽 구석을 가리켰다. 난방 보일러와 다 낡은 책 더미 사이에 거대한 검은색 기계가 있었다.

"이걸로 시작할 수 있겠어요?"

"네. 해볼 만하겠는데요." 내가 대답했다.

기계는 쾨니히 & 바우어 상표의 실린더 인쇄기로, 과거에 지역 소식지를 찍어내던 것이었다. 100년이 넘은 기계였는데 윤활유와 먼지가 뒤범벅되어 단단히 굳어 있었다. 이걸 다시 작동시키는 데 거의 1년이 걸렸다. 마침내 인쇄기가 통상적인 소리를 내며 돌기 시작하고 신문 지면들이 처음으로 실린더 밑에서 달그락대며 튀어나왔다. 그 순간 나는 목소리가 뒤집어지고 천장에서 고운 먼지가 흩날릴 정도로 환호성을 질렀다.

그로부터 두 달이 지나고 내 열아홉 번째 생일을 앞둔 어느 차가운 겨울밤, 나는 내가 새로 만든 신문 《파울슈타트 보테》의 제목란을 처음으로 조판했다. 활자체는 발바움 흑자체, 굵기는 세미볼드, 크기는 24포인트, 1812년. 전구 불빛에 비친 내 입김이 새 시대의 정신처럼 보였다.

나는 39년간 신문을 만들었다. 직원도 많이 고용했다. 연금 생활자, 가정주부, 학교 중퇴자, 비숙련 노동자, 기계 제작자, 실직 교사, 건달, 멍청이, 천재 등, 잠시나마 열정적으로 일하면서 글의 힘을 믿은 사람들이었다. 그들은 왔다가 떠나갔다. 나는 남았다.

39년.

뒤돌아보면 지난 시간이 짧게 느껴진다는 건 맞지 않는 말이다. 그건 긴 세월이었다. 내가 느끼기에도 오랜 시간이었다. 나는 내가 할 수 있는 것을 했다. 내가 인쇄한 내용은 세계로 뻗어나가지 못하고 모두 파울슈타트 안에 머물렀다. 하지만 아무래도 상관없다. 어느 순간이나 그 안에 모든 시간을 담고 있다. 마르크트 가의 진열창에 온 세계가 투영된다. 초창기에 나는 《뉴욕 타임스》를 주문했다. 남들은 신문을 어떻게 만드는지 알고 싶었다. 신문은 우편으로 한 주 늦게 왔다. 그러나 중요한 건 최신 뉴스가 아니다. 현재 무슨 일이 벌어지는지 알고 싶다면 거울을 보면 된다. 뉴스는 언제나 지나간 것만을 이야기한다.

미국인들은 신문을 잘 만들었다. 그러나 나보다 잘 만들지는 않았다. 사람이 하는 행동은 똑같다. 다른 것은 그 결과다. 그리고 그것도 세월이 흐르면서 타당성이 약해진다.

이야기 하나 들어보시겠어요? 받아 적으세요. 전차 얘기예요. 정거장이 세 개예요. 종점이 두 군데이고 그 중간에 시청 광장이 있어요. 북동쪽에서 남서쪽으로 갔다 돌아오는 노선이죠. 그건 발전이에요. 여기에 반대하는 사람은 뭘 모르는 사람이에요. 몇 가지 얘기는 꼭 들어봐야 해요. 나머지는 그럴 필요가 없어요. 그건 가만히 앉아서 기다리면 돼요.

시청이 쓰레기통은 아니잖아요. 언제나 실망한 사람들만 소리를 질러요. 배제된 사람들만 늘 아우성을 쳐요. 사물은 이름을 불러줘야 해요. 당연해요. 이건 우리 문제예요. 미래의 문제예요. 우리 모두의 문제예요. 거리에 파놓은 구덩이는 아무 문제가 없어요. 그건 감수할 수 있어요. 겨울이 되어 구덩이에 물이 들어차면 얼어버리죠. 여름에는 아이들이 거기에 작은 배를 띄울 수 있어요. 근사하죠. 모든 것엔 장단점이 있어요. 옛 시절이 더 나았던 건 아니에요. 달랐을 뿐이에요. 모든 건 변해요. 모든 건 흘러가죠. 모든 일에는 돈이 들어요. 가계에 난 구멍은 도로 구덩이보다 커요. 가계의 구멍은 외곽에 있는 진흙 구덩이보다 커요. 그럴듯하게 들리죠. 받아쓰셨나요? 이건 제안일 뿐이에요. 자극이에요. 정치는 언론에 명령해서는 안 돼요. 남에게 뭔가를 명령할 수 있는 사람은 없어요. 어차피 사방에서 너무 많은 이야기들이 나와요. 잘못된 이야기가 나와요. 또는 본질이 아닌 이야기가 나와요. 학교 개보수 문제는 상정되지 않았어요. 안건에 올라온 게 없어요. 기부금 문제도 논의되지 않았어요. 참, 그 문제는 잘못됐어요. 과장된 부분이 있어요. 틀리게 묘사된 게 많아요. 사실은 다 그래요. 진실은 뜨거운 쇠처럼 구부릴 수 있어요. 현실은 견해의 문제예요. 원하는 사람은 정보를 알아낼 수 있어요. 원하지 않는 사람에게는 정보가 주어지죠. 그게 자유예요. 받아쓰셨나요? 잘하셨어요. 전차가 문제예요. 북스터의 다진 돼지고기에 들어간 독은 전혀 다른 문제예요. 여러 사안을 뒤섞으면 안 돼요. 모든 걸 한 그릇에 담아 똑같이 취급하면 안 돼요. 모든 일에는 때가 있어요. 어느 것에나 제자리가 있는 법이에요. 안 그러면 세상이 어떻게 되겠어요? 잠깐, 그렇지 않아요. 그건 옳지 않아요. 불합리하고 게다가 위험해요. 부패에는 이름이 없어요. 이름이 있어야 사람은 품격이 생겨요. 등이 새까만 핫케이크처럼 되어 길거리에 쓰러진 신부가 보이시나요? 어제 진흙 구덩이에서 건져 올린 죽은 소년에 대해 들으셨나요? 죽으면 자기 무덤을 자기 밭의 흙으로 채워달라던 카를 요나스의 유언을 읽으셨나요? 산 사람과 죽은 사람을 찾으려고 무너진 건물의 돌무더기 사이를 기어 다니는 소방관들 이야기를 들으셨나요? 잘 생각해보세요. 좋으실 대로 생각하세요. 믿기로 했으면 믿으세요. 믿음은 실은 앎입니다. 앎은 견해가 됩니다. 받아 적으세요!

이름 없는 아이. 사라진 불빛. 북스터의 마지막 행동. 들판에 쓰러져 죽은 사람. 유리와 돌 밑에 깔려 죽은 세 명. 파편에 묻힌 시장의 꿈. 시청사를 지배하는 침묵. 이 도시는 누구 것일까? 빨간 여성화는 누구 것일까? 무덤이 너무 많다. 바가지를 쓰고 비싸게 건설한 도로. 사임은 없었지만, 질문은 많았다. 겨울이 왔다! 증발한 올여름! 코빌스키가 기념행사를 열다! 그건 살인이었다! 그건 과실 치사였다! 그건 단지 실수였다. 시청 광장에서 열린 기록 도전. 농담이 아니고 정말로 공무원들이 파업했다! 모욕적인 낙서. 아부 아저씨, 잘 가! 쌀쌀한 봄. 결단의 가을. 끝내기 전에 다과 무도회를? 올해 안에 사임할까? 파울슈타트의 큰 기회. 파울슈타트의 완전한 자랑거리. 충격에 빠진 파울슈타트! 파울슈타트에서 가장 아름다운 꽃 장식. 결정을 내려야 하는 밤. 양로원에서 느끼는 아기 같은 행복! 자두나무 옆에서 벌어진 이웃 간의 싸움.

어머니가 돌아가셨다.

어머니가 돌아가셨다. 그 후에도 집에서는 오랫동안 어머니 냄새가 났다. 복도 벽의 벽지 위로 어머니 그림자가 스쳐 갔다. 사방에서 소리가 났다. 어머니의 서랍에서 종이가 바스락대는 소리. 커피 잔을 달그락거리는 소리. 방 안 양탄자를 조용히 사뿐사뿐 걸을 때 나는 발걸음 소리. 시간이 흐르면서 그림자는 사라졌고, 소리는 줄어들거나 달라졌다. 마룻바닥이 삐걱대고 부엌 식기장 그릇이 떨리는 소리는 어머니와 관계가 없었다. 나는 홀로 앉아 어둠에 귀 기울인다.

어머니, 나는 당신을 위해 계속 일했어요. 하지만 그건 더는 예전과 똑같지 않았어요. 그때 나는 부엌에서 무릎에 놓인 당신 손에 들린 편지를 보았어요. 흙이 묻어서 더러웠죠. 당신은 웃지 않았어요. 나는 당신이 웃기를 간절히 바랐어요. 나는 아무 말도 듣고 싶지 않았어요. 내 어린 날을 위해

싸우고 싶었어요. 당신 얼굴에 대고 소리치고 싶었어요. "나는 어린아이예요. 언제까지나 어린아이이고 싶어요. 당신의 아이로 남고 싶어요!" 그러나 소리 지르지 않았어요. 당신을 위해 그랬던 거예요. 됐나요? 난 모르겠어요. 더 꼼꼼하게 들여다보고 싶었어요. 덜 꼼꼼하게 들여다보고 싶었어요. 당신이 나를 자랑스럽게 여기기를 바랐어요. 나한테 화내지 마세요. 나는 커튼 뒤를 들여다봤어요. 결국 마지막 커튼을 쳐들고 들여다봤어요. 거기엔 아무것도 없어요. 나는 후회하고 싶지 않아요. 그게 온전한 진실이에요.

마르틴 라이나르트

비가 갑자기 세차게 내렸다. 여름의 반 동안 모였던 물이 한꺼번에 터져 쏟아지듯 억수같이 내렸다. 우리는 자동차에 앉아 맥주를 마시며 음악을 들었다. 톰은 뒤에, 카트는 운전석에, 나는 그 옆에 앉았다. 카트 아버지의 차였다. 그녀는 겨우 몇 주 전에 면허증을 땄다. 다른 사람에게 운전대를 넘기면 아버지가 자기를 죽일 거라고 했다. 자신의 머리카락을 뒷바퀴 축에 묶어 들길로 질질 끌고 다닐 거라고 했다. 이날 카트는 짧은 니트 원피스를 입었다. 두 시간 전만 해도 나는 그녀 넓적다리의 고운 솜털이 석양에 반짝이는 걸 보았다. 해가 진 지 벌써 오래된 지금은 어둠이 그녀의 다리를 집어삼켰다. 우리는 유령처럼 앉아 있었다. 기분이 좋을 정도로 거나하게 취하지는 않았다. 토요일 저녁이었다. 거리와 도시와 온 세상이 전부 쥐 죽은 듯 조용했다. 유일하게 움직이는 건 자동차 금속판을 때리고 유리창에 넓은 줄무늬를 그리며 흘러내리는 비였다.

"야, 카트, 지난번에 네가 그 멍청이와 함께 있는 걸 내가 봤다는 거 아니겠어?" 톰이 물었다. "걔 이름이 뭐라고?"

"멍청이는 딱 한 명, 바로 너야."

"이름을 까먹었어. 몸집이 어마어마하게 큰 녀석. 팔은 원숭이 같고."

"네가 멍청이라니깐. 그리고 너 취했어."

"그랬으면 좋겠다."

"카트 좀 가만히 내버려둬." 내가 말했다.

"너 지금 뭐 하는 거야?" 카트가 말했다. "내가 나 자신도 변호할 줄 모르는 애라고 생각하는 거야?"

"나도 몰라. 내가 뭘 생각하는지."

"너희들이 없으면 우리 여자들은 똑바로 걷지도 못한다는 거야 뭐야?"

"그런 말 한 적 없어."

"너희들 또 이렇게 다 망쳐놔야겠어? 오늘은 토요일 저녁이야." 톰이 말했다.

톰의 낯짝을 한 대 갈기면 속이 시원할 것 같았다. 그는 뒤에서 웅크리고 있었다. 얼굴 절반이 그림자에 가린 채 맥주병을 무릎 사이에 끼우고 있었다. 언제나 그랬다. 먼저 시작하는 쪽은 그였고 나는 중간에 끼어들었을 뿐인데 모든 건늘 내 탓이었다. 그래도 우리는 아주 친한 친구로 통했다. 나는 그 신화를 깨뜨리고 싶지 않았나 보다. 돌풍이 앞 유리창을 때렸다. 순간 뭔가 육중한 것이 하늘에서 떨어진 느낌을 받았다. 세상에서 가장 조용한 이 도시의 가장 조용한 한쪽 구석에, 바로 여기에, 바로 우리 차 위에, 떨어진 느낌이었다.

"여름이 다 갔어." 내가 말했다.

"맥주가 다 떨어져가." 톰이 말했다.

"나는 이제 안 마실래." 카트가 말했다.

*

    우리는 근방을 좀 더 돌았다. 시내에서 나와 서쪽으로 가는 진입로로 들어섰다. 뒤에서 따라오는 차는 없었다. 앞에서 오는 차도 없었다. 우리만 유일하게 불빛을 비추었다. 사방을 둘러봐도 우리만 유일하게 살아 있는 사람들이었다. 바람이 아스팔트 위로 비를 세차게 몰아댔다. 길가의 흙이 부글부글 끓어오르는 듯했다.

    앞 도로에서 뭔가가 쏜살같이 달려오더니 쿵 하고 둔탁한 소리가 났다. 나는 몸이 앞으로 확 쏠렸다가 다시 옆으로 기울었다. 가슴에 뭔가 딱딱한 것이 부딪혔다. 운전대인지 변속기 레버인지 알 수 없었다. 잠시 숨이 막혔다. 곧 몸을 일으키고 똑바로 앉았다. 숨은 쉬어졌지만 극심한 통증이 느껴졌다. 몸에서 이상한 소리가 났다. 공허하고 알아듣기 힘들게 웅얼거리는 소리였다. 주변을 둘러보았다. 차는 앞으로 비스듬히 기운 채 밭에 처박혀 있었다. 엔진은 꺼졌지만 전조등은 아직 켜져 있었다. 계기판에서 쏟아져 나온 전선에 라디오가 매달려 흔들리면서 쏴 하는 소음을 뱉어냈다. 앞 유리창이 다 나갔다. 거기에 비친 불빛이 수천 개의 퍼즐 조각으로 산산조각 났다. 뭔가가 내 손 위로 뚝뚝 떨어졌다. 맥주는 아니었다.

    "방금 뭐야?" 톰이 뒤에서 물었다. 그는 조금 전과 같은 자세로 앉아 있었지만, 뺨에 길게 찢어진 상처가 입을 벌리고 있었다. 상처 아래쪽 끝에서 피가 솟구쳐 턱으로 흘러내렸다.

"여우나 뭐 그런 거였어." 내가 말했다. "어쨌든 사람은 아니야."

"그걸 어떻게 알아?"

"몸집이 아주 작았어. 게다가 여기 바깥에는 아무도 없어."

"너 말하는 소리가 이상해."

"알아."

"셔츠는 왜 그래? 피야?"

카트는 무릎에 얼굴을 묻고 기진맥진해 앉아 있다가 몸을 똑바로 세웠다. "아버지가 나를 죽일 거야!" 그녀가 말했다. "아버지가 나를 죽일 거라고!"

"아, 그만 좀 해. 다시 수리하면 돼."

"아니야." 그녀가 말했다. "저 라디오 꼴 좀 봐!"

실내가 갑자기 환해졌다. 자동차 한 대가 달려오다가 속도를 줄이고 멈춰 섰다. 한 남자가 빗속을 뚫고 우리에게 달려왔다. "다들 괜찮아요?"

톰이 손잡이를 돌려 창문을 내리고 말했다. "아니요. 얘가 피를 흘리면서 이상한 소리를 내요."

"숨 쉴 때만 그래." 내가 말했다.

"맙소사." 남자가 우리를 바라보며 말했다. "여기에 가만히 있어. 도와줄 사람을 데려올 테니까!" 그는 비틀거리며 자기 자동차로 돌아가서 차를 타고 사라졌다.

"아버지가 나를 죽일 거야." 카트가 말했다. "우리를 다 죽일 거야."

"맑은 공기 좀 마셔야겠어." 나는 이렇게 말하고 차에서 내렸다.

"운전대도 망가졌어." 카트가 또 훌쩍거리며 말했다.

밖은 칠흑처럼 어두웠다. 비는 아까처럼 세차게 내리지 않았다. 왠지 서늘한 공기가 내게 좋을 것 같다는 생각이 들었다. 발밑에서 흙이 질척거렸다. 걸음을 옮길 때마다 진창이 심해지면서 발목까지 진흙에 빠졌다. 친구들 눈에 안 띈다는 확신이 들었을 때 나는 주저앉아 엉엉 울기 시작했다. 몸속에 뭔가 깊숙이 박혀 있는 것 같았다. 사실이었다. 셔츠 안쪽 부위를 더듬어보았으나, 거기엔 욱신거리는 축축한 구멍뿐이었다. 나는 몸을 앞으로 숙이고 피를 한 움큼 뱉어냈다. 그리고 얼굴을 땅에 대고 진창 속으로 소리를 질렀다. 카트와 그녀의 아버지가 생각났다. 그는 카트를 죽일 거다. 아니면 카트가 아버지를 죽일 거다. 카트는 얼마든지 그럴 수 있는 아이다. 그런 다음 카트는 톰과 달아나 결혼하겠지. 불현듯 모든 게 확실해졌다. 이 모든 건 게임에 지나지 않았다. 모두 나를 상대로 게임을 한 거였다. 그들이 나를 끝장낸 거였다. 톰과 카트, 그 두 아이가. 특히 톰이. 톰은 모든 걸 얻었다. 승자가 되었다.

톰은 나보다 1년 뒤에 우리 반에 들어왔다. 그가 앞에 서서 부드러운 목소리로 이름을 말하는 순간, 우리 반의 구조가 달라지리라는 게 자명해졌다. 그건 여학생들의 눈빛에서 드러났다. 여자애들은 톰에게 열광했다. 뭔가 인디언 같은 느낌을 주는 톰의 검은 머리에 열광했다. 그의 긴 속눈썹에 열광했다. 그의 매끈한 피부에 열광했다. 그리고 부드럽고 미끈거리는 그 빌어먹을 목소리에 열광했다. 톰은 내 옆자리에 앉았다. 어쩔 수 없이 그와 친구가 되었다. 하지만 우리의 우정에는 기울기가 있었다. 멍청한 소리처럼 들리겠지만, 톰 가까이에 있으면 나는 가끔 애걸복걸하는 강아지가 된 기분이었다. 톰은 남에게 그런 느낌을 주는 아이였다.

날씨가 화창하면 우리는 모두 공원에서 빈둥거리거나 밤에는 들판에서 놀았다. 맥주를 마셨고, 부모님 약장에서 훔쳐낸 별별 알약을 다 먹어보았다. 약을 색깔과 모양 별로 분류한 뒤 차례대로 삼켰다. 거의 아무 일도 일어나지 않았지만, 가끔 정신을 못 차리고 쓰러지는 아이가 있었다. 내 기억으로 그때는 늘 봄이었다. 날이 따뜻했다. 맥주를 마시고 알약을 먹었다. 그리고 솜털처럼 가벼운 하얀 물건들이 떼 지어 공중을 날았다. 톰과 나, 우리는 둘 다 카트 꽁무니를 쫓아다녔다. 그녀가 있는 곳에 우리도 있었다. 그 반대였을 수도 있다. 누가 누구와 먼저 사랑에 빠졌는지는 생각나지 않는다. 우리는 모두 인생과 사랑에 빠져 지냈다. 나는 내가 질투심이 없다고 생각했다. 하지만 어느 날 나는 카트에게 그렇게 창녀처럼 톰에게 알랑거리지 말라고 말했다. 카트는 눈을 감고 태양을 향해 얼굴만 돌리고 있었다. 아마도 나중에 그 말을 톰에게 했을 거다.

통증. 움직일 때마다 뭔가가 점점 더 가슴 안쪽으로 파고
드는 것 같았다. 피가 많이 났다. 어느덧 가슴에 난 구멍보
다 입에서 더 많은 피가 쏟아졌던 것 같다. 웅웅대던 소리는
거칠게 코 고는 소리로 변했다. 나는 짐승이었고, 그 소리는
내 목소리였다. 나는 흙 속으로 기어들어가 머리로 흙에 구
덩이를 팠다. 그런 다음 나는 사라졌다.

한번은 톰이 내게 키스한 적이 있었다. 우리는 슈비터스
를 포함해 다른 아이들과 함께 들판에 있었다. 시장의 묘비
석에 누워 있는데 갑자기 톰이 내 몸 위로 무릎을 굽히고 앉
아 나를 보고 히죽거렸다. "이 개자식, 너 뭐야?" 내가 말했
다. 다음 순간 톰은 그 크고 축축한 입을 내 입에 대고 눌렀
다. 저 놈의 낯짝을 갈겨버리겠어. 몸 아무 데나 부러뜨리고,
꼼짝 못할 때까지 얼굴을 갈겨버리겠어. 나는 속으로 이렇게
생각했지만 실행에 옮기지 못했다. 아무것도 하지 못하고 그
냥 누워 있었다. 녀석의 혀가 내 입 안에 있었지만 나는 몸
을 움직일 수 없었다. 이윽고 그는 몸을 일으켜 맥주를 가지
러 갔다. 나는 모든 게 그저 얼빠진 장난인 것처럼 행동했지
만, 목 놓아 울고 싶었다.

사람들 소리가 들렸다. 누굴 부르는 소리, 고함 소리가 들
렸다. 나는 머리를 쳐들고 고개를 돌려 뒤에 있는 도로를 바
라보았다. 못해도 차량 서너 대가 와 있었다. 비상등의 파란
불빛에 땅바닥에서 증기가 올라오는 것처럼 보였다. 경찰관

들이 하는 말이 뒤섞여 들렸다. 그중 두 명은 내가 얼굴만 아는 사람이었다. 소방차에서 소방관이 웅크린 채 사고 차량으로 급하게 뛰어왔다가 다시 돌아갔다. 응급차 옆에서는 카트가 어깨에 담요를 두르고 서서 어떤 남자와 이야기하고 있었다. 응급차 안에는 톰이 들것에 누워 있었다. 신고 있는 운동화를 보고 나는 그가 톰이라는 걸 알았다. 노란색 밑창의 파란 운동화였다. 두 아이의 모습이 불빛에 드러났다. 천사는 존재하지 않는다. 불빛은 모든 이를 위해 존재한다. 여전히 비가 내렸다. 그런데 이상한 건 비가 아주 천천히 내렸다는 거다. 암흑 속에서 은빛 줄이 내려왔다. 슬로 모션으로 보는 것 같았다. 누가 내 이름을 불렀다. 나는 미동도 하지 않았다. 저 사람들이 나와 무슨 상관인가? 나는 흙 속에 있는 짐승이었다. 톰, 내 얼굴에 비가 내렸다. 톰. 톰. 톰. 톰. 톰. 파란색과 노란색이 들어간 그의 신발은 한때 내 것이었다. 그가 가진 모든 것들이 한때 내 것이었다. 이제 나는 그것들이 필요 없다. 저들이 들고 있는 손전등이 어둠 속에서 흔들린다. 내 바로 앞에서 여우가 나타난다. 녀석은 앞발을 쭉 펴더니 내 앞에 엎드려 주둥이를 내 얼굴에 갖다 대고 속삭인다. 그냥 누워 있어. 움직이지 마. 저들은 우리를 찾지 못해.

린다 아베리우스

I.

왜 그런지 말할 수는 없지만, 확실하다. 그건 남쪽에 있는 산이다. 꼭대기에는 호텔이 있다. 밝고 탁 트인 건물이다. 시야가 사방으로 자유롭다. 아래에서 두툼한 구름이 퍼져나간다. 한없이 넓고 끝없이 하얗다. 겨울이다. 우리는 꽤 오랫동안 여기에 있었다(혹시 며칠 전부터 있었던 건 아닐까?). 주변에 있는 사람들도 선량하다. 하지만 단 한 명의 얼굴도…….

불안이 엄습한다. 출발할 것 같은 예감이다. 내가 그들 집단에 속해 있다는 상상을 한다. 그들이라니, 누구? 갑자기 그가 내 옆에 서 있다. 우리는 이야기를 나눈다. 그의 목덜미와 머리에서 향내가 난다. 그가 미소 짓는다. 우리는 자리에 앉는다. 나는 두 손을 무릎에 올려놓는다. 손가락 밑의 옷감이 서늘하게 느껴진다. 그 남자의 설명은 친절하지만 단호하다. 그는 고개를 숙이고 말한다. 그의 말이 들리지 않지만 나는 모든 것을 이해한다.

때가 되었다. 대부분 사람들은 벌써 아래에 있다. 그 순간 내가 다시 혼자라는 걸 깨닫는다. 그건 아주 간단해요. 누가 내게 소리친다. 그 남자는 방으로 갔어요! 그 여자와 함께! 지금 두 사람은 함께 있다.

조금 뒤 나는 빠르고 경쾌한 걸음으로 산길을 내려온다.

얼굴에 스치는 바람이 차갑다. 눈시울이 뜨거울 뿐. 그들은 위에 있다. 내 뒤 멀리에 있다.

'난 당신을 사랑해…….'

길가에 뭔가가 있다. 얼굴에 먼지를 뒤집어썼다. 눈이 석회암에 생긴 파란 웅덩이 같다. 갑자기 심한 통증이 느껴진다. 그 순간 내 왼팔이 없다는 걸 깨닫는다. 왼팔이 어깨에서 뜯겨나갔다. 나는 깜짝 놀라 산을 달려 내려가기 시작한다. 두 눈을 감는다. 통증이 서서히 줄어든다. 그리고 마침내, 마침내…….

II.

밤의 한가운데에서 굉음이 울린다. 하늘에서 차가운 별들이 눈처럼 쏟아진다. 숲속 깊숙한 곳에 아이가 누워 있다. 애쓰지 마. 너희는 그 아이를 못 찾아……. 내가 말한다. 마음속에서 조금이나마 고소한 기분이 든다. 나는 얼굴을 따뜻한 곳에 묻는다. 그게 좋다는 걸 아니까. 이젠 아무 일도 일어나지 않을 거다. 차츰 조용해진다. 바람 한 점 불지 않는다. 나는 너의 겨드랑이 속에서 겨울잠을 잔다.

III.

여긴 전부 더러워요. 남자가 두 팔을 휘두르며 말한다. 더럽고, 냄새나고, 엉망이에요. 그래도 어쨌든 재미는 있어요! 나는 마르크트 가를 걸어 올라간다. 양쪽으로 상점들이 나란히 늘어서 있다. 알록달록하게 칠해놓은 상자들 같다. 흐트러뜨려 엉망으로 만들고 싶다. 파울슈타트, 너는 누구니? 네 뿌리가 닿은 곳은 시청사 지하실보다도 얕아. 그리고 벌써 쥐들이 갉아 먹고 있어요! 누가 이렇게 소리치며 포석 위에서 비틀거린다. 그는 어리석음의 화신이다. 나는 그걸 알지만, 어찌해볼 도리가 없다. 남자가 웃는다. 그의 팔은 이별의 깃발이다. 교회 광장에서 나무 탄 냄새가 내 쪽으로 밀려온다. 그 순간 나는 깨닫는다. 이건 그냥 꿈속의 꿈이라는 것을. 깨어나는 일은 없을 거다.

베르나르트 질버만

사람들 소리가 들려. 작고 둥근 자갈이 뿌려진 길을 걷는 발걸음 소리가. 발걸음 소리를 들으면 그 사람들이라는 걸 알수 있어. 내가 누워 있는 곳에 서서 이야기를 시작하기 전에도 나는 그들이 누구인지 알아.

입을 열기 전에도 그들이 무슨 말을 할지 알아.

말없이 있어도 그들이 하는 얘기가 들려. 나는 그 사람들을 아니까.

그들의 발걸음 소리를 아니까.

저벅 저벅 저벅. 부드러우면서 무겁지. 저벅 저벅 저벅. 느릿느릿 걷고 있어. 모든 일에는 저마다 시간이 필요한 법.

맞지, 카미유?

안녕, 베르나르트. 오늘 아침은 상쾌하네. 날이 따뜻해. 당신은 분명 흙냄새를 맡고 있겠지. 흙에서 가을 냄새가 나. 향기로운 냄새가 나. 어쩐지 타는 냄새도 조금 나는군.

흙냄새가 나, 카미유. 왜 안 그렇겠어? 흙이 내 두개골을 꽉 채우고 있는데. 하지만 여기 아래에서는 타는 냄새는 나지 않아. 흙냄새만 날 뿐. 흙이 많이 축축할 때도 있고 그렇지 않을 때도 있어.

아마 공기 때문일 거야. 저기 남서쪽 입구에서 나뭇잎을 태우나 봐. 이맘때쯤이면 늘 나뭇잎을 태워. 베르나르트, 죽음에서는 어떤 냄새가 나?

죽음에선 소금 냄새가 나. 꽃 가져왔어? 당신도 알다시피 난 꽃을 좋아하지 않아. 그래도 꽃을 가져오면 난 기분이 좋아. 그레고리나 꽃가게에서 샀어? 가게가 아직도 있어? 아니지, 당신은 꽃을 훔쳤을 거야. 그렇지? 해가 뜨기도 전에 시립 공원으로 살그머니 들어갔겠지. 나중에 레니에가 끝이 잘려나간 꽃자루를 발견하고 그걸로 무슨 미친 짓을 할지도 몰라. 꽃을 내려놔. 손가락으로 한번 꽃잎을 쓰다듬어봐. 기분이 좋아질 거야. 카미유, 당신은 도둑이야!

이상도 하지. 공동묘지에 발을 들여놓는 순간, 날씨가 돌변해. 여기는 바람이 거의 불지 않네. 구름이 끼어도 사방이 밝고 탁 트인 느낌이야. 비가 올 때조차 시내보다 여기가 더 아름다워. 비는 소리 없이 내리고, 그 비를 흙이 집어삼키지. 당신들이 있는 이곳은 참 고요해.

하늘이 어떻게 생겼는지 난 오래전에 잊어버렸어. 그리고 우리가 있는 이곳은 고요하지 않아. 그 반대야. 모든 게 소음과 소리들로 가득해. 긁고, 갉아 먹고, 문지르는 소리들. 동물들만 소리를 내는 게 아니야. 나무뿌리까지도 소란스러워. 가끔 아우성치는 소리도 들려. 아우성치는 소리가 저 아래 깊은 곳에서 올라오면서 서서히 커져. 몸부림치고 싶은가 봐. 하지만 거기엔 몸부림칠 게 없어. 그러다 곧 다시 잠잠해져. 고요한 곳은 없어. 어디에도.

여기 좀 봐. 잡초가 벌써 묘비석을 파고들었어. 이게 싸구려 돌도 아니었는데 말이야. 몇 세대는 버틸 거라고 석공이 우리한테 말했잖아. 기억나? 그 사람은 연마기 스위치를 끄지도 않고 소리치듯 말했잖아.

그자는 사기꾼이었어. 일하는 내내 소리를 질렀지. 얼굴에는 대리석 가루가 들러붙어 있었고. 죄다 사기꾼에 범죄자들이야. 그자들은 금이빨을 드러내며 작은 먼지떨이로 자기들 자동차 보닛과 문손잡이와 묘비석을 닦아. 그러면서 당신에게 품질이 어떠니 사회적 신분이 어떠니 이야기를 하지. 그럼 벌써 호구가 돼서 걸려드는 거야. 거기서 뭐 하고 있어? 틈새는 그만 긁어내. 그래 봤자 손톱만 부러지지 아무 소용이 없어. 카미유, 여전히 붉은색이야? 당신 손톱이 여전히 붉은색이야?

더 예쁜 돌이 있었어. 그리고 더 비쌌지! 불그레한 물결무늬가 있는 세련된 돌이었어. 그 위에 손바닥을 대면 나무처

럼 따뜻했어. 이탈리아에서 온 거였어. 아니면 칠레였나? 맞
아, 칠레였어. 진짜 남아메리카 돌이라고 석공이 말했어. 그
걸로 할 걸 그랬나 봐.

내버려 둬, 카미유. 정말 그걸 다 할 수 있다고 생각해? 그
냥 잡초야. 잡초하고 이끼야. 카미유, 대체 왜 그래?

슬퍼.

하찮은 잡풀이 그 어떤 돌보다 끈질겨. 돌이 어디에서 왔건
얼마나 비싸건 상관없이. 그 남자가 우리를 속인 거야. 그런
거야. 그 사람들이 모두 우리를 속인 거야…….

그거 알아? 당신이 죽고 한참 지난 뒤에도 내가 당신 머
리카락을 발견했다는 거? 내가 당신과 사귀기 시작했을 때
당신은 머리카락이 별로 없었잖아. 그런데도 집에는 당신 머
리카락이 넘쳐났어. 마지막으로 발견한 건 1년 전이야. 분명
히 당신 머리카락이었어. 짧은 금발. 거의 흰색에 가까웠지.

당신 목소리를 들으니까 좋아, 카미유.

내가 이야기 하나 해줄까? 섬뜩한 거야. 하지만 왠지 웃기
기도 해. 코빌스키 이야기야. 그 사람이 예초기를 애지중지

한다는 거, 당신도 알지? 코빌스키는 그런 기계라면 아주 사족을 못 써. 아마 전시장에 있는 자동차보다 차고에 있는 예초기가 더 많을걸. 그걸 일요일마다 정원에서 밀고 다니지! 자동차 경주에서 들을 법한 지옥 같은 소음에다 휘발유 냄새는 또 어떻고. 당신도 아직 기억하지? 며칠 전에도 그랬다니까. 날이 따뜻했어. 우리는 테라스에 앉아 있었어. 해가 내리쬐었지. 그때부터 시작이더군. 코빌스키가 수영 팬티를 입고, 배는 허여멀겋고, 다리도 허옇고, 샌들을 신고, 얼마 전 새로 산 그 큼지막한 기계를 가지고 잔디를 종횡무진 밀고 다니는 거야. 모터는 꼭 트랙터 모터 같았어. 대략 한 시간을 그러고 다니더군. 못해도 한 시간이었어. 시끄럽고 악취가 났지. 코빌스키는 변함없이 신이 나 있었어. 그러다 일이 벌어졌어. 이유는 모르겠는데, 다 낡은 샌들을 신고 다니다 미끄러졌든가, 예초기 날이 돌이나 나무뿌리에 부딪혔겠지. 어쨌든 코빌스키가 갑자기 예초기를 공중으로 집어 던지더니 휘청거리며 뒤로 물러섰어. 예초기는 쾅 소리와 함께 땅에 떨어졌지. 끔찍한 소음을 내다가 곧 조용해졌어.

'우리'라니, 누구를 말하는 거야?

코빌스키 씨, 괜찮으세요? 내가 물었어. 그는 서서 정원 울타리 너머로 우리를 건너다보면서도 아무 말이 없었어. 가만히 보니까 심하게 땀을 흘리는 거야. 땀이 얼굴을 타고 어깨까지 억수로 쏟아졌어. 괜찮으세요? 내가 또 물었더니 그는 고개를 저었어. 아니요, 안 괜찮은 것 같아요. 코빌스키가 대답했어. 그가 예초기를 조금 들어 올리니 그 밑에서 그의 발이 나타났어. 엄지발가락이 있던 자리에 검은 구멍이 생기고 거기에서 피가 새어 나왔어. 나머지 발가락들은 무사한 것 같았어. 내가 보기에는 샌들도 멀쩡했어. 코빌스키는 잔디를 내려다보다가 몸을 숙여 뭔가를 집어 올렸어. 멀리서 보기엔 동그랗고 하얀 버섯 같았어. 하지만 그건 그의 발가락이었어. 코빌스키가 발가락을 높이 쳐들고 말했어. 의사들이 이걸 다시 붙여주겠죠. 아주 침착하게 말했지만 얼굴은 백짓장처럼 하얬어.

'우리'가 누구야, 카미유? 누가 당신하고 일요일 오후에 테라스에 앉아 있는 거야?

의사들은 발가락을 다시 붙이지 못했어. 코빌스키는 발가락을 저장용 병에 보관하고 있다고 우리한테 말했어. 병은 부엌에서 양념 그릇이 담긴 상자 바로 옆 그릇장에 있대. 하지만 진짜 그런지는 확실하지 않아. 당신도 그 남자를 알잖아.

알지.

*

난 이제 갈게, 베르나르트.

어떻게…… 뭐라고 했지? 물론 나도 그 남자를 알지……. 그 사람은 미치광이야. 그 사람은 그냥……. 코빌스키야. 여기에 더 무슨 말을 해야 돼?

난 여기를 떠날 거야.

저장용 병에? 그건 뭔가 이상한데. 그렇게 하는 사람은 아무도 없어. 그 사람 아직도 새들한테 모이를 주나? 그렇게 하면 새가 죽는다는 걸 이젠 서서히 알아야 할 텐데. 설탕과 지방은 새들을 죽여. 새가 고혈압으로 죽는다고. 아니면 몸이 터져버리지. 빵이 위장에 들어가서 부풀다가 새들이 터져버리는 거야. 수풀에는 그렇게 몸이 터져 죽은 새들의 시체가 우글우글해. 그러면 들판에서 여우가 나타나. 더 심각한 건 하수구에서 나오는 쥐야. 그 남자는 아마 그 때문에 새한테 모이를 주는 걸 거야. 그 코빌스키는 미치광이야. 내 생각에 그 사람은 휘발유 때문에 정신이 흐릿해진 것 같아…….

베르나르트…….

대체 무슨 일이야, 카미유? 당신 목소리가 딱딱하게 들려. 그리고 나를 그렇게 번번이 베르나르트라고 부르지 마. 너무 정중하게 들리잖아. 당신이 나를 처음 그렇게 불렀을 때, 난 이제 우리가 옛날로 돌아갈 수 없다는 걸 알았어. 그때 나는 그냥 서서 내가 불현듯 남자가 됐다는 걸 느꼈지. 기분은 좋았지만 뭔가가 사라진 느낌도 들었어. 매 순간 뭔가가 사라져. 당신이 전에 나를 어떻게 불렀는지 아직 기억나? 다시 그때처럼 불러줘. 우리가 다시 옛날 이름으로 서로를 불렀으면 좋겠어, 카미유.

나는 파울슈타트를 그리워하지 않을 거야. 파울슈타트는 내게 의미 있는 곳이 아니었어. 그건 당신도 알잖아. 하지만 우리가 함께했던 시간, 그건 기억하고 있을게. 멋진 시간이었어. 그 시간을 함께해줘서 고마워, 베르나르트. 지난 몇 주 동안 할 일이 너무 많았는데 지금은 다 처리했어. 그리고 집을 판 돈이 있어. 아주 일사천리로 진행됐어. 두 번의 서명으로 끝이었어.

당신이 우리가 살던 집을 팔았군.

가구를 옮길 화물차가 필요해. 어제는 한 번 더 버찌를 땄어. 바구니 한가득 땄지. 검붉은색, 아니 검은색 버찌였어. 우리는 정원을 다시 만들 거야. 하지만 벚나무는 심지 않겠어. 그 대신 산을 보면서 살 거야. 내가 얼마나 산을 보고 싶어 했는지 아직 기억하지? 머잖아 아침에 잠에서 깨서 창밖을 바라보면 산을 볼 수 있을 거야. 근사하지 않아? 그리고 앞으로 누가 올 거야. 그 사람이 당신을 돌봐줄 거야, 베르나르트. 식물도 돌볼 거야. 잡초에도 신경 쓸 거야. 한 달에 한 번 묘비석 틈새에서 이끼를 긁어내고 돌에 보호막을 씌울 거야. 그리고 상판을 한 번 더 갈고 윤을 낼 거야. 거기에 달빛이 비쳤으면 좋겠어.

울지 마, 카미유.

꽃들이 정말 예뻐. 당신이 좋아할 거라고 믿어.

집이라. 집을 얼마에 팔았어? 우리가 쓰던 장롱은 어떻게 됐어? 집보다 더 오래된 것인데. 그 장롱은 그렇게 쉽게 가져갈 수 있는 게 아니야. 운반하다 망가질지 몰라. 분해해서 가져가면 몰라도. 세월이 흐르면서 나무가 약해졌어. 그리고 누가 그걸 다시 이어 붙인단 말이야? 우리가 그 앞에 어떤 모습으로 서 있었는지 생각 안 나? 장롱의 나무 무늬가 우리가 언젠간 여행할 도로와 길이 그려진 지도라고 상상했잖아. 카미유, 그때 당신이 웃음을 터뜨렸어. 기억 안 나? 당신은 좀처럼 웃음을 그치지 못했어!

안녕, 베르나르트.

그리고 장롱을 통째로 계단으로 올리려고 하지 마. 너무 무거워서 부서질지도 몰라. 우리가 그 안에 보관했던 물건들 때문에 그러는 게 아니야. 그건 중요하지 않아. 거기에 무엇이 있었지? 공구가 있었지. 낡은 침대보도 있었어. 크리스마스 장식 같은 것도 있었어. 중요한 건 장롱이야. 그리고 당신의 웃음이야. 당신의 웃음, 카미유. 내 말 이해하지 못하겠어?

카미유?

쿠르트 코빌스키

전날 저녁 나는 설득에 넘어가 67년형 포드 트랜짓을 위탁 판매하기로 했다. 개성 있는 차였다. 우리는 오일 탱크에서 크고 검은 녹 덩어리들을 긁어내며 오전을 다 보냈다. 용접할 것도 몇 개 있었다. 정오가 되자 피곤해졌다. 나는 시립 공원에 가서 벤치에 앉았다. 밤나무 그늘이 시원했다. 높은 곳에서 비행기 두 대가 날아가며 가장자리가 너덜너덜한 십자 모양을 하늘에 그렸다.

뒤 차축을 새로 갈아야겠다고 생각했다. 적어도 그것만은 해야겠다.

새 한 마리가 총총 뛰어왔다. 잠시 내 앞에 웅크리고 앉아 아무것도 하지 않다가 다시 날아갔다. 나는 몸을 뒤로 기대고 다리를 쭉 뻗었다. 바지가 기름 범벅이었다. 무릎께에 구멍이 나 있었다. 위에서 내려다보니 무릎이 작고 하얀 얼굴처럼 생겼다.

슬그머니 웃음이 나왔다.

청바지를 입은 여자가 지나갔다. 청바지가 꽉 끼었는데, 엉덩이가 떨렸든가, 물결쳤든가, 흔들렸든가, 하여간 그랬다. 저쪽 잔디밭에서 개 한 마리가 이리저리 뛰어다녔다. 주둥이 옆에서 혀가 펄럭거리는 모습이 언젠가 보았던, 스쿨버스 창문에서 나풀대던 분홍색 소매 같았다.

피곤했다. 그러나 기분 좋은 피곤함이었다. 아무 데도 아프지 않았다. 배도 고프지 않았고 목도 마르지 않았다.

트랜짓을 내가 가질 수도 있겠다고 생각했다.

위쪽 나무에서 뭔가가 바스락댔다. 그러더니 곧 작고 하얀 똥 덩어리가 내가 앉은 벤치 바로 옆으로 낙하했다. 픽! 소리가 났다. 그 순간 나는 확실히 깨달았다. 오늘이 내 인생에서 가장 행복한 날이 되리라는 것을.

그건 사실이었다.

코니 부세

창문에 해가 비친다. 하루가 그렇게 시작된다. 창문을 닦았어야 한다는 생각이 든다. 출발하기 전에 모든 창문을 다시 한번 철저히 닦아야 한다. 지금은 너무 늦었다. 창문은 먼지를 끌어당기는 자석과 같다. 먼지가 왜 하필 매끈한 유리 표면에 들러붙어 있는지 모르겠다. 그리고 왜 줄무늬를 만드는지, 왜 항상 그 줄무늬를 만드는지 모르겠다.

털이 많은 프레트의 다리가 내 다리에 와 닿는다. 어떻게 해야 하는지 그는 벌써 안다. 너무 세도, 너무 부드러워도 안 된다. 절대로 너무 부드러워서는 안 된다. 이른 아침부터 흥분하면 안 된다. 흥분하지 않아야만 그나마 흥분이라도 해볼 수 있다. 이건 무언의 약속이다. 그의 발바닥이 온찜질 팩처럼 내 차가운 발가락 위에 와서 놓인다. 그는 얼굴을 반쯤 이불 밑에 숨기고 나를 천진난만하게 바라보며 턱을 율동적으로 움직인다. 그 모습이 강아지 같다. 구레나룻이 이불보에 닿아 나는 소리는 우리의 아침 멜로디다. 당신 몸속에 파묻히고 싶어. 그가 말한다. 창문을 닦았어야 했어. 내가 말한다. 다른 할 일도 있잖아. 그가 내 몸에 밀착해 귀에 대고 속삭인다.

그때 마야와 개가 뛰어 들어온다. 마야는 알몸이다. 잠옷은 욕실에서 나오다 어딘가에서 잃어버렸다. 마야가 멈춰 서서 우리를 쳐다본다. 무슨 영문인지 모른다. 알려고 하지도 않는다. 아이의 머리카락 사이로 주근깨가 어른거린다. 마침내 마야는 활짝 웃으며 우리가 있는 침대로 몸을 던진다. 오늘 가는 거야? 그래! 정말 오늘이야? 그래! 개가 침대 앞에서 이리 뛰고 저리 뛰며 미친 듯이 짖는다.

아주 가까이 있는 마야의 귀.
그 뒤에 나 있는 미세한 솜털.
마야의 뺨. 마야의 작고 둥근 어깨.
마야가 웃는다. 우리도 웃는다. 개가 짖는다.
프레트가 숨을 헐떡이며 불평한다. 아이들의 놀이용 텐트에 들어가 있는 커다랗고 위험한 짐승 같다.

당연히 자동차 꼭대기까지 짐을 잔뜩 실었다. 휴가를 떠나는 게 아니라 이사하는 차량 같다. 이사 맞아. 습관을 옮기는 거잖아. 프레트는 이렇게 말하고 책들이 든 큰 상자를 꾸린다. 그가 전부 읽은 책들이고 대부분은 여러 번 읽었다. 심지어 그중 한 권은 그가 쓴 책이다. 일종의 고향 연대기인데, 제목이 『파울슈타트, 이웃 없는 공동체』이다. 이걸 쓴 이유는, 계속 들고 다니면서 필요할 때마다 지역 도서관 사서라는 자신의 직업을 정당화하기 위해서다. 자기에겐 익숙한 게 필요하단다. 외국은 너무 낯설단다. 이제 그는 오일부터 점검한다. 그리고 냉각수를 확인한다. 타이어 압력도 살핀

다. 손가락으로 어설프게 타이어 옆구리를 여기저기 만져본
다. 아주 진지하게 몰두한다. 이런 노력 때문에 내가 한때 그
를 사랑했다. 마야가 칭얼댄다. 물놀이 공에 바람을 넣어야
한단다. 꼭 바람을 넣어서 가지고 가겠단다. 안 그러면 돌고
래 얼굴이 보이지 않는단다. 안 해주면 가지 않겠단다. 프레
트가 공에 바람을 넣는다. 방금 면도한 뺨이 불그스름해지
고 반짝반짝 빛이 난다. 마야가 흡족해한다. 됐어? 됐어. 담
요와 아이와 개는 뒷좌석으로 간다. 이제 떠난다. 차에 오른
다. 출발한다. 파랗고 노란 돌고래 얼굴과 마야가 자동차 뒷
유리로 밖을 바라보며 웃는다. 엄마, 파울슈타트가 사라져?
응, 사라져. 세상의 모든 것이 사라지는 것처럼.

　들판. 그 뒤에 가늘고 어두운 나무들.
　프레트의 두 손이 운전대에 있다. 「레츠 겟 잇 온(Let's Get
It On)」의 박자에 맞춰 손가락이 움직인다.
　돼지들을 한가득 실은 화물차. 각목 사이에 끼인 돼지 귀
와 주둥이들.
　국경 검문소 유리창에 비친 내 얼굴.
　직원의 굼뜬 손짓.
　노란 풍경. 레몬. 올리브. 짓다 만 건물. 그리고 정말 길가
에 당나귀가 있다.
　마야의 잠꼬대.
　열린 창문에 걸쳐놓은 내 손.

*

우리가 묵을 별장은 작은 해안가 마을 조금 위쪽에 있다. 항구 너머로 바다가 보이는 곳이다. 옛날에는 고기잡이를 했지만 지금은 민간 풍속일 뿐이다. 레스토랑과 관광객 술집 몇 곳, 기념품 가게 대여섯 군데, 작은 백사장, 그 바로 뒤에 저녁 댄스파티가 열리는 수영장 바를 갖춘 10층짜리 호텔이 있다. 프레트는 이곳을 사랑한다. 퇴짜를 놓을 정도로 형편없지도 않고, 쓸데없이 흥분할 정도로 아름답지도 않은 곳이란다. 이상하게도 나 역시 그의 말에 동의한다. 이곳은 그 무엇도 너무 과하지 않다. 거의 모든 게 있는 모습 그대로 넉넉하다. 바로 여기에 마음을 편안하게 하는 뭔가가 있다. 게다가 우리도 이 정도쯤은 누릴 여유가 있다. 우리는 지금 이곳에 네 번째 왔다. 마야는 '제' 물건들을 알아본다. 파란 침대가 있는 방. 차고에 있는 모래놀이 장난감. 부엌 천장에 생긴 곰팡이 얼룩. 얼룩은 늘 모양이 바뀌는데 올해는 모자를 쓰고 화를 내는 남자의 옆모습처럼 생겼다. 오전에는 수영하러 가고, 오후에는 테라스에 앉아 있고, 저녁에는 항구 산책로에 하나밖에 없는 진짜 생선 요리점에 가서 식사한다. 별장을 빌려준 집주인인 움베르토는 생선이 노르웨이에서 냉동되어 오기 때문에 맛이 좋다고 말해주었다. 우리는 아무래도 좋았다. 적어도 항구 공기만큼은 이탈리아산(産)이니까. 채소도 그럴 가능성이 크다.

우리는 백사장에 누워 마야가 모래놀이를 하는 걸 지켜본다. 마야는 웅크린 채 어깨까지 구덩이에 넣고 계속 모래를 깊게 파 내려간다. 진지하게 열중하는 모습이다. 저기 마야 좀 봐. 프레트가 말한다. 응. 쟤가 조금 미련한 것 같아. 내가 대답한다. 그렇기는 하지만 그것만 빼면 아주 잘 자랐어. 프레트가 말한다. 우리 둘은 고개를 끄덕인다. 나는 미소를 지어보려 애쓴다. 견딜 수 없게 덥다. 선 오일을 바른 피부에서 땀이 난다. 사실 지금은 바다에서 바람이 불어야 하는 게 맞다. 저 멀리에서 관광객 보트 두 대가 요동친다. 하지만 바람은 불지 않는다. 미동도 하지 않는다. 내 이마에 모래가 붙어 있다. 나는 모래를 좋아하지 않는다. 모래가 이마와 겨드랑이와 발가락 사이에 붙어서 살갗이 쓸린다. 평균적인 소도시의 인구보다 더 많은 박테리아가 모래알 하나의 표면에 산다는 글을 읽은 적이 있다. 프레트는 그건 엉터리 기사라고 말하지만 내심 그도 나와 같은 생각이다. 우리가 마음이 통하는 게 이런 순간들이다. 마야는 이제 아이스크림을 먹겠단다. 벌써 두 개나 먹었어. 내가 말한다. 마야가 당장 고함을 지르며 주저앉는다. 앞으로 엎어져 모래 속으로 파고들어가며 사납게 울어댄다. 이제 그만해. 내가 말한다. 절대 안 돼! 프레트는 이렇게 말하고 벌떡 일어나, 다시 웃고 있는 마야의 몸을 잡아 어깨에 목말을 태우고 물속으로 뛰어들어간다. 나는 차양 달린 모자를 얼굴 깊숙이 눌러쓰고 프레트와 마야가 헐떡이며 소리 지르는 걸 듣는다. 입이 가려져 보이지 않는 지금, 나도 소리를 내본다. 나지막이 혀를 차고, 햇볕으로 따뜻해진 밀짚 아래에서 콧노래를 흥얼거린다.

해변에서 돌아오는 길에 콘크리트 덩어리를 기어오르다가 미끄러졌다. 그 바람에 손목이 쇠가 박힌 부분에 찔려 찢어졌다. 상처는 깊지 않고 길이가 기껏해야 2센티미터 정도지만, 살이 벌어진 걸 보니 왠지 심상치 않은 느낌이 들면서 기운이 빠진다. 나는 쭈그리고 앉아 두 발 사이에 있는 돌에 떨어지는 피를 뚫어지게 바라본다. 괜찮아. 붕대 좀 감으면 그걸로 끝이야. 프레트가 쾌활하게 말한다. 하지만 저 빌어먹을 쇠가 녹이 슬었단 말이야. 내가 말한다. 괜찮아. 당신은 어른이라도 아직 애라니까. 프레트는 이렇게 말하고 열다섯 살 아이처럼 웃는다.

하루하루가 지나간다. 몸과 마음은 쉬지만 이 휴식은 갈수록 무기력으로 변할 뿐이다. 산책을 하거나, 책을 펼치거나, 하다못해 섹스를 하기에도 너무 덥다. 하고 싶다는 생각마저도 이런 더위에서는 증발해버리는 모양이다. 며칠 전부터 바다 위에 두꺼운 구름층이 드리워진 채 움직이질 않는다. 잿빛 구름은 저녁때쯤이면 노란빛이 도는 붉은빛으로 바뀐다. 아름다워 보이지만, 마야는 하늘이 병들고 열이 난 거라고 말한다. 적어도 마야만큼은 아무 탈 없이 잘 지낸다. 모든 걸 마음에 들어 하고 모든 일에 깔깔 웃는다. 병든 하늘에도, 재미있는 바다에도, 접시에 담긴 생선의 흐리멍덩한 눈에도, 분홍색 뱀처럼 손등을 기어가는 딸기 아이스크림에도, 프레트가 물속에서 접질려도, 마야는 웃는다. 돌을 기어오르다 미끄러진 후로는 나 없이 프레트와 마야만 해변에 나간다. 상처에 염증이 생겨 손목 주위에 붕대를 감는다. 붕대가 모래와 오물과 바닷물에 닿는 게 싫다. 프레트가 아침마다 붕대를 갈아주면 마야는 그 위에 곧장 작은 얼굴을 그린다. 웃는 얼굴이라 내게 위로가 될 거란다. 정말 위로가 된다. 오전에는 창문을 열고 침대에 누워 지낸다. 혼자 있는 걸 만끽한다. 개는 계산에 넣지 않는다. 개는 문 앞에 엎드려 대부분 잠을 잔다. 혀가 천 조각처럼 주둥이 밖으로 늘어져 있다.

개가 숨을 헐떡거린다.

천장에 달린 환풍기에서 희미하게 삐거덕거리는 소리가 난다.

바다 소리는 나지 않는다. 언덕 뒤편 도로에서 차들이 지나가는 소리만 난다.

차 지나가는 소리.

헐떡거리는 소리.

삐거덕거리는 소리.

하얀 하늘.

하얀 방.

*

프레트와 마야가 들이닥친다. 바다 냄새가 난다. 프레트
는 입고 있는 티셔츠를 확 벗어젖히고 바닥에서 팔굽혀펴기
를 한다. 할 때마다 배가 쩍쩍 소리를 내며 타일 바닥에 닿
는다. 등이 새빨갛다. 머리에서는 모래가 솔솔 떨어진다. 그
는 꾸르륵꾸르륵 부글부글 소리를 내더니 침대로 기어왔다
가 다시 문 있는 쪽으로 돌아간다. 그는 개 혀에서 떨어진 침
이 고인 곳을 보지 못한다. 이제 그는 가재가 됐다. 마야도
가재다. 우리는 가재야. 엄마 주려고 바다를 가져왔어. 마야
가 소리 지르며 젖은 조개와 돌멩이가 든 양동이를 침대보
에 쏟아낸다. 나는 재미있다는 듯이 소리를 지르며 반응한
다. 하하. 하하하!

밤에는 항구의 고기잡이배가 삐걱거리고 고기잡이배에
파도가 철썩대는 소리에 잠이 깬다. 바람이 불어와 날씨가
좋지 않을 것임을 예고한다. 프레트의 호흡은 깊고 조용하
다. 입은 반쯤 벌어져 있다. 옛날 모습과 똑같다. 나는 마야
가 있는 방으로 살금살금 건너가 침대 위로 몸을 숙여 마
야의 얼굴을 바라본다. 소리치고 싶도록 예쁘다. 내가 조용
히 하는 모든 행동은 왜 늘 이별처럼 느껴지는지 모르겠다.

집으로 돌아가려면 아직 이틀이 더 남았다. 천둥 번개가
치는 게 심상치 않다. 묵직한 파도가 관광객 보트 한 척을

부두 벽으로 밀어붙여 보트의 나무판에 큰 구멍이 났다. 움베르토는 그건 불가항력으로 벌어진 일이지만 어쨌든 자기 탓이라고 말한다. 보트는 최소한 50년이 넘은 것이고 페인트칠과 소유주의 기도로만 지탱되었기 때문이란다. 항구 축제 때 모닥불을 피우려고 사람들이 장작을 갖다 놓는다. 마야가 운다. 이유는 말하지 않고 계속 내 품에 안겨 훌쩍인다. 나중에 마야는 우리가 항구 축제를 볼 수 없어서 슬프다고 말한다. 보트 때문에도 속상하단다. 구멍이 바다 속 동물이 뚫어놓은 것처럼 생겼단다. 그러니 그 동물은 죽어야 한단다. 욕실에서 나는 마야의 블라우스를 벗기고 마야의 눈물로 축축해진 부분에 내 얼굴을 묻는다.

마지막 날 프레트와 나는 테라스에 앉아 바다를 바라본다. 마야는 우리 침대에서 잠들어 있다. 20분쯤 전에 나는 행복한 미소를 지었다. 오직 프레트만을 위해서. 그건 프레트와, 이번 휴가와, 인생 전체에 대해 기본적으로 긍정한다는 의미의 미소다. 나는 계속 미소지으며 먼 곳을 바라보며 말한다. 여기 바다에 올 때마다 내가 얼마나 자유가 필요한 사람인지 알겠어. 가깝고 먼 가능성을 가진 무한함이 필요해. 아하. 프레트가 대답한다. 여긴 정말 낙원이야. 내가 말한다. 맞아. 하지만 비바람이 불고 나면 조금 악취가 나. 내 생각엔 저기 뒤에서 떠다니는 바닷말 때문인 것 같아. 프레트가 대답한다. 나는 오렌지 주스를 한 모금 마신 뒤 손을

239

그의 팔에 얹고 이렇게 말한다. 당신은 이곳이 낙원이라는 걸 인정하지 못해. 여기에서 쫓겨날까 불안해하거든. 쫓겨날지 모른다는 불안감이 너무 커서 이곳이 낙원이라는 생각이 들기도 전에 그걸 떨쳐버려야 하는 사람이야. 그럴지도 모르지. 프레트가 대답한다. 나는 손을 거두고 주스를 한 모금 더 마신다. 우리 위에서 갈매기가 끼룩끼룩 운다. 바닷말이 바다 표면에 퍼지고 있어. 두껍고 미끄러운 양탄자처럼 되어서 햇빛에 썩고 그 밑의 모든 생물은 질식해. 프레트가 말한다. 당신은 얼간이야. 내가 그를 보며 말한다. 그런 말은 하는 게 아니죠, 아가씨. 그건 50대 사람들이나 하는 말이죠. 통속 소설이나 무슨 싸구려 텔레비전 멜로물 같은 데서나 나올 법한 말이죠. 프레트가 말한다. 그럼 당신을 어떻게 불러야 해? 내가 묻는다. 글쎄. 멍청이? 프레트가 대답한다. 마야가 우리 침대에서 자지 않았다면 지금 우리가 즐길 수 있었겠지. 내가 말한다. 당신을 사랑해. 프레트가 옆에서 나를 보며 말한다. 나는 이 말이 싫다. 이건 대답을 강요하는 말이다. "당신을 사랑해."라는 말에 대답을 하지 않기란 불가능하다. 나는 주스를 또 쭉 들이켠다. 유난히 달고 맛있다. 잔을 천천히 비운 뒤 내려놓는다. 그리고 말한다. 나도 당신을 사랑해.

그 순간 움베르토가 모퉁이를 돌아서 온다. 열이 난 사람처럼 얼굴이 상기되고 젖어 있다. 같이 가보셔야겠습니다. 안 좋은 일이 일어났어요. 그가 말한다. 우리는 집 주변을

빙 돌아 움베르토를 따라간다. 나는 창문으로 마야를 슬쩍 들여다본다. 자고 있다. 그 옆 침대에는 돌고래 얼굴이 그려진 물놀이 공이 놓여 있다. 이리 오세요. 움베르토가 말한다. 우리는 도로를 따라 몇백 미터를 걷는다. 더위로 바싹 마른 언덕을 구불구불 올라가는 도로다. 저기 보세요. 움베르토가 말한다. 도로변에 우리 개가 죽어 있다. 털이 뒤엉키고 지저분하다. 찢어진 배에서 푸르스름한 빛이 나는 거품 같은 게 흘러나온다. 주변에서 파리들이 윙윙댄다. 프레트가 신음 소리를 낸다. 오래전 그에게서 들어본 적이 있는 소리다. 그는 누구에게 인사라도 하듯이 두 손을 쳐들다가 다시 내리고 개가 있는 곳으로 가서 그 옆에 주저앉는다. 자동차 사고였어요. 커브 길이 좁거든요. 움베르토가 말한다. 아, 자동차요. 내가 말한다. 유감입니다. 그가 말한다. 나는 고개를 끄덕인다. 프레트는 두 팔을 사체 밑으로 넣어 개를 움직여보려고 애쓴다. 그는 귀 뒤의 털을 쓰다듬고 손을 흔들어 파리들을 쫓는다. 이상하다. 우리가 처음에 어떻게 만났는지 하필 지금 생각나다니. 그는 손에 케이크 한 조각을 들고 마르크트 가에 있는 문방구 앞에 서 있었다. 나는 진열창에 비친 그의 얼굴을 보았다. 그리고 그의 케이크 부스러기가 땅으로 떨어지는 것을 보았다. 그는 잘생기지도 않았고, 그렇다고 어떤 식으로든 눈에 띄는 사람도 아니었다. 하지만 태도에서 느껴지는 뭔가가 내 마음을 움직였다. 그가 안쓰러워 보였던 것 같다.

뒤에서 마야가 나타난다. 맨발에 수영복 차림으로 도로에 서 있다. 햇빛을 가리려고 두 손을 눈 위에 갖다 댔다. 엄마? 엄마? 마야가 부른다. 집으로 돌아가. 프레트가 말한다. 빌어먹을, 아이 데리고 집으로 가라니까!

나는 상상한다.
언덕 위의 두 남자.
그들이 숨을 헐떡이는 모습.
그들의 말 없는 엄숙함.
그들의 손.
프레트의 이마와 목덜미에 흐르는 땀.
죽은 사체 위에 흙덩이가 떨어지는 둔탁한 소리.

그날 저녁 우리는 출발했다. 헤어지면서 움베르토가 레드와인 두 병을 선물한다. 마야를 높이 들어 올리며 그가 말한다. 벌써 내년이면 내가 들지도 못하게 무거워지겠구나. 마야는 고개를 뒤로 젖히고 방 천장을 바라본다. 프레트가 운전석에 앉는다. 그는 집에 갈 때까지 버텨보겠다고 결심한다. 떠날 때 우리는 손을 흔들어 인사한다. 움베르토가 알아들을 수 없는 소리를 외치다가 곧 사라진다. 따스한 밤이다. 하늘엔 구름이 끼었다. 별은 보이지 않는다. 이따금 달이 모습을 드러낸다. 도로는 조용하다. 차들이 별로 다니지 않는다. 괜찮아질 거야. 프레트가 말한다. 그래야지. 내가 대답한다.

차 안에 있는 건 죄다 그 녀석 냄새가 나. 그가 말한다. 맞아. 차를 청소해야겠어. 코빌스키가 얼마 전부터 깔끔 세차 서비스를 하고 있어. 내가 말한다. 깔끔 세차라니, 그게 뭐야? 프레트가 묻는다. 전부 다 청소하는 거지. 배기관부터 발 매트까지. 앞좌석 사물함에서 나온 부스러기까지 청소해 준대. 내가 대답한다. 무슨 부스러기? 프레트가 묻는다. 모르겠어. 그냥 아무 부스러기. 내가 대답한다. 프레트가 자동차 라디오를 켠다. 우리가 이 노래를 얼마나 자주 들었지? 그가 묻는다. 몰라. 이걸 우리가 언제 들은 적이나 있어? 내가 말한다. 프레트가 라디오를 끈다. 나는 창문을 연다. 찌륵찌륵 귀뚜라미 우는 소리가 온 대기를 가득 채우는 것 같다. 닫아. 마야가 자잖아. 프레트가 말한다. 나는 창문을 다시 닫고 손을 허벅지 사이에 끼운다. 붕대 밑의 상처가 아프다. 통증 부위가 욱신거리고 얼얼하다. 나는 눈을 감고 고개를 뒤로 기댄다. 선잠이 들어 생각한다. 이건 자업자득이야. 이건 벌 받은 거야. 아니 무슨 죄를 졌기에? 잠에서 깨어 밤의 불빛들이 스쳐가는 걸 본다. 우리는 말없이 달린다. 마야가 단 한 마디도 묻지를 않았어. 당신은 그거 이해가 돼? 프레트가 불쑥 묻는다. 아직 아이잖아. 내가 대답한다. 언제부터 아이들이 질문을 안 하게 됐어? 내 말은, 어쨌든 자기 개가 차에 치인 거잖아. 프레트가 말한다. 물어도 대답해주지 않을 거라는 걸 아는 거겠지. 그리고 우리 개였어. 내가 대답한다. 어떤 때 보면 당신은 너무 빈틈이 없어. 내가 따라가기가 벅차. 그가 말한다. 그만해. 내가 대답한다.

해가 뜨면서 마야가 잠에서 깬다. 얼마나 남았어? 이제 다 왔어. 저기 나무들 보이지? 저건 실측백나무가 아니라 포플러나무야. 포플러나무는 밭을 지키는 파수꾼이야. 우리가 심은 감자를 지켜준단다. 토마토도 지켜줘? 토마토도 지켜주지. 그걸 가장 먼저 지켜주지.

나는 손목에 감은 붕대를 푼다. 놔둬. 집에 가서 병원에 가자. 프레트가 말한다. 상처가 검고 축축하다. 가장자리 피부에 염증이 생겼다. 나는 창문을 열고 팔을 내밀어 바깥바람을 쐰다. 엄마, 이게 무슨 줄이야? 뭐 말하는 거야, 우리 아기? 엄마 팔에 생긴 빨간 줄. 여기 봐. 길처럼 생겼어. 그래, 네 말이 맞네. 좁다란 빨간 길이네.

앞에 보이는 자욱한 아침 안개 속에서 파울슈타트의 실루엣이 모습을 드러낸다. 프레트가 두 손으로 운전대를 두드리며 소리친다. 저기 보이지. 당신 말이 틀렸어. 사라지지 않았어. 살아 있다고!

정말이네. 살아 있네! 살아 있어. 마야가 소리 지른다.

진입로에 들어서니 맞은편에서 자동차 통근자들이 맹렬히 질주하며 다가온다. 마야가 손을 흔든다. 마주 손을 흔들어주는 사람이 없다. 기분 좋은 날이 될 거야. 아직 여름이 끝나지 않았어. 아직 안 끝났어. 프레트가 말한다. 들판 위에서 뭔가 움직이는 게 보인다. 휙 스쳐가는 그림자 같다. 구름도 없다. 새들도 없다. 넓고 하얀 하늘밖에 없다. 지금 당장 의사한테 가야겠어. 그게 나을 거 같아. 내가 말한다. 프 레트가 나를 바라본다. 그러더니 기어를 한 단 뒤로 빼서 속 력을 높인다. 이제부터 빨라진다.

하리 스티븐스

산 사람으로서 죽음에 대해 생각하기. 죽은 사람이 삶에 대해 이야기하기. 이게 무엇일까? 한쪽은 다른 쪽을 전혀 이해하지 못한다. 한 쪽은 예감만 있다. 그리고 다른 쪽은 기억만 있다. 그 둘은 착각일 수 있다.

기억하는가. 리하르트 레니에가 있었다. 사람들이 미치광이라고 부른 남자였다. 그가 조금은 정신이 이상했을 수도 있다. 하지만 나 역시 정신이 온전치 못했다. 그런데 그거야말로 좋은 점이었다. 어쨌든 나는 그렇게 생각했고 아직도 그 생각에 변함이 없다. 지금 생각이라는 말을 쓸 수 있다면 말이다. 우리는 딱히 친구라고 할 만한 사이가 아니었다. 서로 비밀을 털어놓는다든가 그 비슷한 이야기를 나누는 관계가 아니었다. 그저 함께 자주 어울렸을 뿐이다. 그 이상은 할 말이 없다.

어느 날 저녁 우리는 시청 광장에서 만나기로 약속했다. 함께 황금달에 가서 한두 잔 할 생각이었다. 레니에는 작업복 차림에 지저분한 작업화를 신고 있었다. "어이, 레니에. 오늘은 내가 살게." 내가 말했다.

"좋아, 그렇게 해." 그가 말했다.

우리는 천천히 걸으며 에둘러 갔다. 막바지를 향해 달려가는 어느 가을날 따뜻한 저녁이었다. 구름이 몰려왔다. 공기는 습하고 부드러웠다. 레니에가 작업복 주머니에서 사과 두 알을 꺼냈다. 우리는 사과를 먹으며 걸었다. 그 사과 두 알이 왜 하필 그날 저녁 그토록 맛이 있었는지 모른다.

황금달의 문은 열려 있었다. 쏟아진 맥주에서 나는 시큼한 냄새가 밖으로 밀려 나왔다. 바에는 두 명의 남자가 앉아 있었다. 갑자기 그중 한 사람이 우렁차게 웃다가 고개를 앞으로 떨어뜨리고는 꼼짝도 하지 않았다.

"가. 조금 더 걷자고." 레니에가 말했다.

우리는 마르크트 가 주변을 몇 바퀴 더 돌다가 학교 앞을 지나 변두리 쪽으로 계속 발걸음을 옮겼다. 몇 미터 걸을 때마다 레니에는 덤불이나 나무 울타리에서 뭔가를 꺾어 입에 넣고 질겅질겅 씹었다.

"그게 뭐야?" 내가 물었다.

"풀때기." 그가 말했다. "자네는 여기 눈앞에 있는 것들을 모두 안 믿지."

어느새 밤이 되었다. 창문에 불이 켜진 집이 거의 없었다. 나무 위에 달이 떠 있었다. 우리는 마지막 공원 몇 군데를 뒤로하고 계속 들길을 걸었다. 여기 외곽에서는 부드러운 바람이 불었다. 거름 냄새가 바람에 실려 왔다. 우리는 말 한마디 나누지 않고 한참을 걸었다. 갑자기 레니에가 멈춰 섰다.

"자네한테 보여주고 싶은 게 있어." 그가 말했다.

"뭔데?"

"일단 달이 사라져야 해." 그는 몸을 돌려 도시 위에 번지고 있는 두터운 회색 구름을 가리켰다.

"비가 오겠군." 내가 말했다.

"그랬으면 좋겠어." 그는 이렇게 말하고 주머니에서 작은 담뱃갑을 꺼냈다.

"언제부터 담배를 피웠어?" 내가 그에게 물었다.

"생각 안 나. 늘 피웠으니까." 그가 말했다.

우리는 담뱃불을 붙였다. 성냥이 우리 두 사람의 얼굴 사이에서 타올랐다. 순간 모닥불을 피우는 곳에 있는 기분이 들었다. 두 남자가 저 멀리 황무지 어딘가에 있는 것 같았다. 우리는 담배를 피우며 구름이 서서히 달을 가리는 모습을 바라보았다.

"자네, 그 여자 좋아하잖아, 맞지?" 레니에가 느닷없이 물었다.

"누구?"

"에이, 왜 그래……."

"모르겠어. 그 여자랑은 몇 마디밖에 나눠보지 못했어."

"자네, 그 여자 좋아하잖아." 레니에가 똑같은 말을 되풀이했다.

나는 어깨를 으쓱했다. "자네도 그 여자 손을 한번 봐야 돼. 아주 가늘고 하얗다니까."

"손톱은 그렇지 않아. 그 여자 손톱은 가장자리가 까매. 배양토 때문이지."

"맞아. 그래서?"

"모르겠어. 난 이런 일에는 익숙하지 않아. 난 그 여자가 좋아. 자네도 그 여자를 좋아하고. 더는 할 말이 없어."

"없지. 할 말 없겠지." 내가 말했다.

어둠이 들판 위에 내려앉았다. 이제야 비로소 밤이 들이 닥치는 것 같았다.

"이제 시작이야." 레니에가 말했다.

그는 파울슈타트 레저 센터가 있는 쪽을 가리켰다. 저 멀리 평원에서 분간하기 힘든 실루엣이 솟아올랐다.

"아무것도 안 보여." 내가 말했다.

"기다려봐." 그가 말했다.

나는 어둠 속을 응시했다. 레니에가 체중을 한쪽 발에서 다른 쪽 발로 옮기는 소리가 들렸다. 그의 발밑에서 지구가 삐걱거리는 것 같았다. 나는 그녀의 손을 생각했다. 가장자리가 까만 그녀의 손톱을 생각했다.

"지금이야." 그가 말했다.

처음엔 아무것도 보이지 않았다. 어두운 밤 속에 어두운 언덕뿐이었다. 그러다 곧 아래쪽 가장자리에서 빛이 깜박이며 타올랐다. 부유하는 부드러운 빛이었다. 빛은 갑자기 길게 늘어나는 듯하다가 어둠 속에 어슴푸레한 반원을 그렸다. 바로 그 순간 밑에 있는 언덕이 빛을 발하기 시작했다. 언덕은 투명에 가까운 파란색으로 부드럽게 팽창했다가 약해지며 빛을 냈다. 달빛이 파도를 비추는 것 같았다. 숨을 쉬는 거대한 딱정벌레 등 같았다. 저기 앞쪽 어둠 속에서 기적이 펼쳐졌다. 그렇게 몇 초간 계속되다가 끝나면서 빛은 꺼졌다.

"고속도로 진입로야." 레니에가 말했다. "이맘때 쯤 되면 아름다워. 차들도 거의 안 다니지. 전조등 네 개만 비춰도 아주 밝아. 하늘에 구름이 끼어야 돼. 하지만 비가 오면 안 돼. 비가 오면 너무 어둡거든. 지금이 딱 좋아."

우리는 차 세 대가 더 지나갈 때까지 기다렸다가 방향을 돌려 집으로 향했다.

"여기서 떠나야겠어." 내가 말했다.

"그래. 그래야지." 레니에가 말했다.

우리는 케르너 광장에 있는 고목 밑에서 헤어졌다. 나는 잠시 그의 뒷모습을 바라보다가 반대 방향으로 걸어갔다. 그리고 샛길과 낡은 공동묘지 담장을 따라 느릿느릿 걸으며 마르크트 가로 향했다. 바람이 점차 강해지면서 나무 우듬지에서 희미하게 살랑대는 소리를 만들어냈다. 피곤했지만, 들판에서 본 광경을 반추하며 나는 내가 가볍고 자유로워진 느낌을 받았다. 마르크트 가에 이르자 비로소 굵은 빗방울이 떨어지더니 조피 브라이어 담배 가게에 와서는 양동이로 퍼붓듯이 쏟아졌다. 그냥 빗속에 서서 얼굴을 하늘로 쳐들고 있으면 어떨까 하고 잠시 상상했지만, 나는 곧 부지런히 걷다가 뛰기 시작했다. 거리에 인적이 없었다. 물웅덩이에서 찰싹 하는 내 발걸음 소리가 듣고 싶었다.

레니에 이야기를 하자면, 그는 어느 날 돌연 모습을 감추었다. 파울슈타트의 어느 누구도 그가 어디에 있는지 알지 못했다. 그는 아무하고도 작별 인사를 하지 않았다. 그가 떠나는 걸 본 사람도 없었다. 그는 그냥 사라졌다. 나는 그를 자주 생각했다. 그가 대체 어떤 사람인지를 상상해보려고 했으나 잘 되지 않았다.

세월이 흘러 나도 나이가 들어 죽었다. 내 장례식 때 딱총나무에 꽃이 만발했다. 뜻밖에도 많은 사람들이 와주었다. 그중에 레니에는 없었다. 그는 나보다 먼저 떠났기에 오지 못했다. 나는 그런 그를 용서하지 않았다.

내가 앉던 벤치는 아직 그대로일까? 그리고 자작나무도?

들판

초판 1쇄 발행 2019년 10월 7일
원작 DAS FELD
지은이 로베르트 제탈러

옮긴이 이기숙
발행인 도영
편집 하서린, 김미숙
표지 디자인 page9
내지 디자인 손은실
발행처 그러나 (등록 2016-000257호)
등록 2016-000257
주소 서울시 마포구 동교로 142, 5층(서교동)
전화 02) 909-5517 | Fax 0505) 300-9348 | 이메일 anemone70@hanmail.net

ISBN 978-89-98120-61-0(03850)